谨以此书献给
中国人民解放军步兵第207师防化连

《神兵钩沉》编辑委员会名单

主　任：李　明

副主任：刘成德　靳树长　赵锋利　开　钢

编　委：李孔旭　卜贵存　张进欣　刘树杰　贾卫平

　　　　　牛明山　孟庆敏　李银榜　周京平　李现敏

　　　　　陈红鑫　黄廷柱　刘志明　吴　通　孙光辉

　　　　　韩　强　曾　键

神兵钩沉

开钢 主编

人民出版社

1971年要庄农场驻地，连队干部与检查工作的机要科长合影。前排左起：副连长周忠玉、指导员李孔旭、机要科长、连长姚立成、副指导员段宗学；后排左起：一排长鲁炳祥、二排长金根章、三排长周安明、司务长王爱忠、化验员杨广生。

1971年初，吴福余（第二排左二）班长与所带新兵合影。前排左起：靳树长、王国威；第二排左起：宋振宪、吴福余、许铁树；第三排左起：许青军、李秋住、张小尺、赵永占、靳树臣。

　　1976年北京军区"防化科带连"演习时连队干部合影。左起：排长牛明山、副连长孙智新、连长李明、指导员鲁炳祥、四排长赵会军、化验员杨广生、三排长靳树长、二排长王桂珍、副指导员吴福余。

　　1976年，北京军区"防化科带连演习"预演中，化学侦察三班整装向毒区进发。连长李明（前左）向上级报告，后侧为通信员谷海云。

2

　　1978年3月，参加核试验战友合影。前排左起：刘召前、李清朝、李明亮、陈新传、刘树杰、张承祥；后排左起：耿涛、董福华、王子成、开钢、李秀智、李建华、张志俊、刘树合；王俊生、范志军二人因执行任务未参加拍照。（摄影：张海）

　　1978年，防化连学习毛主席著作积极分子任超和学习雷锋积极分子杨军在大同市红旗商场前合影。

　　1981 年春节，指导员吴福余（二排左四）、连长靳树长（（三排左六）、副连长贾卫平（三排左一）、农场场长段宝善（二排左三）、助理谢海泉（三排左四）、207 师 B 团 7 连连长（二排左二）与屯里村钱书记（二排左一）等村干部团拜。

　　1983 年，新兵合影。前排左起：张兴海、高志义、申克民、张秋林、张克礼；中排左起：张海勤、梁振明（接兵班长）、赵喜、刘孟和；后排左起：贡春、安江林、郑文宝、王春义、张春江。

　　1985年8月，陆军第69军撤销番号，步兵第207师转隶为65集团军步兵第207 师。图为1985年10月，王勤师长在大同营区向主持部队交接仪式的28集团军政委尹文生、副军长杜东海、65集团军副军长唐烈辉报告："首长同志，步兵第207师受阅方队列队完毕，请您检阅！师长王勤。"

　　1987年，师防化科、防化连干部、志愿兵合影。前排左起：袁凤高、马清河、李银榜、李明、靳树长、赵天明、宣浩；后排左起：李现敏、周志忠、李军华、张林东、蒋经文、孙广明。

　　1988年10月1日，我军实行军衔制，防化科、连现役军官在授衔后穿着崭新的军装在师礼堂前合影留念。前排左起：周志忠、马清河、靳树长、李银榜、宣浩；后排左起：李万富、唐文俊、杨石连、陈红鑫、李现敏。

　　1993年11月，总参兵种部防化处处长李录（左四）在65集团军副参谋长席先桐（左一）、防化科长靳树长（左六）陪同下，到我连车场、技术室检查指导工作。

　　1993 年底，科、连干部与即将退伍的战士在师礼堂前合影。前排左起：刘学远、陈红鑫、靳树长、唐文俊、吴通。

　　2003 年 11 月 8 日，走过 52 年光辉历程的 207 师（旅）防化连，在军改大潮中撤编，历史永远定格在这一刻。

中国人民解放军北京军区步兵第207师防化连战友联谊会

在前排就座的特邀嘉宾和老战士左起：刘建国、刘建国夫人、王爱忠夫人、王爱忠、刘成德、杨广生、杨广生夫人、李孔旭夫人、李孔旭、席先桐副师长、车成德师长、王勤师长、卜贵存、李明、孙智新、靳树长、张进欣、赵锋利、赵会军、孟庆敏。

不忘初心　牢记使命　为实现中华民族伟大复兴中国梦不懈奋斗

2018年5月20日，参加首次防化连红色追寻座谈会的老战友及家属在西柏坡纪念馆前拍照留念。

序 言

王 勤

原中国人民解放军北京军区步兵第 207 师，是一支具有光荣革命传统的英雄部队，师直防化连作为全师唯一的防化专业技术连队，在现代高科技战争中的地位和作用日益增显。该连从 1952 年 2 月组建，到 2003 年 9 月撤销番号，经历了 51 年的战斗历程，圆满完成了军事训练、参加核试验、参与大型军事演习、区域防化资料调查、销毁军用毒剂、国防施工、军工军农生产、抢险救灾、支援地方经济建设等项任务，军政素质强，成绩显著，形成了作风优良、敢打硬仗、能打胜仗的鲜明特色，曾经受到国防部等上级领导机关的表彰和奖励，一直是 207 师的先进连队。与此同时，连队高度重视干部战士的全面发展，培养了大批军地两用优秀人才。

说来也巧，我个人与防化连有着很深的渊源。20 世纪 70 年代，我住在师教导队宿舍，紧邻防化连，我与防化连的干部战士朝夕相处，同许多同志建立了亲如兄弟的真挚感情，防化连的大事小事，我都非常清楚，真可谓"哨声歌声口号声声声入耳；连事家事忧乐事事事挂心"，防化连的同志们也都把我当成是连队的一分子，就连蔬菜大棚自产的黄瓜西红柿，也常送我尝鲜，我至今都忘不了那种香甜的滋味。

2018 年 5 月 19 日，防化连部分战友在石家庄市汇文酒店举办"红色追寻、不忘初心"学习座谈会，我和车成德师长、席先桐副师长应邀出席。离别数十年，老战友异地重逢，同忆军中岁月，共话人世沧桑，感慨万分，激动不已，气氛热烈，其乐融融。

防化连老连长李明同志在会上系统回顾了防化连的战斗历程，介绍了防化连的历史功绩和模范人物，我作为曾经的步兵 207 师师长，更加让我为自己的老部队有这样一个英雄连队而感到骄傲和自豪。1977 年从北京入伍的战友开钢同志，将登载他根据亲身经历所写的《战斗在蘑菇云下》的《新华月刊》，赠送给师领导留念。他还告诉我，根据任超战友提议，正由他主编一本防化连战友军旅文集《神兵钩沉》，目前已基本完成征稿，邀请我为文集作序。

防化连学习座谈会结束后，我认真阅读了《战斗在蘑菇云下》以及部分战友撰写的文稿，那些激情澎湃的训练和战斗场面，以及指战员们为了国家利益和军人荣誉，勇于争先，奋不顾身，冲锋陷阵的生动描绘，让我非常感动。我认为，他们不愧为和平年代共和国的英雄，他们是人民军队的光荣，是 207 师和防化连的骄傲。

阅读这些文章，大漠红云，塞外冰原，金戈铁马，刀光剑影，仿佛就在眼前浮现，不禁又把我带回到那激情燃烧的青春岁月，令人激情振奋，热血沸腾，一股"老夫聊发少年狂，欲披战甲再出征"的豪迈之气，勃然而生。党的十八大以来，在习近平强军思想指引下，国防和军队改革取得历史性的成就。我坚信，只要我们永远固守军魂，永远保持、发扬我军的光荣传统和优良作风，新时代强军目标就一定能够实现！

《神兵钩沉》记载了 207 师防化连老战友的军旅生涯和芳华岁月，真切抒发了同志们对党、对国家、对军队的无比忠诚和深厚感情，热情讴歌了人民军队的战斗生活和战友情谊，充分证明他们作为党和人民军队优良传统的继承者、实践者和颂扬者，黄昏之年仍不遗余力，积极宣扬正能量，彰显共和国老兵的人生价值，他们不愧为党和国家的宝贵财富。

《神兵钩沉》的出版发行，不仅对于弘扬人民军队的优良传统和作风，是一件很有意义的好事，而且对于在全社会倡导重视国防、尊敬军人、崇尚英雄的良好风气，也必将产生积极的促进作用。

抚案沉思，心潮澎湃；欣然命笔，是以为序。

作者简介：王勤，1961 年北京房山入伍，历任 207 师师长、65 集团军某师师长、副参谋长、山西朔州军分区司令员、天津警备区副参谋长。

目　录

第一编　战斗历程

第二编　绚丽春华

第三编　岁月如歌

第一编　战斗历程

在步兵第207师防化连战友
"红色追寻不忘初心"学习座谈会上致词（节选）

2018 年 5 月 19 日

李　明

尊敬的师首长和各位来宾、亲爱的战友们：

时光荏苒，日月如流。今天，我们这群不同时期 207 师防化连的老战士，相聚在具有光荣革命传统的城市石家庄，出席中国人民解放军北京军区步兵第 207 师防化连战友"红色追寻，不忘初心"学习教育活动，回顾革命传统，重温军旅岁月，再续战友情谊，展望美好未来，为实现中华民族伟大复兴的中国梦贡献力量。我谨代表活动组委会，向应邀莅临盛会的师首长表示衷心的感谢和崇高的敬意！向远道而来出席活动的各位战友以及他们的家属表示热烈的欢迎和亲切的慰问！

步兵第 207 师防化连，前身为陆军第 69 军 107 师防化连，于 1952 年 2 月在河北省定县肖家佐村组建，1969 年 10 月，步兵第 107 师根据中央军委命令改称为 207 师，防化连也随之称为 207 师防化连。其间，师防化连与师喷火连有过几次分分合合，喷火连撤销后，喷火兵一直存在于防化连的序列里，所以我们所称的防化连实际上包括原师喷火连的战友们。2003 年 9 月，随着部队再次精简而在张家口市孔家庄撤编，207师防化连共经历了51年的战斗岁月。

"忆往昔，峥嵘岁月稠"，51年筚路蓝缕，51年春华秋实，防化连先后圆满完成了常年军事训练、参加核试验、参与大型军事演习和军区防化专业技术比武、区域防化资料调查、军区防化分队夜训改革试点、军区喷火专业培训示范班、销毁军用毒剂、装备技术革新、国防施工、军工军农生产、野营拉练、抢险救灾、支援地方经济建设等项任务，在全连指战员的努力奋斗下，连队各项建设不断增强，成为一支"对党忠诚，作风优良，能打胜仗"的英雄连队，是一支能让党和部队首长放心的过硬连队，涌现出许多感人事迹和先进集体、模范人物，受到国防部、军委总部、北京军区及军师级领导机关的表彰奖励。一代代"最可爱的人"，薪火相传，继往开来，不断为连队的战旗上增添新的光彩，他们创立的辉煌功绩，将永载人民军队的光荣史册！

据不完全统计，50多年来，曾在207师防化连和喷火连服役的战友超过两千人，由于岁月流逝，其中许多战友已经永远离开了我们，让我们一想起他们的音容笑貌，想起与他们共同战斗的芳华青春，想起他们不能再与我们相聚，心里就感到无比悲痛！他们当年为连队建设所贡献的一切，战友不会忘记，军队不会忘记，共和国不会忘记！

在我连漫长的战斗岁月中，无数的亲人们在家乡默默耕耘，无私奉献，赡养老人，抚育后辈，生死相依，无怨无悔，含辛茹苦地支持我们在部队服役，我连各项成绩的取得，离不开家中"半边天"以及父母亲友的关心理解和鼎力帮助，我们连队鲜艳的战旗上，同样也有亲人们付出的风采！

同志们，战友们：207师防化连在51年的战斗征程中，逐渐形成了自己的鲜明作风和特色，我将其总结为以下几点：

第一，始终坚持党的领导，强化思想政治工作，发挥党支部战斗堡垒和党员的先锋模范作用。

207师防化连共产生了16位连长和17位指导员，每一届党支部，都始终坚持把握坚定正确的政治方向，注重用强有力的政治工作，统一思想，凝聚力量，在各种危难险重的任务面前，党员和骨干总是一马当先，奋不顾身，展现了榜样的力量。我连涌现出的数十位人民功臣，几乎都是共产党员，他们的模范事迹让人由衷叹服，永远彪炳史册。

第二，突出特点，苦练精兵，军事技术过硬，成绩优异。

防化连是专业技术兵种，是现代条件作战不可或缺的重要力量。在不同年代、驻扎不同的地区，我们都始终牢牢抓住练兵备战这根主线，打造一支军事技术精良，召之能战、战之能胜的过硬连队，即便是在农场和矿山，我们也要抽选部分人员进行军事训练，保留连队军事技术人才。数十年来，连队突出本色，常抓不懈，经过战友们的刻苦操练和奋勇拼搏，在所参加的各类各级比武考核中，都取得了可喜成绩，全面提升了连队的战斗力。上级领导机关多次在207师防化科和防化连召开现场会，介绍推广207师防化兵建设的经验，为全军（原69军、65集团军）全师争得光荣。

第三，团结协作，整体作战，全面提升连队的凝聚力和战斗力。

防化连的业务种类相对较多，包括观测、化学侦察、辐射侦察、喷洒、淋浴、喷火、技术室、司机班等，长时间里都是一个大连队，连队倡导革命英雄主义和集体主义观念，全连上下拧成一股绳，党支部成员和各班排都能顾全大局，齐心协力，密切配合，发挥整体作战的优势，积极开展行之有效的政治工作和丰富多样的文化体育活动，在连队内部形成"团结紧张严肃活泼"的生动局面，促进了连队建设和人的全面发展。

第四，纪律严明，作风优良，英勇善战，圆满完成各项任务。

51年中，防化连担负过军事训练、"三支两军"、农业生产、煤矿生产、国防施工等不同形式的任务，经历过驻地变迁、任务变动、编制调整、隶属关系更替等考验，但是无论如何，全连上下都能一切行动听从指挥，从不诉苦叫屈，令行禁止，雷厉风行，坚决完成任务，打造成为一支干什么都能让上级首长放心的连队。

第五，风清气正，战友情深，军地融洽，军民团结。

半个多世纪中，我连始终保持和发扬昂扬向上的精神面貌，"官兵一致同甘苦，革命理想高于天"，纯洁真挚的战斗情谊日久弥坚。除了连队内部关系融洽，我们还注意与驻地机构和人民群众保持良好的军政军民关系，在野营拉练过程中，坚持为沿途群众做好事，颇受好评；我连还多次参与抢险救灾，履行人民子弟兵的责任和义务，谱写了爱民新篇，为军队增光添彩。

第六，牢记宗旨，艰苦磨炼，各型人才不断涌现。

207 师防化连是一座熔炉，是一所学校，入伍时简单幼稚的青年，经过几年的锻炼，综合素质显著提高，许多同志不仅在部队表现突出，到地方后借助国家改革开放的大好历史机遇，通过组织培养和个人努力奋斗，纷纷取得骄人的业绩。我连的战友中，有党的高级领导干部，有共和国高级警官、有国营和民营企业负责人，有成功的经济界人士，有乡镇基层组织的支部书记和村长，有勤劳致富的带头人，即便是普通劳动者，也为国家强盛和社会进步作出了自己的贡献，可谓星光灿烂，熠熠生辉，他们都是我们 207 师防化连的光荣和骄傲！

同志们、战友们：我们当中的大多数人，离开连队已经三四十年，过去由于各种条件的限制，彼此曾经失去了联系，只能端详着几张旧照片，追忆我们曾经走过的路和曾经拥有的日子，我们常常念叨着战友的名字，梦想着战友重新相聚的场景……战友们能够再次相聚，已成为大家今生最大的愿望。随着我们渐渐进入暮年，这种思念之情愈加强烈，重聚的念头一直萦绕心头。正是在这样的意念驱使下，靳树长、赵锋利、刘树杰、孟庆敏、开钢等战友才想方设法，动用多种力量和方式，开始了战友的寻亲之旅。

如今，我们的战友群像滚雪球一样越来越大，在不到半年的时间里，已联系到了两百多名战友，非常不容易，但即便如此，仍然还有许多战友，由于种种原因还没有建立联系，我们无时无刻不在牵挂着他们。

我们战友之间的这种纯真的革命友情，已经远远超越了血缘亲情，成为我们的人间珍爱，并将永驻心间。我此刻站在这里，心情与大家一样，波澜起伏，思绪万千，十余年的戎马生涯仿佛就在眼前闪现：当年我们这些热血青年，为了一个共同的革命目标，从五湖四海走到一起，开始了我们永生难忘的军旅生涯，也使我们成为生死相依的好兄弟。

战友之交淡如水，而又浓于血！我坚信，有了今天的聚会，我们的人生之路从此不再孤独！

根据任超战友倡议，由开钢战友任主编的防化连战友回忆文集，已经进入文稿的收集和初选编辑阶段，我呼吁能有更多的战友参与其中，把我们连队当年如火如荼的战斗生活再现出来，为国家和军队留下珍贵的史料，对我们自己也是人生中一份宝贵的纪念，使之成为我们全连战友共同的精神坐标。

雄关漫道真如铁，而今迈步从头越。岁月无情让我们不再年轻，几十年的岁月沉淀，让我们更加情深义重。今天的聚会让我们就像回到了军营，点燃了我们无限的激情。让我们举起双手，为我们的聚会和美好人生点赞喝彩！也让我们以聚会为新起点，让战友情激励你我，相伴终生。在人生美好的夕阳下，不忘初心，继续前进，向健康长寿的高地，再来一次冲锋，看看谁能拿到第一名！

数风流人物，还看今朝！

作者简介：李明，山东沂水人，1969 年 2 月入伍，任防化连战士、班长、连长、军务参谋、防化参谋，207 师防化科科长，1987 年 12 月转业到山东省公安厅，任处长。

峥嵘岁月　尽忠报国

李孔旭　段宗学　王太和

步兵第 207 师防化连是一个具有光荣革命传统的英雄连队，为我军镇守北疆和防化兵建设作出了重要贡献。防化连 1952 年组建，2003 年撤编，存世 51 年。我们三人分别于 1957 年和 1961 年入伍，是目前防化连半个世纪峥嵘岁月时间最早、年纪最长的亲历者和见证人。我们早年投身军队和国防建设，热爱防化事业，对 207 师防化连有着极为深厚的感情，对连队的战斗生活和战友情谊，念念不忘，如数家珍。

一、投入火热大练兵，从难从严创佳绩

1964 年，全军响应中央军委号召，掀起学习"郭兴福教学法"和大练兵热潮。我连当时虽然执行生产任务，但大练兵也不例外，坚持天天练，雷打不动，由于条件限制，有些内容如实毒作业就无法进行。为了参加全军的大比武，连长晋瑞锋、指导员梁永铭得到上级批示，从每班选出 1 名军事基础好的战士（训练尖子），脱离生产，进行重点训练。训练由连长晋瑞锋挂帅，由防化兵学校毕业、科班出身的二排长李孔旭任教员，组织尖子培训。晋连长和李排长以"郭兴福教学"为基础，认真备课研究，反复琢磨，终于摸索出一套适合防化训练的教学方法，他们提出从难、从严、从实战出发，严格训练，训练质量提高较快。后来，连队将重点训练的尖子组成一个班（编为五班），王太和任尖子班班长，由二排长李孔旭组织重点训练。

全体参训人员，决心苦练加巧练，想方设法把训练成绩搞上去。

每次作业前，连排长先组织徒手跑 3000 米至 5000 米，再戴上面具、穿上防毒衣跑 3000 米至 5000 米，有的人跑 3000 米就倒下了，爬起来接着再跑，就这样练出了战士的体能和穿戴防护器材作业的能力。教员对每一个课目一丝不苟

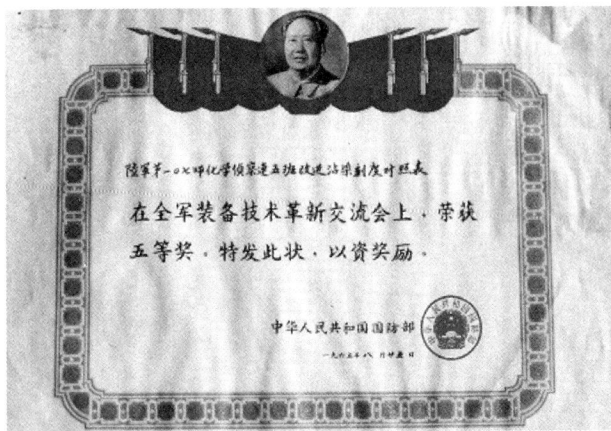

◎国防部颁发的技术革新奖状。（由王太和提供）

地教，反反复复地组织训练，从不降低要求。比如测量辐射级，距地面卧姿 15 厘米，跪姿 45 厘米，立姿 70 厘米，必须一出机（辐射级测量仪）就准确到位，连排长会突然拿米尺测量，直到合格为止。训练从实战出发，提出了准、快、好的标准，大家勤学苦练，练思想，练作风，练技术，苦生熟，熟生巧。比如练侦毒器抽气，要两快一慢；实毒作业时，要情况不明先用一红；穿防毒衣，怎么包装，都有窍门，包得好，对穿的速度有重要作用。教员因人施教，每个训练尖子都发挥主观能动性。乙丙仪沾染刻度计算报数复杂，班长王太和经潜心研究，提前把对应的数据计算好，列表贴在原刻度表上，待正式测量计算时，一目了然，既节省时间，又准确无误。

6 月份，第 69 军组织军事比武，我连选出最优秀的训练尖子王太和、段宗学、高义则，参加防化专业的化学侦察、辐射侦察、沾染检查三项科目比赛，最后王太和取得了三项总分全军第一的好成绩，奖品是金笔一支。这一殊荣，打破了 28 师（即后来的 205 师）训练成绩一直盖过 207 师的状况，为我师争了光。7 月份，由李孔旭排长带队，王太和和高义则又参加了军区防化专业比武，遗憾未能拿上名次。年终，二排长李孔旭提拔为中尉副连长，王太和被评为一级技术

能手，直属队"五好战士"标兵，由五班长提拔为少尉排长，段宗学由班长代理司务长。

王太和在比武训练中革新的"沾染刻度对照表"，在 1965 年 10 月全军装备技术革新交流会上，荣获"国防部技术革新五等奖"，获国防部颁发的奖状（此奖是王太和以五班名义上报的，他这种注重集体、舍弃个人荣誉的精神令人钦佩），并与军区司令员郑维山合影留念，以他的聪明才智，为我军防化装备的革新贡献了一份力量。

二、春节练兵忙备战，严阵以待守边关

1969 年 3 月，我国与苏联在黑龙江和新疆等地发生武装冲突，中苏关系异常紧张。苏联在中苏、中蒙边境陈兵百万，对我国家安全构成极大的威胁。

根据中蒙边境形势的需要，同年秋季，我连随师部从山西榆次移防至大同卧虎湾。初到大同，战争气氛很浓，干部战士一律停止休假，要求干部枪不离身。根据苏军装备和战术特点，上级要求部队进行战备训练，以打坦克训练为主。

这种紧张形势，就决定了 1970 年这个春节非比寻常，仍要进行训练。根据上级安排，2 月 6 日是大年初一，吃过早饭（饺子是吃不上了），副连长段宗学指挥连队干部战士带上训练器材集合，将连队带到营房西侧的广阔荒野，大家迎着刺骨的寒风，列队听取坦克七师的教员讲解 T34 坦克的性能、薄弱环节及如何打坦克。在训练中，坦克开动起来，履带卷起的尘土让人有窒息的感觉，但我们的干部、战士，为了练就一身过硬的抗敌本领，毫不惧怕，冒着滚滚的尘土，从隐蔽地开始，一会儿低姿跃进，一会儿匍匐前进，看准机会就冲上去，往坦克上扔木棍（模拟爆破筒）、放布包（模拟炸药包），认真练习每一个动作，反复体会，掌握动作要领。虽然天气寒冷，但没有一个人叫苦叫累，都说过了一个难忘而有意义的春节。

三、军农生产做贡献，鱼水情深谱新篇

1970年3月，我连奉命到大同市南郊要庄师"五七"农场，开始执行为期两年的农业生产任务。初春的大同，天气还很寒冷，田野一片荒凉，宿舍是土坯和砖混砌的简易房，保暖性能差，部分土坯房更是简陋，窗破屋漏。生产工具缺乏，生活条件极差，马厩年久失修，因老旧而倒塌，饲养员李玉池差点被砸中；没有食堂，连队就在院内用餐，以班为单位围在一起，蹲着吃饭，下雨就端回宿舍吃；厕所是在住房后边搭起的简易围挡，四面透风，冬季如厕时很是受罪。

面对艰苦的条件，我们在连长姚立成、指导员李孔旭的带领下，继承红军长征精神，发扬大庆人敢啃硬骨头的作风，学习大寨人敢叫日月换新天的革命干劲，修房、垒灶，整理院舍，恢复生活设施。生产工具不够，就到邻村百姓家暂借，克服种种困难进行生产。

我们连第一年主要是种植蔬菜，当时没有机械农具，所有地全靠人工用铁锹翻挖，有的地块积水，开垦难度相当大，但通过全连干部战士的艰苦努力，蔬菜喜获丰收，当年共生产圆白菜、胡萝卜等蔬菜20余万斤，供给师直各连队、医院及家属。同时我们还试种了水稻和葱头各一亩，水稻长势喜人，但由于我们没有在寒冷地区种植水稻的经验，水稻灌浆时没有烤田提高地温，导致稻粒灌浆不足，没有实现丰产；葱头倒是获得丰收，个头比市场卖的还大。

第二年主要种植高粱、玉米，兼种蔬菜，也获得了丰收，粮食产量20余万斤、蔬菜8万斤，为师贡献了大量杂粮、牲畜家禽饲料和蔬菜。秋收后，地里的高粱秆到处成堆成垛，连队就派副连长周忠玉、四班长马正平、八班副班长刘建国，驾驭马车将高粱秆拉到大同市造纸厂卖掉，为连队补贴伙食费用。他们耗费大量精力体力，多拉快

跑，圆满完成了任务。

◎在要庄农场生产期间，与肥村民兵同吃、同住、同学习、同训练，这张照片曾刊登在《山西日报》上，图中是段宗学（右一）、靳树长（居中）带领民兵学习毛主席著作。（由段宗学提供）

在要庄农场的两年时间里，连队自己种植蔬菜，饲养羊、猪、鸭、鸡，改善了连队伙食。同时生产不忘战备，每天上午饭后一个小时要进行军事训练，农闲时就是全天训练，按军政比例时间，保持连队战士的基本军事素质。连队高度重视与邻村百姓搞好军民关系，姚连长、李指导员经常与肥村干部沟通情况，互相帮助支持。肥村村民借给我们生产工具，以解生产之需；我连副指导员段宗学经常带班长吴福余、李明等骨干到肥村帮助训练民兵，有时训练，有时一起学毛主席语录，吃住在村民家中，这一来一往，体现了军民一心、军民团结的良好关系。

四、防化调查深又细，战区情况全搞清

1971年，按照师防化科的指示，连队抽调9名（每班1名）军政素质较好的战士，由化验员杨广生带队、八班副班长刘建国和赵洪来负责，在我师的驻地、预定战场和预定疏散地域，组织实施了为期5个月的"战区防化资料调查"，为搞好此项工作，连长姚立成和指导员李孔旭做了专项战前动员。

"战区防化资料调查"又叫"战区防化兵要地志调查"。它是师以上的防化兵根据总参防化部的指示和要求，统一开展的工作，是防化战备的基础性工作之一。"战区防化资料调查"的内容是了解本部队作战地区的地形、土壤、气象、水文、生物、植被和放射性本底等与"三防"有关的资料，对地面、植物、动物进行染毒征候的试验，以及工业、环境保护、卫生防疫、科研院所等部门中与防化保障的动员潜力和战时能引发的次生灾害等资料。

通过调查，我们掌握了雁北地区的高空风、地面风的风情以及气温、地温、降水、相对湿度等气象资料；掌握了本地的河流、湖泊、水库等水文资料；掌握了本地区的土壤和植物、植被资料，以及受持久性毒剂染毒后的征候变化情况；掌握了雁北地区可提供防护、洗消器材、物资的工厂数量及分布情况。

调查还使我师防化部门和分队熟悉了部队驻地、预定战场和疏散地域等战区内的地形和放射性本底等情况。通过调查，还培训了骨干，宣传了群众，为做好战时防化保障打下了基础。对和平时期组织救援工业事故和自然灾害，丰富防化兵和民兵防化兵的专业训练内容也有实用价值。

五、野营拉练锻劲旅，一路行军一路歌

1970年12月，我连响应毛主席11月24日"野营拉练好"（简称11.24批示）的批示精神，在师部统一部署下，全连90余人从要庄农场出发，经山西怀仁、灵丘，河北蔚县、阳原和内蒙的兴和、化德、集宁等3省区18个县市，行程两千多华里进行冬季野营拉练。连队干部除了连长姚立成接带新兵、司务长王爱忠因脚伤休养没有参加外，指导员李孔旭、副连长段宗学、一排长鲁炳祥、代理二排长杨广生、三排长周忠玉全程参加。

在行军中，师里配给了一辆马车，主要是拉粮食和炊具，个人是全副武装，除背包、挎包、枪支、战备镐锹、水壶外，还有防护、侦察器材。拉练初期有些战士脚上打了血泡，影响行军，在卫生员张树栋的指导下，战士们很快学会了处置。各班还开展互帮互助活动，体质好的帮助体质差的同志背器材，减轻其负担；遇到陡峭路段，你拉我，我拉他；有的同志跟不上部队行走时，会有战友陪伴一起走。直属队和连队还组织了收容队，八班副班长刘建国和卢振寿同志担负我连收容工作，帮助掉队的战士背背包和装具，比他人付出更多的辛苦，但他们不喊苦叫累，圆满完成了任务。

拉练行至山西灵丘平型关时，连队参观了平型关战役纪念馆和战场遗址，大家受到了深刻的爱国主义和革命英雄主义教育。在行军途中，还注重训练防空、防炮等课目，提高了连队防护意识和本领。到达化德守备某师驻地时，受到该师同志的热情接待，晚上观看该师宣传队演出的节目，参观了该师防御阵地和坑道内储备的可保障几个月使用的战备物资。拉练行至内蒙高原高寒地区时，师里要求我连提供沿途气象预报。气象小组克服行军的劳累，坚持每天测量气温，并实时收听当地电台播放的天气预报等，将信息提供给师司令部，拉练途中遇到的最低温度为摄氏零下35度，干部战士经历了最严寒天气的考

◎大拉练行军路线图。（由沙寿臣提供）

验。在内蒙化德境内，一日下午狂风大作（当地老百姓称作"黄毛风"或"黄毛呼呼"），卷起的沙粒打在脸上阵阵作痛，霎时昏天黑地，路也看不清楚，大家就低着头，看着前边战友的脚跟，艰难吃力地前行。为了减少扬沙的危害，大家脖子上都围了毛巾，把帽檐放下反戴着，保护颈面部。黄沙狂风给我们行军造成很大困难，却不能阻止我们前进的脚步，到傍晚时分终于安全到达宿营地。炊事班最为辛苦，行军时，除背负个人物资外，一到宿营地，就要忙着生火做饭，以革命的乐观主义和奉献精神为战友提供服务。

我们牢记"三大纪律、八项注意"，发扬军爱民的光荣传统。宿营时，积极为老百姓做好事，尊重当地老百姓的风俗，不侵犯群众利益；离开时做到"缸满，院净"，两个月的长途拉练，我连没有发生一件扰民事件。战士马德利、刘国京在拉练途中，奋不顾身帮助群众救火抢险，受到当地群众的赞扬，分别荣立三等功。我连在内蒙古察哈尔右翼后旗的一个公社度过了 1971 年的春节，公社领导还与我们连的领导进行了座谈。春节过后，部队经集宁回到大同驻地。

在整个拉练中，我连坚持政治挂帅，思想领先，干部模范带头，战士发扬"两不怕"革命精神，战友之间互帮互助，克服了寒冷、风沙、长途跋涉的艰难困苦，为人民群众做好事 2000 余件次。通过拉练训练，锻炼了部队走、打、吃、住的能力，军政素质得到全面提高。当时拉练，师周副政委跟随我连走了三分之二的行程，在他的身上，体现了官兵一致的光荣传统，榜样力量和指导作用明显；师政治部宣传干事于松普，为我连拍摄了不少感人的照片，记载了我们连队的光荣事迹，可惜没有保存下来。连部文书冯民主及时将班排的好人好事和每日拉练情况上报师直工科，我连"一路行军一路歌"的经验做法，经师宣传推广，被北京军区通电表彰。

六、以身作则树正气，优良传统育英才

"火车跑的快，全凭车头带"。一个连队表现好，全靠有一个好的党支部班子，"支部建在连上"就是这个道理。因此，作为连队党支部书记的李孔旭指导员及后任的段宗学指导员，深知"打铁还需自身

硬"的道理，他们坚持以身作则，为支部一班人做表率；处好与副书记、连长赵子录、景火水、姚立成的关系，相互尊重、相互信任，有问题及时沟通商量，共同发挥排头兵的作用。他们坚持党支部的各项工作制度，坚持民主集中制，重大问题先经支委会充分讨论、征求意见，最后举手表决，少数服从多数；坚持党支部集体领导下的首长分工负责制，每一个支部委员（包括连长、指导员、各排长、司务长、化验员）受支部委托工作，对支部负责，积极履行职责并汇报工作；坚持每半年一次民主生活会，开展批评与自我批评，接受组织监督；支部委员参加每周一次的党小组会，接受群众监督；坚持党支部（党员）大会制度，坚持每月上一次党课，坚持按标准、按程序吸收进步战士入党。党支部的建设和加强，使我连圆满完成了军事训练、"三支两军"、收缴武器、军农生产、军工采煤、施工拉练等工作任务，从1967年起连年被师评为"四好连队"（直到1971年"9·13事件"后停止此项评比），之后也多次受师和直属队嘉奖，获先进党支部等集体荣誉，涌现出许多"五好战士"、先进个人、优秀党员。1967年，九班长周忠玉出席了军区学习毛主席著作积极分子大会，受到嘉奖和荣立三等功的个人也不胜枚举。

我们连始终坚持全面建设连队，在军事建设（训练、战备）、政治工作、行政后勤管理、文体活动、思想工作等方面，均列入党支部的议事日程，有分工，有合作，坚持从严治连。严格才能出人才，出成绩，出成效，出经验。从我连走出去（无论是在军队还是到地方）的人员，任团（处）以上职务的干部很多。如，李孔旭老指导员，在部队从高炮营教导员、直工科长干到后勤部政委，转业到地方后任山西省财政税务学校校长、省直属分局局长、副厅级巡视员；老连长姚立成调工兵营任副营长，转业到地方后任乡镇领导、助理调研员（副处级）；防化科副科长王太和调炮院后，从防化教员（正营、副团）、学员队长（正团），晋升为副教授，技术5级，大校军衔，正师级待遇；老防化科长卜贵存，升为军防化处长，转业后又任省工商局处长；

◎图为学习毛主席著作的场景。冯民主（左一）、
鲁炳祥（左二）、许铁树（左三坐）、靳树长。
（由靳树长提供）

老指导员段宗学转业到地矿部北京地质仪器厂后，任纪委书记、高级
政工师（正处级）；赵宪文防化参谋在地方某集团公司任部长；董天
禄老排长调政治部后任科长（副团职），转业到山西司法厅后任处长、
司法学校校长；杨广生指导员调炮院后升任团职防化教员；鲁炳祥指
导员调出后任通信营教导员，到地方后任镇长；周安明排长转业到地
方后任南通市消防支队支队长、公安局政委；防化科长李明转业后任
山东省公安厅缉私处处长、海关侦察处处长、烟台海关政委，三级警
监，副厅级待遇；孙智新副连长调出后，任师后勤部科长、集团军处
长，转业后任武汉海关副厅级巡视员，由温家宝总理授予二级关务监
督职衔；牛明山排长调出后，任师组织科营职干事，转业后曾任潍坊
市人事局科长、主任，潍坊市外国专家局局长，潍坊市人社局调研
员；赵锋利排长调出后，任警卫连指导员，转业到邯郸央企五矿集团
邢邯矿业公司任人事资源部部长、工会主席（正处级）。复员的战友
中，有些在中央国家机关和国有企业担任重要工作；有些在农村任村

长、书记，乡镇科级干部也不在少数；有的在企业经营管理上施展才华，当上公司经理，身居要职；如此等等，充分说明我们防化连、我们部队是一座大熔炉、一所大学校，培养造就了一大批军地人才，为军队、为国家作出了突出贡献。

我连从 1964 年到 1975 年这十余年间，之所以不辱使命，圆满完成各项任务，屡创佳绩，正是因为在连队党支部领导下，继承和发扬了我党我军优良的革命传统和作风：坚持党的领导，强化思想政治工作；支部一班人紧密团结，发挥了党支部的战斗堡垒作用和共产党员的先锋模范作用；组织学习毛主席著作，用毛泽东思想教育人，培养干部战士远大的革命理想，树立无产阶级世界观，养成了良好的思想道德品质；军人以服从命令为天职，严格的纪律和关心同志、爱护部属并重，奖惩分明；实行军事、政治、经济三大民主，官兵一致，尊干爱兵，公道正派，干部战士团结协作；干部带头，不怕吃苦，艰苦奋斗，英勇善战，具有革命集体主义和英雄主义精神；遵守群众纪律，军民一致，军民团结，军爱民，民拥军。以上这些优良传统作风，是我党我军的传家宝，到任何时候都绝对不能丢弃。

我们作为共和国的老兵，将 207 师防化连的光荣历史写与大家分享，由衷希望我军在以习近平为核心的党中央和中央军委领导下，不断发展，日益强大，随时完成党和国家赋予的光荣使命。

以上回忆，倘有错漏之处，请知情者指正。

作者简介：李孔旭，男，汉族，1939 年 6 月出生，山西省芮城县人，中共党员。1957 年 11 月入伍，1963 年从防化兵学校毕业后任排长，1964 年任副连长，1965 年任指导员，1972 年任高炮营政委，1976 年任直工科科长，1980 年任师后勤部政委，1984 年转业至大同市税务局任副局长，后调山西省税务学校任校长，山西省国税局直属分局任局长、助理巡视员（副厅级），1999 年退休。

段宗学，男，汉族，1943年1月出生，河北曲阳人，中共党员。1961年8月入伍，历任战士、副班长、班长，1964年10月代理司务长、司务长，1969年任副连长，1970年任副指导员，1972年任指导员，1975年7月退役，转业到地矿部北京地质仪器厂任纪委书记，高级政工师（正处级），2003年退休。

王太和，男，汉族，1943年12月出生，山西忻县人，中共党员。1961年7月入伍，历任战士、副班长、班长，于1964年12月任2排排长，1969年2月任防化科参谋，1979年2月任防化科副科长（正营职），1979年3月调宣化炮兵学院任防化教员、学员队副队长、正团职教员、讲师（技术8级上校）、副教授（技术5级大校，正师级待遇），2003年退休。

火热的年代　火热的青春

——追忆 207 师喷火连的战斗历程

刘成德

原步兵第 207 师喷火连于 1960 年 8 月 1 日建军节在河北省保定地区师部驻地组建。自此，喷火连便开始了轰轰烈烈的军训、生产和国防施工的战斗历程。我作为在喷火连战斗生活了 13 年的老兵和上级任命的最后一任喷火连连长，至今割舍不下对喷火连的深厚感情，相信所有喷火连的战友们也都有同感。

207 师喷火连 1961 年至 1963 年秋，在河北省黄骅县执行捕鱼生产任务，1963 年冬季回营区参加战备训练；1964 年春在河北省唐县进行战备施工；1965 年全训，并开展社会主义教育运动；1966 年春，在河北省黄骅县盐场施工期间，接到上级的移防命令，随师部进驻山西省榆次市；1967 年在山西省洪洞县甘亭造纸厂执行为期一年的施工任务；1968 年到 1969 年在山西省晋中地区"三支两军"和战备训练；1969 年 12 月随全师移防山西省大同市；1970 年进行军事训练，并在大同 55 号山地进行挖掘坑道的战备施工。其间，还参加了全师野营拉练；1971 年春，全连在内蒙古自治区固阳县从事蛭石开采；1972 年到 1973 年，与师防化连共同在大同市五七煤矿执行采煤任务，与朝夕相处的防化连战友结下了兄弟之情；1974 年春，在山西省洪洞县农场担负生产任务；1975 年秋，返回大同营区开展军事训练；1976 年 2 月，喷火连奉命撤编，保留一个喷火排，并入师防化连建制，其他人员部分退伍，部分到本师三个步兵团继续服役。

207 师喷火连走过了短短 16 年的光辉历程，栉风沐雨，披荆斩棘，在历任连长吕光发、张超元、杨天亮、单希成、刘成德，历任指导员师胜瑞、王青山、赵新庄、石庆荣、芦大雪等同志的坚强领导下，全连指战员坚决听从党的召唤，坚决服从上级命令，发扬"一不怕苦、二不怕死"的革命精神，一次次战胜各种艰难险阻，完成了一项项艰苦卓绝的战斗任务，一代代的干部战士用青春和热血凝结成了喷火连这个光荣的战斗集体。

肖登良同志是黄继光烈士的生前战友，他将黄继光精神在连队发扬光大，薪火相传，使得喷火连的干部战士养成了"特别能吃苦，特别能战斗"的顽强作风，涌现出了被誉为"硬骨头战士"的单希成等多名标兵模范，成为全连乃至全师学习的楷模。排长马长林、赵会军、张进欣等干部，班长李热、吴传勇、胡传贵、刘文富等同志，都为喷火连的建设和各项任务的完成作出了突出贡献。

207 师喷火连的诞生，是当年国防建设的需要；喷火连的撤编，同样也是国防现代化和军队发展的需要。与其他连队相比，喷火连的历史比较短暂，但为国防和军队建设作出的贡献是永恒的，我们在喷火连结下的战友情谊是永恒的。207 师喷火连是我们永不磨灭的番号，207 师喷火连的战旗永远飘扬在共和国历史的天空！

在这面旗帜下，我们共同见证了步兵第 207 师喷火连的诞生与成长，我们一起在这个连队度过了青春岁月，连队官兵共同奋战、亲如兄弟的感人情

◎战术训练中的刘成德。（由刘成德提供）

景，以及从我们手中喷出一条条火龙的美丽光焰，构成了我们至今都引以为豪和魂牵梦绕的人生经历，207 师喷火连的烙印已经深深镌刻在每位喷火老兵的内心和灵魂之中。

老骥伏枥，志在千里；烈士暮年，壮心不已。我们是光荣的 207 师喷火连的老战士，一定会不忘初心，牢记我军宗旨，退役不褪色，心系中华民族伟大复兴，心系国防和军队建设，不断发扬 207 师喷火连的优良传统，永葆火热的青春和纯洁的童心，健康身体，矍铄精神，在社会生活中发挥余热，贡献正能量，为国家强盛和社会进步事业摇旗呐喊，鼓劲加油！

步兵第 207 师喷火连连长刘成德向全体喷火连战友，敬礼！

作者简介：刘成德，1946 年出生，河北怀来人，1964 年 3 月入伍，任喷火连战士、连长，1982 年转业到大同市国家安全局任副处长。

我当防化科长这几年

卜贵存

1976 年初，我从军防化处参谋调到 207 师司令部防化科任科长，当时防化科的参谋是王太和，他对我的到来很是高兴。因为我与王参谋是山西忻州同乡、高中同学，1961 年 7 月一同入伍到师防化连，因 1962 年连队编制调整，我才调入 69 军直属防化连。我俩在不同单位，立志报效祖国，献身军队国防，用毛泽东思想武装头脑，苦练防化军事技术，成为训练尖子、优秀士兵，又同时被提拔为干部，分别调入军师司令部的防化机关。我俩在 207 师防化科成为一对好搭档，工作中，各自认真履行职责，互相关心支持，二人同心协力，配合默契，各项工作在师司令部各科室中从不落后、处处争先，被上级领导所赏识。直到 1979 年 3 月，王太和调宣化炮兵学院任教，我俩才又分开。王参谋走后，曾任防化连连长的李明由军务参谋转任防化参谋，我又与李明共处了 4 年，直到 1983 年我再度调往 69 军机关，任防化处长。我在 207 师防化科长岗位上工作了 7 年，经历了很多大事。

一、执行军区"防化科带连演习"任务

1976 年，军区组织科带连演习现场会的重担落在了 207 师。我以科长的担当，和参谋王太和除抓好自身训练和演习准备外，还要指导防化连的演习准备工作，忙上加忙。那时，全军正开展学习"硬骨头六连"，我们以"硬骨头六连"为榜样，敢打硬拼，夜以继日，废寝忘食工作，使得科连各项演习准备工作如期完成。7 月 20 日，接受了军区副参谋长周衣冰、防化部长焦玉文、军防化处长王忠泉、军师首

长等人的检查验收，得到上级首长机关的充分认可。就在下发召开演习现场会通知之际，演习却因唐山 7.28 大地震而终止。这次演习现场会虽然最后没有办成，但是防化科、连通过演习准备阶段的严格训练，大大提高了 207 师防化兵的军事素质，特别是提高了科连干部遂行防化保障的指挥协调能力。

二、承办军区"防化参谋业务训练经验交流会"

1977 年 5 月，防化科又担负了军区在我师召开的"防化参谋业务训练经验交流会"任务。

3 日—6 日，为贯彻"北京军区参谋'六会'（"六会"是 60 年代原 16 军某旅在叶剑英元帅指导下创造的，后来向全军推广，成为各级司令部参谋人员的基本业务标准，其内容是：读、记、算、写、画、传。各军兵种又赋予了具体内容）训练经验交流会"，北京军区司令部在我师召开了"北京军区防化参谋业务训练经验交流会"。北京军区副参谋长周衣冰和总参防化学部训练处处长陈增荣、副处长柳森林，军区防化部长焦玉文、防化学院等上级机关的领导莅临指导；军区所属各军、师防化处、科长，军区防化直属单位的领导和部分参谋共 86 人。会议听取了我师防化科的经验介绍，交流会上我介绍了参谋"六会"训练的经验；我和参谋王太和现场表演防化参谋"六会"基本功和"陆军师坚守防御战斗中防化科的工作"检验性演习。我和王参谋演练的参谋"六会"内容熟练准确，经验介绍精练实用，战术展演及时到位，处置恰当，进一步提高了各部队对防化参谋业务训练重要性的认识，统一了训练内容和标准。与会人员还进行了体验作业。会议拟制了《防化参谋"六会"训练实施规定》，明确了防化参谋"六会"训练的内容、方法、要求和成绩评定标准。会上，军防化处参谋沙寿臣作为我师司令部郭天锡副参谋长的助手，组织师防化科编写了《陆军师坚守防御战斗中防化科的工作检验性演习材料》。

　　由于军区、军、师三级首长、机关反复的研究、检查和演练，使这次检验性演习，重点突出，方法简便，具有三大特点：

　　一是在合同战术背景下，重点演练防化专业，不求全，不求连贯。在组织战斗阶段，只演练了三个问题，即：向首长提出防化保障的报告、建议；拟制防化保障战斗文书；给防化连规定任务。其中，拟制防化保障战斗文书，因为是在既设阵地上担任坚守防御任务，平时已有了防化保障计划，所以，演习中不是从头做起，只是根据新的情况，加以修改、充实，然后拟制了一份防化保障指示。在战斗实施阶段，也只演练了三个问题，即：敌火力准备时的防化保障；抗击敌步坦冲击时的防化保障；师预备队反冲击时的防化保障。其中，每个时节，防化保障的演练内容又有所侧重。如火力准备时，重点演练了敌人对我前沿阵地实施空爆核袭击时防化科的工作；抗击敌步坦冲击时，重点演练了前沿阵地及师、团指挥所遭核袭击和暂时性毒剂袭击时，如何发挥群众性防护与专业分队的作用；师预备队反冲击时，重点演练了防化科提出反冲击时防化保障的建议。由于根据合同作战的情况，针对防化保障进行演练，无关的情况不涉及，减免了很多不必要的动作，因而重点突出，既体现了合同作战，又侧重演练了防化专业。

　　二是方法灵活，简便易行，不搞过多的演习文书和情况报告。演习过程，不是演习组织者跟着演习人员转，而是主动诱导，训练防化科。参谋长有时亲自到防化科听取报告、建议或做指示，有时就用电话询问。情况报告员工作的内容，大致分为专业与合成两项，专业主要指师防化科、防化连、核观测哨；合成主要指师机关、各团、当地人武部门。情况报告员大多采用电话方式，诱导演习。

　　三是始终重视对防化参谋"六会"基本功的检验。演习把检验防化科掌握与应用"六会"基本功的情况作为重要内容。演习中，有目的地安排了一些内容，对"六会"基本功进行检验。如参谋长在听取防化保障的报告、建议时，较详细地询问了敌我双方有关防化方面的原则和数据，检验防化科"记"的熟练程度。采用有线通播方式介绍敌我态势，检验防化科依口述情况标图的技能。对拟制防化保障指示、绘制风矢连接图、绘制原子估算图等内容，均记录作业情况，并按军区《防化参谋"六会"训练实施规定》评定成绩。

1977年8月，总参防化学部发出通知：将北京军区防化部编辑的《陆军师坚守防御战斗中防化科的工作检验性演习材料》，转发全军师以上防化部门。

这次军区防化参谋业务训练经验交流会的情况，还在当年的《防化杂志》上进行了报道。交流会的成功举办，使我师防化科为加强全区乃至全军防化机关的业务建设，提高机关战时防化保障能力作出了贡献。

三、参加军区"防化参谋业务考核比武"

1977年11月，我们科又代表69军参加了军区组织的以防化参谋"六会"为主要内容的考核比武。我和王参谋考前努力复习备战，各种方案、各种考题都设计、复习到位，二人互相切磋，互为考官，将时间计算到分秒，把文书精确到标点，将读记算画写传的基本功练到熟、精、准、快；考试中我们从容镇定，应对自如，最终我获全军区个人第一名、参谋王太和获个人第二名，防化科获得全军区总分第一名的骄人成绩，北京军区司令部、政治部授予防化科"精通业务，又红又专"锦旗一面，我们两人也获得了相应的物质奖励，为我师和69军争得了荣誉。

1978年，防化科在参加军区年终防化参谋业务第二次考核比武中，我又获全区个人第二名的好成绩。因连续两年在军区考核中名列前茅，我被军区树为"防化参谋业务训练标兵"，69军为我记三等功一次，师防化科被评为学"硬骨头六连"先进集体。

◎作者与原 69 军防化处参谋沙寿臣（左一）近
照。（由卜贵存提供）

四、总参在我师召开"防化装备管理现场会"

1979 年 3 月，已任防化科副科长的王太和调宣化炮兵学院任教，
师司令部决定调李明任防化参谋。李明参谋年轻有为，足智多谋，工
作雷厉风行，成为我的得力助手。

1981 年年初，总参拟于 6 月份在我师召开"全军防化装备管理现
场会"。军师首长、防化处、科长都非常重视，以三总部《关于进一
步加强装备整顿和管理的指示》为依据，组织进行了积极、全面、认
真的准备。我们首先召开了各级（团营连）首长会议，布置现场会工
作任务，提高对加强防化装备管理工作的认识。促使部队、防化分队
充分认识到，防化装备是部队在核生化条件下作战的重要物质基础，
是保障合成军队行动自由与安全的重要技术手段，必须管好用好防化
装备；二是健全防化装备管理制度，如仓库的出库、入库手续，登
记、统计，维修、巡修、维护保养，交接等制度，均要建立健全；三

是进行防化装备管理整顿，无论是仓库管理条件（防火、防水、防潮、防盗）、各项管理制度，参谋、保管人员的业务素质等，均要符合要求；四是各团培养一个防化装备管理的典型连队。

由于平时我们在防化装备管理上比较重视，抓得紧，有一定的基础，但是距召开全军现场会还有很大差距。我们高站位、高起点、高标准开展了工作。首先从师仓库着手，根据库房需要，司令部给予调剂增加库房，又组织整修粉刷，科学分类堆垛（分装备器材和训练器材），每堆垛建立卡片、账本（总账、分类账），配套防火等器材、用料；对技术室和各团进行技术指导、巡修、培养典型等。这些千头万绪的工作，都落在了我与参谋李明的身上，我们既组织筹划，还要具体实施。特别是李参谋，他每天都深入师库房和各团工作一线，与保管员赵增会、各团防化参谋一起，一个问题一个问题地解决，一同搬运器材，码垛整理，按照整顿要求，严格落实，一丝不苟，超负荷工作，经常加班加点，就为了交给上级一个满意的答卷。

由于上下共同努力，全军防化装备管理现场会于6月如期召开。总参防化部张乃庚部长，周村、高朴、陈瑞生副部长，北京军区司令员周衣冰，防化部朱惜年部长，海军、空军、二炮、各大军区防化部负责人及军师首长参加了会议。会议期间，我们介绍了我师防化装备管理及整顿的经验做法，参观了师、团防化仓库，防化器材修理室，C团4连"三防"器材管理情况，讨论研究了"防化装备整顿的标准和要求""防化装备管理'四无'单位评定标准的补充规定"及"未来作战防化装备保障问题"等。会期两天，开得圆满成功，与会首长和代表均认为，207师防化装备管理的水平在全军处于领先地位，其经验和做法可以借鉴推广。高朴副部长在总结发言时指出，这次现场会的召开，对全军防化装备器材的管理工作起到了积极的推动作用，对促进三总部《关于进一步加强装备整顿和管理的指示》的贯彻落实，具有重要的意义。

防化科因在防化装备整顿和管理上工作成绩突出，1980年年终受到师首长的表扬，李明参谋被师记三等功一次。

我在 207 师任防化科长的 7 年时间里，在师首长和同志们的帮助下，除完成了以上较大的任务外，还妥善处理了日常事务性工作，圆满完成了军防化处、师司令部首长交给的各项任务。这 7 年是脚踏实地，刻苦努力，开拓进取，尽职尽责的，要说有些成绩，也是首长领导关心、同志们帮助支持的结果。

作者简介：卜贵存，男，汉族，1945 年 2 月出生，山西定襄县人，中共党员。1961 年 7 月入伍，任 107 师（后来的 207 师）师直防化连地消排战士，1962 年 8 月调 69 军直属防化连洗消排任战士、班长，1965 年 12 月调军务处保密室任保密员（干部身份），1966 年 12 月任防化处参谋，1976 年 3 月调 207 师防化科任科长，1983 年 3 月调 69 军防化处任处长，1987 年 2 月转业到山西省工商局任个体处、企业处处长，2005 年 2 月退休。

开启防化洗消专业新篇章

——防化连增设洗消排暨训练记述

杨润福 张承祥 孟庆敏

1976 年，军队领导层审时度势，针对某些大国竞相发展核化武器的国际形势，决定在师级防化分队中增设洗消排，改扩编防化分队，以适应部队在核化条件下作战需要。洗消排的增设，在防化兵建设中扮演了新的角色，担负起新的使命，开启了洗消专业新征程。

一、连队扩编改革，增设洗消专业

1976 年 2 月，我师防化连奉上级命令，进行了编制体制扩编改革工作。改革是将原 3 个排 9 个班，总员额 90 余人的连队，改扩编为 4 个排，总数为 140 人：一、二排各编 4 个班，其中 1 班 9 人为观测班，其余 7 个班为侦察班，每班 6 人；将原三排（侦察专业）改编为洗消排，编 3 个班，每班 8 人，其中 9、10 班为喷洒班，11 班为淋浴班；增加喷火排，编 4 个班，其中 12、13、14 为喷火班，每班 10 人，15 班 3 人为调油班；增设司机班。扩编后，我连由单一的防化侦察专业增加为观测、侦察、洗消、喷火 4 个专业的战斗集体；连队干部增加 3 人，编成是：连长李明，指导员鲁炳祥，副连长周忠玉、孙智新，副指导员吴福余，化验员杨广生，技师张进欣，一排长牛明山，二排长王桂珍，三排长靳树长，四排长赵会军，司务长王爱忠；编制车辆 19 台（3 辆摩托车、5 台北京 212 侦察车、4 台 65 型喷洒车、2 台 65 型淋浴车、5 台解放卡车）。战时，除喷火排以班组形式配属步兵作战外，全连基本实现了机械化，遂行防化保障任务的能力大大增强。

洗消排共编 25 人，其中排长 1 人，战士 24 人；洗消车辆 6 台，其中 65 型喷洒车 4 台，65 型淋浴车 2 台，每台车除自身洗消装备外，另配 56 式冲锋枪 1 支，65 型侦毒器、67 型乙丙仪各一部；4 人为一个战斗车组，每车组编有车长 1 人，司机 1 人，洗消员 2 人（分 1、2 号洗消员）；每个班编

◎出发前。左起张彦贵、郭文平、林洪山、刘勤、杨军。（由杨军提供）

两台车，班长、副班长各带一个车组。洗消排的主要作战保障任务是：对染毒的道路、地域实施消毒，对沾染、染毒的车炮等武器装备、防空洞口等建筑物实施消毒、消除，对沾染放射性物质的人员实施消除。在未来反侵略战争中，洗消排以洗消装备为依托，以过硬的洗消技术战术，净快省地完成洗消保障任务。

二、全员刻苦努力，打好专业技术基础

洗消排的干部战士，面对新的专业，新的器材装备，全排 25 名指战员都是零基础。如何尽快掌握洗消知识和洗消车辆操作技能，是摆在全排同志面前的最大课题。当年，军区又赋予我师举行防化科带防化连演习现场会的重大任务，更是时间紧迫。

面对困难怎么办？我们一是加强了思想政治工作。指导员鲁炳祥强调我们要政治挂帅，思想领先。坚持政治学习，联系训练实际，反复进行思想动员，讲清洗消兵肩负的作战使命，认清自己在未来战争中的地位作用，增强同志们刻苦训练的自觉性；二是通过防化科（科长卜贵存、参谋王太和）、连协调，聘请军直防化连洗消排长李同彬

作教员，并带喷洒、淋浴车组进行示范；三是开展训练竞赛活动，激发大家立足本职、献身国防，克服困难的动力，使大家全身心地投入到学习训练中来。为尽快进入状态，1976年入伍的新兵，仅在新兵连受训20天就投入到紧张的训练当中。

在训练上，除参加连队的共同科目外，按照训练大纲要求，洗消专业的技术部分，应重点掌握洗消剂、洗消车辆的构造、功用、性能、工作原理，对车辆的操作使用，对各种洗消对象的洗消方法等。李同彬排长采取先理论后实际操作、先徒手后全身防护，先易后难、循序渐进的教学方法，主要理论重点讲，难度动作反复讲；示范组反复示范，不厌其烦；洗消排干部战士珍惜机遇，虚心学习，刻苦训练。

在对洗消车辆的操作时，按照教材规定和示范，每个车组4人要分工合作，协同配合作业。喷洒车组要熟练掌握展开撤收喷枪、喷刷、调制"三合二"消毒液等基本动作；在对车炮等武器装备消除时，需要车长与1号洗消员配合，2号洗消员与司机配合，一人在前手持喷枪（圆柱形喷头），一个在后托送胶管，按照先前后后，先里后外，先上后下的顺序，要求持枪要稳，喷出的水柱要准，速度均匀，每枪间隔10厘米；在消毒时，要展开4只喷刷，4人各持1只，按部位分工和顺序要求实施，消毒讲究先喷后刷，不留死角，以保证将毒剂从染毒装备上刷掉消毒；对地面消毒时，主要是喷洒车喷出的消毒液体落点要准确，喷洒宽度保持5—6米，喷洒密度要达到单喷0.5升每平方米，双喷（前后喷）1升每平方米，误差率越小越好。对弹坑和车辆颠簸造成的漏消，还要学会用喷枪（扇形喷头）、小桶提消毒液进行补消。

淋浴车组在基本操作训练时，4人先将所需器材从车上卸下（各种器材均有固定位置），按照分工，车长与司机和2号洗消员搭帐篷，1号洗消员对锅炉进行生火造压。搭帐篷是最紧张较劲的操作，要搭大小帐篷各一个，大帐篷为淋浴室，设两个喷头，小帐篷为更衣室。

每个帐篷按先支围杆、上顶杆（需 1 号洗消员过来帮忙，4 人各持一角合力架设）、顶布、围布的顺序进行，四周还要钉地钉，拉好固定绳索，最后在帐篷内安装固定喷架，连接输水胶管，还要在帐篷外适当位置挖渗水坑，整个过程要在 30 分钟内完成。尤其在上顶杆、顶布时最为关键，因为重量重、难度大，需讲究架设技巧，车长喊号，车组人员同时协力。架顶杆时，如弄不好围杆会散架；上顶布时需一鼓作气，要迎风而上，否则需重新来，费时费力。1 号洗消员也非常紧张，先用手摇泵快速向锅炉注水，边注水，边在炉膛点火、加煤，手摇鼓风机助燃火势，规定在 30 分钟内锅炉压力达到 3.5 个气压，还要掌握调温保温操作技术。一般冬季所需淋浴温度在 42℃左右，夏季在38℃左右，并视情况随时调节。完成一次帐篷架设，4 个人都浑身是汗。

对洗消装备的保养维护，军直防化连洗消的李同彬排长也作为重要内容进行了示范讲解。排长靳树长在实践中，总结制定了装备器材管理养护的"三分四定"制度，"三分"即为三次擦拭：第一次擦拭器材上的泥土油污时用旧布，第二次用干净布擦拭，第三次用油布擦拭（器材多为金属材质，防止生锈）；"四定"为定位存放、定人管理、定期保养、定期检查。由于坚持车场日、器材擦拭维护日等制度，使洗消等装备随时处于良好状态。

训练中，党员、班组长带头，人人争先。三位班长耿月林、刘威生、崔庆水个个模范带头，认真组织本班训练；张彦贵、杨润福等副班长积极配合班长工作，抓好所带车组的训练；山东大汉林洪山是1976 年从农村入伍的新兵，仅上过三年小学，他克服文化低、理解能力相对较差的弱点，利用中午晚上和星期日加班学习理论科目，睡觉休息时冥想教员讲课示范动作内容，训练刻苦认真，从不怕苦怕累，仅两个月他就瘦了 10 来斤，但功夫不负有心人，他在考试中均取得优良成绩；2 号洗消员张承祥，个子虽小，上下车有一定难度，但他在困难面前不低头，不服输，他拼命增加体能训练，以弥补体力上的不

◎洗消排战友合影。前排左起：郭文平、刘芬清、刘勤、王庆明、杨军、孟庆敏；中：贾传福、张承祥、张建军、徐友生、冉庆收；后排：张彦贵、林洪山、杨润福、刘威生、靳树长（车内）、邱永平。（由杨军提供）

足，各项训练从不落后，以敏捷、正确的动作受到大家的好评；司机鲁文和，除与车组人员一同训练外，还要保养车辆，为本车组和淋浴车组洗消训练拉水，对水泵、管道维护保养，付出了比别人更多的辛勤与汗水；淋浴车班1号洗消员孟庆敏，高中毕业入伍，平常有点书卷气，但他毫不示弱，努力掌握淋浴技术，每次进行生火造压训练，他都是汗流浃背。除正常训练外，他还主动清掏锅炉烟灰，维修漏水管道开关；训练结束后，还要利用课余时间准备下次训练用的软柴、劈柴、燃煤等。准备劈柴和煤是很讲究规格的，劈柴要劈成直径2厘米，长度25厘米的木棍，煤块要砸成直径3厘米的小块，这样火势旺，生火造压迅速；对日复一日的严酷训练，他不喊苦累，从无怨言，经受住了考验。排长靳树长除协调排与连队、与教学组的事务外，还与各班组一同上课，认真做笔记，总结归纳教学内容与方法，严格训练，严格要求。通过全排干部战士的刻苦努力，至5月底，三排洗消专业全部完成了训练大纲规定的技术训练课目。通过考核，除个别战士因文化程度低，理论课目仅及格以外，其他人员和所有动作课目均达到了优秀或良好的成绩，为战术训练和参加演习奠定了坚实的基础。

三、从实战需要出发，努力提高战术水平

战术训练是形成战斗力的重要手段，演习是检验战术训练的最好方法。从6月份开始，在军区防化部专业人员和军防化教学组的指导下，我排的训练以实战为背景，以提高战时防化洗消保障能力为目的，全面开展了专业战术训练。首先进行了外军研究、地图应用、荫蔽伪装、防空防炮等共同科目训练，进而转入班组对道路、地域实施消毒，开设兵器、人员洗消场为主的训练。训练中，均在各种战术背景的情况下进行，教员或洗消排长预先编写战术科目实施方案，向班组下达洗消保障任务的口令，班组长迅速在本班组传达、动员、准备，而后向执行任务地点开进，途中要加强警戒和伪装隐蔽，灵活处置各种情况；到达执行任务地点附近，班组长首先要下车勘察地形，确定对地面、道路消毒、开设洗消场的方法及完成任务后的行动。对染毒道路（地域）实施消毒，到达前后界时要将侦察兵标记的红色标志旗换上黄色标志旗（表示已消毒）；开设洗消场时，要根据地形、风向等情况，确定、标志出入口、洗消点、沾染检查点、挖渗水坑的位置、设置警戒等；洗消时，班组长要与被消单位指挥员加强联系，维持洗消秩序；洗消后，需对武器装备和人员进行沾染检查，检查洗消是否合格。

整个执行任务过程中，班组长要坚定沉着，灵活指挥，果断勇敢，车组人员要按照分工作业，相互配合，发扬"两不怕"精神，努

力完成上级赋予的洗消保障任务。完成任务后，班组长要组织自消、撤收器材，并立即向上级报告执行任务情况，返回集结地休整待命。防化洗消训练除模拟训练外，离不开水，对水的依赖性较大，一般情况下，喷洒车去大同东北方的3528（化工）厂和大同市城区路边消防栓加水；淋浴车去御河东的水泊寺红卫湖周边，选择场地开设人员洗消场。全排干部战士拧成一股绳，心往一处想，劲往一处使，战术水平基本达到了拉得出、展得开、消得净、撤得快的保障要求。

在上级业务部门的帮助指导下，全连干部战士在连长李明、指导员鲁炳祥等连首长带领下，按照科带连演习的要求，观侦消喷各专业技术战术训练均达到了较好水平，开始迎接上级的检查验收。七月中旬，军区周依冰副参谋长带军区防化部焦玉文部长等机关人员（军、师首长和防化等部门陪同），到我师视察演练准备情况。一天上午，先是对我连进行了紧急拉动、战前动员等科目的检查；下午在师部礼堂前的广场上，在三排长靳树长指挥下，9班第一车组（班长耿月林、司机鲁文和、1号洗消员林洪山、2号洗消员张承祥）代表洗消排，展示了穿戴防护器材对车辆实施消除科目。全车组动作迅速、协调一致、准确无误，操演非常成功。表演动作刚一完毕，周副参谋长率先起身鼓掌，全场随即响起一片热烈掌声，对他们的精彩表现予以称赞。

第二天下午，我连在营房西面3公里外的山沟里，进行了一场近似实战的化学侦察和地面消毒演练表演。导调组发射2颗信号弹（表示演习开始），随后指示工兵保障分队显示6个炸点，模拟敌对我山洞前100米的道路和防空洞口实施了持久性化学袭击，以迟滞我军机动和运送作战物资。防化科王太和参谋给防化连下达指示：迅速组织对受袭地域实施化学侦察和消毒。连长李明随即命令二排长王贵珍带5班进入毒区实施侦察，十几分钟后，二排长报告侦察结果为持久性毒剂芥子气。随后连长命令三排长靳树长带一个喷洒车组前往毒区消毒，开辟通路。执行这次演练任务的仍是9班第一车组，该车组早已调制好"三合二"消毒液，整装待发。当排长带领车组到达染毒边界时，当即指挥停车，与9班长下车到附近制高点观察地形，制定消毒实施方案，而后带领车组按先道路、后山洞工事的顺序实施消毒作业。司机驾驶喷洒车，到染毒边界时挂泵、打开喷洒开关，将消毒液准确喷洒到边界外0.5米；车辆以2挡车速，前后喷头同时喷洒，以5—6米的扇形水面，从染毒前界沿道路逐渐向洞口方向推进，将路面上的毒剂洗消干净。对道路上的弹坑等漏消点，及时指挥停车、补消。喷洒车到达防空洞口时，靳排长手持指挥旗用旗语指挥，班长前后联络，司机先驾驶车辆调头（车头朝外，喷洒胶管对向防空洞口），挂泵加压；1号洗消员手持喷枪，使用扇形喷头，对防空洞口工事进行消毒，以先上后下，先洞口后两侧墙壁的顺序进行；2号洗消员拖拉又长又重的胶管（每根18米长），紧随其后，密切配合。由于作业时间长，体力消耗大，2号洗消员张承祥有点吃不消，排长、班长就一边指挥一边帮助拉管子，协助张承祥作业。消毒作业后期，大家都很疲劳，在这决定成败的紧要时刻，靳排长高喊："我们要下定决心，不怕困难，坚持到底就是胜利！"全车组人员鼓足勇气，干劲倍增，五人紧密配合，不怕苦累，果敢出色地完成了这次消毒任务。在撤出染毒区进行车辆人员自消后，从脱下的防毒衣里倒出的全是汗水，大家相互对视，不禁莞尔。

这次演练，从模拟敌化学武器袭击，到化学侦察、对道路和工事洞口消毒，环环相扣，紧张有序，整个战术动作娴熟到位，场面壮观精彩，受到了在场观摩的首长们一致赞扬。然而，在科带连实兵演练现场会准备就绪，军区参会人员即将报到之际，由于"7.28"唐山大地震，演习不得不终止。

我们连自从1969年10月从榆次移防到大同营区后，就一直未能全训，连队各专业训练基础较为薄弱（其间也曾组织过骨干集训）。1976年，借北京军区组织"防化科带连实兵演习现场会"的强劲东风，我连观侦消喷各专业紧紧抓住这一难得机遇，按照训练大纲和教材，扎扎实实，勤学苦练，打牢了技术战术训练基础。1977 年又适逢全训，全连政治、军事素质得到巩固与提高，遂行防化保障任务的能力进一步增强，在合成军队反侵略战争准备和抢险救灾、支援地方建设中发挥了重要作用。

作者简介： 杨润福，1955 年 8 月出生，内蒙古卓资县人，中共党员。1973 年 12 月入伍，任防化连二排五班战士，1976 年 2 月任三排11 班副班长，1977 年 2 月任 11 班班长，1978 年 4 月退伍。

张承祥，1956 年 8 月出生，山东平阴县人，中共党员。1976 年 3 月入伍，任防化连三排九班战士，9 月任炊事班炊事员，1977 年 1 月任 10 班副班长，1977 年 12 月至 1978 年 3 月参加北京军区防化集训队参试集训，并参加了国防科工委组织的代号为"2146"核试验任务，1978 年 3 月任九班班长，1982 年 2 月退伍。

孟庆敏，1959 年 1 月出生，河北定州市人，中共党员。1976 年 2 月入伍，防化连 3 排 11 班战士、1980 年 1 月退役；1981 年 6 月从新疆生产建设兵团商调到人民银行石家庄中心支行，1983 年至 1986 年在保定金融专科学校学习。毕业后长期在石家庄金融系统从事业务、信贷管理工作，历任人民银行科员、城市信用社主任、合作银行、商业银行、河北银行支行行长，兼任河北省信用担保中心高级项目经理、担保公司风险经理等。

全训中的防化侦察兵训练回顾

何志刚

1976 年我们防化连在大同卧虎湾营区全训，并为军区防化兵"科带连"演习现场会做准备。全连观、侦、消、喷四大专业展开了全面训练。我是刚入伍的新兵，分在侦察三班。我们防化侦察兵的主要任务是实施化学、辐射侦察和沾染检查，为部队防护和后续的洗消行动提供准确信息。下面，就全训中防化侦察兵的训练工作做一简要回顾。

一、政治工作树正气，统领训练升动力

在全训过程中，不能不提当时政治工作的统领作用：支部一班人团结一致，集体领导作用好；干部骨干积极负责，表率作用好；宣传鼓动工作及时到位，引导作用好。连队充满了正能量，风气很正，干部骨干都很文雅，没有简单粗暴作风；官兵关系良好，没有老兵欺负打骂新兵的现象；全连一门心思搞训练。

我们排里、班里的氛围也一样好。排长牛明山、班长贾卫平、副班长于俊海表率作用很强，身教重于言教，训练中亲自示范。他们对战士们、特别是对我们新兵既严格要求，又很关切。当我们在训练中有畏难情绪或情绪低落时他们都会与我们谈心，做思想工作。班里的老同志关照新战士，新战士尊重老同志，全排、全班就像一个大家庭一样温暖。

这种良好的团队气氛保证了训练任务的完成。在连队训练动员后，全连官兵情绪十分高涨，挑战书、应战书接二连三，决心书、建

议书不断涌现，迅速掀起了练兵热潮。

炊事班也行动起来，投入到练兵当中。他们努力搞好伙食保障，千方百计调剂花色品种，在有限条件下，保证全连官兵吃饱吃好。特别是由于训练比较分散，不能统一回来就餐，他们就分批保障，直到最后一拨人吃完他们才最后吃饭。晚上训练，他们还为我们准备夜宵。副连长孙智新、司务长王爱忠还组织人员前往河北唐县，用小米、土豆等换回白面等，改善连队的生活。我们至今都十分怀念这种团结向上、质朴友爱的氛围。

二、学好核化理论课，打好基础不畏难

作为防化侦察兵，除了要学习共同条令，进行队列、射击、投弹、紧急集合和军事地形学等共同科目的训练外，还必须掌握化学武器和核武器的基本理论知识和专业技术技能。厚厚的两本书要在一两个月内学完，这对于文化基础较差的战友来说，确实是一道难关。为了攻克这一难关，战友们没少下功夫。

首先是课上认真听讲。李明连长、牛明山排长、王桂珍排长、靳树长排长、杨广生化验员等干部都为我们讲过课，他们作为防化兵的前辈，专业理论水平很高，进行启发式教学，讲解深入浅出、形象生动，针对性很强。大家在理解上问题不大，但有大量的知识需要记忆。例如，核武器的临界体积、当量、四大杀伤方式（光辐射、冲击波、核辐射与放射性沾染）、放射性物质的半衰期以及对核武器的防护要点等；化学武器中神经性毒剂、糜烂性毒剂、窒息性毒剂、刺激性毒剂和全身中毒性毒剂等毒剂的化学和物理性质，以及对化学武器的救护、洗消方法等。这就要求我们必须认真听讲，认真做好笔记，不能有任何松懈大意。有的战友课上笔记记不全，就课后互相借鉴补齐。

其次是课下认真温习记忆。在时间短、任务重的情况下，战友们采取了多种方法理解和记忆理论知识。有的采取老带新的方法，比如

我们三班班长贾卫平、副班长于俊海和老同志王绍德主动帮助尹同山和我这两个新兵，他们耐心启发，精心讲解，介绍学习方法；有的采取互相提问的方法增强记忆，比如我和其他班的战友李德义、张月平、张明德、张宝川、吴汉军等就结成对子你问我答，互相促进；有的早上早起在操场温习，有的晚上晚睡去俱乐部温习……

经过不懈的努力，基础理论掌握的很快，虽然大家在有些问题上还不能完全弄通（比如长长的化学分子式等），但关键实用的地方都理解记忆或死记硬背了下来，并在考核中取得了较好的成绩。

三、扎实苦练基本功，争先恐后当先进

理论学习还在进行中，侦察的基础动作训练也穿插着开始了，而训练的重点还是新战士。各班长、副班长和老同志们手把手地教，分解着教，合成着教，教动作，教技术，生怕本班的新同志掉了队。

新同志们也不甘落后，除了课上认真学习之外，还在课下广泛开展小群练兵活动，拿着秒表，一秒一秒地竞争。

在穿脱防毒衣的训练中，要求穿得既要快，又要保证质量，要做到鞋带、腰带系结实，防毒面具贴合好，头部包裹严紧密，

◎对车辆进行沾染检查。（由孟庆敏提供）

尼龙搭扣搭牢靠。不然，在训练或实战中，就会出现开带现象影响作业，或出现漏气现象进而引起中毒等安全问题。多数新兵开始时需要两

三分钟时间才能穿好，而且质量不高。战友们相互较着劲地练习，课余时间全都用上了，最后才逐步都提高到一分钟左右就能高质量地穿戴完毕。其中张明德与尹同山等战友的进步更快些，多次率先达到 58 秒以内。特别应该提到的是李德义同志，他 1.9 米左右的身高，但一点也不讲特殊，比其他战友练得更刻苦，同样也取得一分钟以内比较好的成绩。在达到一分钟以内后，穿防毒衣的速度就不容易再提高了。

在侦毒器操作训练中，各班的战友们在操场上站成一排，跟随班长统一训练，班长先示范，而后分步练；先徒手练，后戴手套练。开盖、取唧筒、取侦毒器罩、取其他附件，看谁更快捷；取、切、插入侦毒管，看谁更利索（每个人都有自己独特的侦毒管排列顺序）；唧筒抽气，两快一慢，看谁更符合要求；顶碎试剂瓶、甩液、比色、收回，看谁又稳又安全！战友们还根据染毒对象沾染毒剂的位置不同，练习立姿、蹲姿、半蹲姿等多种侦毒姿势；练习在空气中、在水底、水面、在地面上的多种侦检和取样方法。战友们进步很快，后来基本上都能熟练地掌握侦毒的基本动作要领，为下一步训练打下坚实基础。

在 67 型辐射仪和 58 型乙丙探测仪的训练中，因为仪器比较贵重，大家注意轻拿轻放。在训练用乙丙探测仪对人员和车辆等武器装备进行沾染检查时，战友们细心审查刻度表练眼功；排除干扰因素练耳功；快速准确地读数练嘴功；精准操棒练手臂功。比心细，比反应，比耐心。

在沾染检查实训中战友们互相布设放射源，互相考核。虽然布设得很隐蔽，但经验丰富的侦察员们每次都能准确发现放射源位置，侦测出它的辐射值并标注其危害程度。

训练中连队还注重对官兵进行适应性训练并培养不怕苦累的作风。例如经常利用早操和其他时间进行穿着防毒衣的长跑训练，有时一次会跑上几公里，每次跑完后，（尤其是在夏季）军装都会被汗水浸湿，好多战友防化服里都能倒出汗水来，其艰苦程度可想而知，可战友们没有一个叫苦叫累的。在穿着防化服走方位角训练和演习中长途奔跑时就体现出这种适应性训练的必要性了。

训练是艰苦的，也充满了乐趣和挑战性。班与班、个人与个人都展开了竞赛。例如，在我们三班，只有尹同山和我两个人是新兵，我们俩一直在暗暗竞争。在穿脱防毒衣训练时，虽然是班长一起教的，但他总是比我快一点。我不服气，就悄悄找1973年入伍的老同志王绍德在业余时间教我技巧。他告诉我，要想穿得快，折叠包装防毒衣是基础，并教给我如何应用，终于在一段时间内我超过了尹同山。可是不久，这个技巧普及后，他又超过了我。动作训练我是落后一点，但在理论学习方面，我是强项。我主动帮助他，他也在动作训练中帮助我，我们成了互帮互学的好战友。老同志王绍德还多次在其他训练中悄悄帮过我，他是个热心的人，我很想念他。

四、实毒训练难不倒，苦练巧练效果好

作为一名防化侦察兵，光有理论知识和会基本操作是远远不够的，更重要的是对毒剂的侦检。实毒侦检是一项综合性的训练，是每一个侦察兵必须掌握也是最难掌握的技术。在刚开始侦毒训练时，新兵们由于紧张和防毒面具对视力的阻碍作用，使得所看到的毒剂样子都差不多，根本无法下手，感到难度特别大。经过一段时间训练，才逐渐掌握了一些窍门。连队从实战要求出发，不断提高训练难度，如增加了夜间侦毒训练等，并带领大家一关一关地闯。

当训练进入成绩难以快速提高的阶段时，连队号召我们苦练加巧练，经常组织我们召开军事民主会，交流训练体会，请老同志介绍经验，进行典型事例分析等。

我们的班长、副班长更是反复强调侦毒技巧的作用，注重对物体染毒症候的讲解，启发我们透过现象看本质，让我们体会教员提出的"三个突出"，即初步判断突出一个"细"字，实施侦检突出一个

"活"字，综合判断突出一个"舍"字，提高了大家对毒剂的判断和侦检能力。

完成侦毒任务要求即要准，又要快。要做到既准又快，就必须牢记各种毒剂的性质，包括毒剂的颜色、比重、渗透性、黏稠度和挥发性等，以及由此形成的在各种染毒对象上的特征。各种毒剂在黏土上，在沙土上，在砖石块上，在水面上，在水底下，在植物叶面上，在植物的枝干上的征状都不相同。侦毒时必须要冷静，细心，对各种信息进行综合判断，还要考虑白天与夜间因光线不同而产生的明显区别。在侦检时，不仅要直接侦检和取样侦检，还要做好取样工作。直接侦检是使侦毒器的侦毒管直接对准染毒对象进行现场侦毒，重点是始终使侦毒管切口与染毒物体保持0.5厘米的距离；取样侦检是将毒剂收在唧筒罩里，然后用侦毒器进行的侦检；取样是将染毒物体标本收集到取样瓶里，带回连队由化验员化验。经过严格的实毒训练，战友们大都掌握了侦毒的各种技巧，能独立完成复杂的侦毒任务。

在训练中，布毒、消毒和深埋处理是一项危险的工作，一般由副班长和有经验的老同志承担。我们班副班长于俊海和老同志王绍德就经常承担这项工作。布毒就像出考题，要根据各种毒剂的特性进行布毒，布毒的水平高，侦毒的成绩才能提高得快。所以，每次布毒，布毒员都会认真设计，花样百出，布在各种材料上，巧妙体现各种染毒特征。有时他们一天就要进行数次的取毒、布毒、消毒、深埋处理并送回剩余毒剂，稍不留意，就可能出现中毒事故。可我们的布毒人员每次都能严格按程序操作，每一项作业都严谨细致；我们的侦察员在完成侦毒任务（作业）后，也一定按照侦毒规程作业，及时集中销毁已用侦毒管，配合布毒员用"三合二"消毒液对涉毒物体彻底进行消毒并进行深埋处理。在一年的高强度、高密度训练中硬是没有出过任何差错和事故，体现了我们防化侦察兵对人民群众、对同志、对自己的高度责任心。

五、战术训练巧配合，演习场上显神威

个人单兵训练是基础，班组的战术训练是更高层次的应用。班组的战术训练要有明确分工，要有协同配合，还要有灵活机动的角色转换。班、组对染毒地域、道路实施侦察的战术行动主要是领受任务；选择前进的道路和方法；设置前后警戒；班组长居中指挥；侦毒员快速准确完成侦毒任务；标记染毒种类和毒区边界；迅速返回并向上级报告等。班组对放射性沾染地域的辐射侦察则有所不同，由于沾染面积比较大，一般乘车进行，在侦察的同时，插上标志旗，并标记污染的前界、后界和最高辐射级区域。根据战时需要，还要开设沾染检查站（点），实施对人员和车辆的沾染检查和洗消。

◎演习预演中李明连长（中）向化学侦察班班长贾卫平（右）、副班长于俊海（左）下达侦察任务。（李明提供）

在军区"科带连"演习预演过程中，我们三班担任化学侦察任务。演习预演是在营房西侧山沟道路地域进行的。原计划受领任务后，全班直接跑步进入毒区进行侦检，后在上级首长和业务部门的指导启发下，改为全班分成两个战斗小组，沿两侧山坡交替互相掩护并迂回前进抵达染毒地域。这种战术安排更加符合实战的要求，更逼真，但也提高了训练的难度。在起伏不平的山坡上，我有几次都差点滑倒，好在有平时适应性训练的基础，很快就适应了。在炮声隆隆的氛围中，由连长李明指挥，在贾卫平班长和于俊海副班长的带领下，两个战斗小组协调一致，互相配合，冷静、准确、迅速、圆满地完成了侦察任务。体现出平时的训练是过硬的，是经得起实战检验的。

这是我从一个新兵的角度对1976年全训期间，防化侦察兵训练生活的一点回忆，与战友们分享。其中难免有错误和疏漏之处，请战友们批评指正！

作者简介： 何志刚，中共党员，1976年3月入伍，1978年7月入党，入伍后被分配到防化连1排3班，在防化连历任战士、班长。

苦练穿防毒衣的经历

罗伟民

我 1977 年 1 月从江苏省丹徒县入伍，在步兵第 207 师直属队服役，新兵连训练结束之后，来到防化连，分在一排 3 班，主要任务是辐射级侦察和化学侦察。那一年适逢全训，军师两级组织部队开展"大战红五月"练兵活动，并按专业进行考核评比，掀起全军练兵习武的热潮，我们一到连队，就能感受到各班排如火如荼、你追我赶的训练氛围。

穿着防毒衣，是防化兵执行多种战斗任务所必需的个人防护措施，要求动作准确、严密、迅速，是防化兵的重要基本功之一，也是各种考核的必备项目。我们新兵到连队后第一个操作科目训练，就是个人防护，包括戴面具和穿防毒衣两个部分。戴面具的动作相对简单，每人最多相差一两秒钟，而穿防毒衣因人而异，差距就比较大了。我好像记得当时的及格线是两分钟左右，优秀线是一分半以内。

穿防毒衣的确有一些技术要领，但并不复杂，班长一讲解，我们就能听懂，要取得好成绩，只能靠勤学苦练，做到熟能生巧。对于新兵来说，当时要学习掌握的内容太多，既有操作科目，还有许多理论科目要记背。因为正课的时间有限，新兵们就自觉地利用中午休息时间和晚上业余时间加班练，一些老同志也热心地帮助、辅导我们训练。当时为了避震，全连都住在车场的帐篷里，初夏的中午，里面还是挺热的，我就干脆不睡了，拿着防护器材在车场的角落练习戴面具和穿防毒衣。同年入伍的北京兵开钢，与我在新兵连就比较要好，他分到二排，与我们排的共同科目训练都是一样的。他的文化水平在我们同年的新兵中比较高，理解能力强，所以理论学习的成绩好，我那时很精瘦，动作麻利清爽，我们俩就结成对子互帮互学，他辅导我理论科目，我与他共同切磋动作要领，两人都有不小的收获。

我排1976年入伍的尹同山老兵，聪明机灵，动作敏捷，在各种动作训练中，通常都是担任示范的角色，是我们心目中学习的榜样。他为人豪爽仗义，乐于助人，每当我们加班训练请他指导时，他总是慷慨答应，拿着秒表为我们掐时间，指导我们改进动作，同样牺牲了大量的休息时间。

1977年全军正开展学习雷锋、学习"硬骨头六连"活动，我连上下都热气腾腾，争先恐后地开展军事训练，不怕苦，不怕累，在练习戴防毒面具时，一遍遍地往头上套戴，面具上的松紧带把耳朵根都磨出了血，我也不在乎，找卫生员简单处理一下接着再练。睡觉前，躺在床上，还在想着动作要领，如何叠包防毒衣，如何抛开，如何蹬腿，如何伸臂，如何翻肩，达到了痴迷的程度。

功夫不负有心人。在老同志的帮助指导下，经过刻苦训练，我穿防毒衣的时间很快就达到优秀标准，大约一分钟左右，在同年新兵中是比较突出的。在训练中，我发现，防毒衣的鞋带是两根带子，系鞋带耽误时间，尤其是夜间战术训练，穿防毒衣时看不清鞋带，系得不好，还严重影响行进速度和安全。我从防毒衣领部的尼龙搭扣产生了灵感，觉得如果用尼龙搭扣取代鞋带，不仅可以提高速度，还可以增加鞋子的牢固程度。经请示班长同意，我设法找来了尼龙搭扣，改进了我的防毒衣，经过试验，效果非常好，比系鞋带起码能快5秒钟。当我使用改进后的防毒衣轻松超过开钢时，他惊呼我使用了"新式武器"。连队领导也认可了我的技术革新，在全连作了推广。

这次在石家庄参加防化连战友聚会，听李明老连长介绍了连队的光荣历史和功绩，其中有一个事例我印象深刻，喷火排一位战友，蒙目拆装喷火器，成绩是51秒，创造了全军纪录，长期无人能比。我由此想到，我当年穿防毒衣曾经达到48秒，不知道算不算连队纪录？

聚会上老友重逢，分外开心，尤其是见到了分别近40年的尹同山老兄，提及当年训练穿防毒衣的往事，衷心感谢他的帮助。去西柏坡参观途中，开钢指着我的大肚子调侃说："现在比赛穿防毒衣，你这个样子未必还能赢我。"我承认他说的有些道理，但一看到他的肚子也不小，心里并不完全认同，不过对于40年的好朋友，也只能一笑了之了。

作者简介：罗伟民，1957年11月出生，1976年12月入伍，防化连战士，班长，1982年1月退伍，任职在安达利物流公司。

晒晒我的军事训练成绩单

开　钢

为了写作《战斗在蘑菇云下》，我翻找到1977年起使用的军事训练笔记本，意外发现上面竟然完整记载了我的军事训练成绩。时过境迁，看到自己40年前取得的优秀成绩，当年刻苦学习、拼命训练的情景，依稀浮现在眼前，豪迈之情，油然而生。现按时间先后抄录如下，既是对自己青春年华的回顾，也是反映当年连队火热战斗生活的一个侧记，更是自己献给军队和国家的一份答卷。

◎ 作者戎装照，摄于1978年。（由开钢提供）

1977 年 4 月 6 日	识图用图常识	99 分	优秀
1977 年 4 月 22 日	穿防毒衣	1 分 17 秒	优秀
1977 年 4 月 25 日	原子武器常识	98 分	优秀
1977 年 5 月 13 日	夜间辐射侦察	15 分钟	优秀
1977 年 5 月 16 日	化学武器常识	99 分	优秀
1977 年 6 月 7 日	沾染检查	8 分 40 秒	优秀
1977 年 6 月 9 日	气象常识	100 分	优秀

1977 年 6 月 13—14 日　军师"大战红五月"检查考核：

	原子武器常识	100 分	优秀
	化学武器常识	95 分	优秀

	识图用图常识	95 分	优秀
	气象常识	90 分	优秀
	沾染检查	7 分 20 秒（100 分）	优秀
	个人防护	1 分 13 秒（100 分）	优秀
	辐射侦察	24 分钟（95 分）	优秀
1977 年 7 月 11 日	白天侦毒	7 分 6 秒（99 分）	优秀
1977 年 7 月 13 日	夜间侦毒	9 分 13 秒（100 分）	优秀
1977 年 8 月 14 日	单兵辐射侦察	11 分钟	优秀
1977 年 8 月 15 日	单兵化学侦察	17 分 5 秒	良好
1977 年 9 月 21 日	轻武器射击	79 环	优秀

1977 年 12 月 1 日	师年终考核：		
	基础理论	100 分	优秀
	白天侦毒	9 分 40 秒（95 分）	优秀
	夜间侦毒	7 分 15 秒（95 分）	优秀

参加"2146 核试验"北京军区防化集训队考核：

1977 年 12 月 20 日	原子武器（1）	98 分	优秀
1977 年 12 月 22 日	原子武器（2）	99 分	优秀

1978 年师防化集训队考核：

4 月 30 日	识图用图常识及运用	四项 399 分	优秀
5 月 6 日	洗消常识	99 分	优秀
5 月 11 日	军事气象	99 分	优秀
5 月 13 日	戴面具	2 秒 1（94 分）	优秀
5 月 13 日	穿防毒衣	1 分 25 秒（99 分）	优秀
5 月 24 日	原子武器	99 分	优秀

6月21日	白天侦毒	9分50秒	优秀
6月21日	夜间侦毒	8分5秒	优秀
7月11日	沾染程度读数	18秒	优秀
7月12日	车辆沾染检查	4分58秒99分	优秀
7月12日	人员沾染检查	1分52秒100分	优秀
7月12日	粮秣沾染检查	2分18秒100分	优秀
7月25日	辐射侦察	15分0秒	优秀
7月25日	辐射级读数	14秒	优秀
9月26日	手榴弹实弹投掷	41米	优秀

1978年9月22日至9月25日 军师检查团组织考核:

条令理论	98分	优秀
专业理论	100分	优秀
穿防毒衣	1分16秒100分	优秀
戴面具	3秒100分	优秀
实弹射击	80环100分	优秀
夜间侦毒	15分19秒95分	优秀
沾染读数	21秒100分	优秀
辐射级读数	15秒100分	优秀
侦毒管质量检查	100分	优秀
汽车沾染检查	4分24秒100分	优秀
取样法侦检	2分9秒95分	优秀

根据靳树长科长工作日志的记载，1978年9月，第69军举行了全军防化分队考核比武，应该就是指上面这次考核。我的这组成绩在战士组考核中（军直、A师、207师、守备某师四个防化分队），以平均97.7分名列69军第三名，前两名分别是A师防化连的邸新立和谭四新，值得敬佩。我连的纪常顺、孟庆敏、田建国、郭文平战友分别

名列第四、五、六、十，个人前十名中我连就占了一半，获得个人项目总分第一名，为连队争了光。

梅花香自苦寒来。在我的军旅生涯中，能在所参加的各项军事考核中，除了一次良好，其余全部取得优秀成绩，现在看来，也是一件很不容易的事情，其中的艰辛，历历在目，刻骨铭心，我此刻也不禁为自己曾经的优异而感动。

当然，我清楚地知道，这些成绩的取得，离不开连队党支部的培养，离不开领导和战友们的帮助，李明连长、鲁炳祥指导员、王桂珍排长、刘树杰班长以及二排的贾卫平、刘贵金、吕平运、陶庆华、祁耀欣诸位老班长，为我的成长进步倾注了大量的心血，给予了极大的帮助，我永远不会忘记，衷心感谢他们！

荣誉属于光荣的 207 师！

荣誉属于英雄的 207 师防化连！

作者简介：开钢，1958 年 10 月出生，北京市人，1976 年 12 月入伍，207 师防化连 2 排战士、副班长，1980 年 1 月退伍。曾在中央国家机关、西藏自治区和澳门特区等处工作，现已退休。

回忆参加 2146 核试验

张承祥

我加入防化连战友群后，看到与刘树杰、开钢等 69 军防化分队参试战友（缺范志军和军防化连司机王俊生）40 年前在罗布泊核试验基地执行任务时的合影，感慨万千，不禁回忆起当年我们一起参加核试验的情景。

◎图为 69 军参加 2146 核试验战友合影。前排左五刘树杰、左六张承祥；后排左四开钢。（由李清朝提供，张海摄影）

1977 年年底，刘树杰排长、范志军、开钢和我四人代表 207 师防化连参加 2146 核试验，我们四人组成一个车组，在与北京军区各野战军防化兵及军区防化团精英的激烈竞争中，我们车组训练成绩名列前茅，获得优先进入爆区执行任务的荣誉。上级为了保护参战人员健康，要求每次执行任务时，人员受辐射剂量必须控制在 5 伦之内，并为每个车组成员配备了个人剂量仪。

核爆之后，我们有次进入爆区执行任务，为了更多更准地测量数据，凭借练就的过硬技术，大胆快速进入了高辐射区，范志军把车开到爆心的土坡下，已无法前进，本可按要求迅速倒车返回，可是开钢喊了一声什么，跳下车，便向爆心的土堆奔去，随后刘排长带我跳下车去追赶开钢。当时分工是刘排长指挥，范志军开车，开钢测量数据，我负责记录和联络。我们登上弹坑边沿，由于风太大，我们又都戴着面具，开钢担心声音传递不清楚，便一把抢过我手中的铅笔，他边测量边将数据写在他白防护衣的袖口上。刘排长下达返回口令后，他又跑向前多测量了一个点。当时现场的气氛真是非常紧张，生死攸关，每个动作都要争分夺秒，准确无误，当我们上前测量时，范志军已快速倒车来接我们。我由于个子小，上车动作稍慢了一点，此时车已开动，把我隔着棉裤的腿部都磕掉了一块皮，幸亏我手抓得紧，才没有摔下车来。我们返回出发地时，取回故意放在半路上的个人剂量仪，虽然上面的读数没有超标，但刘排长分析说，我们实际上受辐射的剂量可能在 20 伦以上。

◎2018 年 5 月 19 日，张承祥、开钢这对参加核试验的老战友终于在石家庄久别重逢。图为参观西柏坡合影。（由张承祥提供）

后来，军区防化营在参加核试验总结报告中提到，207 师车组测量的数据最接近遥测数字，我们因而受到军区防化营的连、营级嘉奖，为咱们 207 师防化连和 69 军防化兵争了光。

总而言之，我们四位战友齐心协力，不畏艰险，舍生忘死，共同完成了上级赋予的光荣而艰苦的战斗任务，没有辜负连队党支部的教育培养，没有辜负全连领导和战友们的殷切期望。

这是我的真实经历，永生难忘。在 207 师防化连战友联谊会成立之际，我愿与全连战友分享这个故事，为我们都曾是 207 师防化连的一员而深感荣耀与自豪！

深切怀念英年早逝的范志军战友！

作者简介：张承祥，见《开启防化洗消专业新篇章》。

2146 核试验亲历记

开 钢

在我的人生经历中，有一个时间节点非常特殊，这就是 1978 年 3 月 15 日 15 时，我国第 23 次核试验原子弹爆炸成功的时刻（代号 2146 次核试验）。本人作为这次核试验防化保障分队中的一员，能够有幸参加并圆满完成镇国重器的试验任务，为国防现代化作出一名军人应有的贡献，并首次得到部队嘉奖，深感自豪和荣耀。不仅如此，其间发生的一些故事，还对我秉持正确的价值观念产生了重要和深远的影响，由此确立的革命理想主义和革命英雄主义情怀，始终引导、激励着我去面对各种困难和挑战。在我的人生之路上，那段经历至今仍然刻骨铭心，难以忘怀。

一、光荣入伍，崭露头角

1976 年 12 月 30 日，我领到北京市海淀区人民武装部的应征入伍通知书，还有里外全新的军装被服，成为一名光荣的中国人民解放军战士，并且得知，我服役的部队是第 69 军 207 师。1977 年 1 月 4 日上午，我从永定门火车站上了火车，经丰沙线前往大同市，正式踏上从军之路。

我在 207 师直属队新兵连被分在 7 班，带兵班长韩忠生，来自师直防化连，是 1973 年从邯郸市矿山消防队入伍的老兵，排长张进欣，也来自防化连。正是由于他们两位，我才知道了防化连，并与之结下不解之缘。在紧张、严格的新兵训练期间，我表现较好，张排长选拔我担任了新兵 7 班副班长，这是我人生中第一次当"班"级干部。

　　三个月新兵训练结束前的一天，张排长派我出公差，到师煤矿拉取暖煤。傍晚我拉煤回来，张排长问我："知道为什么让你去拉煤？"我说："不知道。"他说："今天师警卫连来挑人，你很可能会被挑上。去了警卫连，就是站岗放哨，不如跟我去防化连吧。"我在高中时是班里的化学课代表，平素喜欢化学知识，听说能去防化连，自然高兴。故此，第二天我依旧去拉煤，又躲过了师侦察连的挑选。这样，新兵连训练结束，我如愿以偿地随着张进欣排长进了师防化连。

　　到连队后，我被分配在二排六班，职能是对辐射侦察和化学侦察，班长刘树杰，是韩忠生班长同年入伍的好友，入伍前在邯郸当工人，能文能武，智勇双全，刚因为革新防化器材荣立三等功，是全连班长中的佼佼者；排长王桂珍从师电影放映队下连，是连队干部中的文化人。我一到班里，就受到王排长和刘班长、秦宜英副班长的格外关心，其他战友也待我亲如兄弟，热心传帮带，使我过得非常愉悦，较快适应了连队紧张的训练和生活节奏，日有寸进。

　　1977 年，适逢我们防化连全年训练（前后几年防化连都没有全训过，看来我的运气真好），训练课目很多，理论部分包括：条令条例、原子武器、化学武器、识图用图、军事气象、电工常识等；实际操作部分包括：射击投弹、个人防护（戴防毒面具、穿防毒衣）、沾染检查、白天及夜晚辐射侦察、白天及夜晚侦毒、单兵辐射侦察战术、单兵化学侦察战术等。我清楚地记得，第一堂理论课是三排长靳树长讲授的《识图用图常识》，饶有趣味，我学得特别用心，在 4 月 6 日的考核中取得了 99 分的成绩，一鸣惊人。在班排长的带领和鼓励下，我加班加点，勤奋学习，后来已不满足战士教材的内容，主动借来干部教材学习，力求知其然也知所以然，综合军事素质进步很快。在 6 月 13—15 日军师防化领导机关组织的"大战红五月"考核中，我作为刚入伍的新战士，在所有的考核项目中都取得优秀，综合成绩在全连名列前茅，为六班和二排争得了荣誉，也为我们一同入伍的北京新兵赢得好评，引起连队领导的关注。

连队党支部特别重视教育培养我们这批北京籍新战士，注重发挥我们的长处，特地给我们增加一些艰苦磨炼，响鼓重槌，促使我们尽快成长，为连队多做贡献。我京工附中的同学任超，父母都是研究国际关系的专家学者，书香门第，他在学校就是同学们钦佩的学霸，尤以文化底蕴和政治理论水平深厚见长（我们两家很近，每天上学同路而行，教室也挨在一起，所以彼此非常熟悉，参军后还能同在防化连二排，也是缘分，使我获益良多）。连队党支部有意考察、磨炼他的意志，促其全面进步，专门安排他当饲养员喂猪。任超以坚忍不拔的精神和顽强毅力，经受了严峻考验，很好地完成了任务，得到全连的赞誉，入伍第二年就破格提为班长，成为连队建设的骨干。来自北京外国语学校的赵京慧，自小专攻法语，聪明伶俐，活泼可爱，党支部先后安排他当了通讯员和文书，有意培养他当连队的文化教员（恢复高考时他考取了山西大学，后在空军另有发展）。另一位京工附中的同学杨军，在学校就是学雷锋榜样人物，他带了全套修鞋工具入伍，利用业余时间热心为战友们修鞋，被连队树立为学习雷锋、艰苦奋斗的标兵，多次立功受奖。

1977 年 11 月底，连队接到上级指令，选派四名业务骨干组成一个车组，参加军区组织的防化集训，准备赴西北执行核试验防化保障任务。我的班长刘树杰刚刚提拔为排长，确定担任此行的领队，1976 年入伍的侦察排司机范志军、1976 年入伍的洗消排骨干张承祥光荣入选。我虽然入伍不满一年，但由于军事训练成绩突出，也被党支部破格选中，作为连队战斗骨干奔赴战场。由于这是绝密任务，连队领导特别强调与任何人都不能透露，我只好把这份喜悦和自豪悄悄藏在心底，将其变成不辜负党支部信任、努力完成任务的强劲动力。

二、严格训练，壮志出征

1977 年 12 月初的某日（由于当时强调严格保密，不许记录，不许通信，所以本文有些时间节点难免有误），刘树杰排长带领我们出征，鲁炳祥指导员、李明连长、吴福余副指导员、孙智新副连长、杨广升化验员等连队干部集体为我们送行，谆谆叮咛，殷殷期盼，祝愿我们四人载誉而归。

我们到军防化处报到后，王忠泉处长向我们宣布了任务和纪律要求：国家为了利用难得的核试验机会提高全军防化兵的实战能力，每次核试验都要指定某大军区的防化部队参与防化保障任务。1978 年 3 月国家将再次进行核试验，确定由北京军区担任防化保障任务，北京军区为此组建了防化营，我们 69 军共有 16 人入选，即军防化连李清朝、耿涛、王子成、王俊生 4 人；A 师防化连李明亮、董福华、许建华、王树合 4 人；207 师防化连刘树杰、范志军、张承祥、开钢 4 人；B 师防化连刘昭前、张志俊 2 人，守备某师防化连陈新传、李秀智 2 人，由军防化连副连长李清朝带队，军直和 207 师 8 人编为 1 班，刘树杰为班长，其他 8 人编为 2 班，李明亮为班长。

任务明确后，我们立即前往北京，四辆北京 212 吉普车装着行李结队开进，其他人员由军防化处沙寿臣参谋带领，乘坐火车抵达西拨子车站，到防化某团向军区防化集训队报到。我下火车时，望着继续向京城驶去的列车，忽然有了想家的念头，但我明白军情紧要，便毅然转身跟上战友，振奋精神走进了集训队营区，全身心投入到紧张的战前训练。

临时组建的北京军区防化营下辖防化某团的一个洗消连和八个野战军及北京卫戍区组成的一个辐射侦察连，营部由第 65 军防化处和军区防化团组成，该团王副团长任营长，该团一位营长任洗消连连长，65 军 C 师防化科李永钦科长任辐射侦察连连长，65 军 B 师防化连指导员刘育秀任连指导员，65 军防化处参谋钱兆民任副连长，后勤保障人员由 65 军派出，全营都是从各部队遴选出的精兵强将。我们 69 军两个班与北京卫戍区的一个班组成一个排，由北京卫戍区防化参谋张波任排长，李清朝任副排长。

军区防化集训队的战前训练非常紧张，首先是政治思想教育和保密教育，以及车辆密封改装和车载辐射测量仪的安装，其他时间以原子武器理论知识的学习为主，并安排了多次考核。军区领导强调，无论是谁，达不到训练要求，一律退回原部队。为了部队的荣誉，所有参训人员都争先恐后，努力争取好的成绩，无论如何也不能被军区集训队退回去。我为了学习好专业理论，行前特地向连队借了《原子武器》干部教材，利用点滴时间，如饥似渴地学习领悟，融会贯通，较好地掌握了相关内容。近日我搜寻写作素材，找到了当年的记事本，上面记载着我 12 月 20 日《原子武器 1》的考试成绩是 98 分，12 月 22 日《原子武器 2》的考试成绩是 99 分。不知道当时有无全连成绩排名，但是我相信这个成绩会是非常突出的，因为试题的难度并不低。某次考核的试题如下：

1. 什么叫原子？原子、原子核的结构是怎样的？

2. 什么叫放射性蜕变？其特点是什么？

3. 什么叫半衰期？什么叫放射性强度？

4. 什么是辐射剂量？单位是什么？什么是剂量率？单位是什么？它们的区别是什么？

5. 地爆爆区某点的剂量率为 80 伦/时，若允许照射 20 伦，人员乘坐化学侦察车在这里能停留多长时间（削弱系数 1.5）？

6. 放射性同位素钴 60 的 A0 为 165 微居（1971 年 3 月 15 日上午），到 1977 年 9 月 15 日上午，该样品的放射性还有多强？

临近新年，在北京的集训进入后期，我与张波排长已很熟悉，便悄悄对他说，我是北京人，当兵离家一年，想利用元旦假期回家看看。估计张排长赏识我训练成绩好，为全排争了光，作为奖励，他同意我和同是北京入伍的李秀智（记得他家在军事科学院）在 31 号晚上会餐后离队，元月 3 号下午点名之前归队。看到张排长为人爽快，我得寸进尺，又对他说，刘树杰排长因忙于军务耽误了婚事，家人为其物色了对象，早就约好元旦见面，如果爽约，定会告吹，恳求张参谋能成人之美。张参谋沉思后居然也同意了，嘱咐我们一定注意途中安全，按时归队。我们几人简单吃完晚餐，离开营区后沿公路摸黑急行军9公里，匆匆赶到康庄火车站（西拨子是小站，当晚已没客车停靠），恰好遇有去北京方向的列车正在启动，我们飞奔而上，登车后再补的票。我午夜到家，敲门时谎称是派出所查户口的，当父亲开门见到我时，喜出望外，赶紧叫起母亲和弟弟。我一年前离家时，弟弟开粮还是小孩模样，此时长高了一头，俨然一名帅小伙。全家人久别重逢，自是一番欢喜。父母亲问我为什么一个月没有信来，我只能含糊说执行保密任务，封闭集训，不能通信，马上还要去新疆出差，请在某研究所图书室工作的母亲为我多准备一些图书，以打发出差的时间。

1月6日，全营军容严整，集体乘车进入北京城区，瞻仰毛泽东主席纪念堂。当时纪念堂刚刚完工（我入伍前曾由团支部组织去工地义务劳动），尚未对外开放，能够瞻仰毛主席遗容，在当时是一种极高的荣誉和政治待遇，我们是作为即将奔赴战场的勇士，经过特别批准才享受如此殊荣。瞻仰毛主席纪念堂的过程，庄严肃穆，鸦雀无声，对即将出征的将士而言，深感此行意义重大、使命神圣。

我从纪念堂出来，在广场东侧取到母亲托同事邝东骑车送来的一手提袋图书。我凝望天安门城楼，在心中向首都告别。

1月10号上午部队出征，北京军区副参谋长周衣冰同志（曾任我们69军副军长）代表军区首长前来为我们壮行，他鼓励大家说：你们这100多人，代表了全军区120万将士，个个都是万里挑一。周副参谋长兴致勃勃地逐一与大家握手话别，当得知我们16个人来自69军时，他显得格外高兴，勉励我们要克服一切困难，努力完成好核试验防化保障任务，为69军争光。

我们前往新疆是乘坐专列，所有车辆固定在平板车上，营部有一节绿色的客车车厢，其余都是闷罐车厢，每个排住一节。长途行军，闷罐车里可以躺着睡觉，舒适度实际上好过客车车厢。寒冬季节，车厢里很冷，中间生了个煤炉取暖，但作用不大。说是专列，却开行得特别慢，几乎每站必停，为正点列车让路。从西拨子到吐鲁番，我们蜗行了近7天。不过，慢慢行车也有好处，就是可以经常下车在车站附近走动，与当地百姓交流，切身感受祖国西部的大好河山和风土民情。

母亲为我准备的一大包图书，都是当时尚未解禁的"文革"前名著，诸如《林海雪原》《青春之歌》《红日》《红旗谱》《敌后武工队》等小说，还有内部发行的《苏联是社会主义国家吗》等译著，深受同行战友的喜爱，我所在的车厢也就变成了小图书室，总有战友慕名前来借书，我也乐此不疲，热情为同志们服务，此后三个月都是如此，颇受好评。

有一次我陪范志军到平板车上查看吉普车的固定情况，随后就坐在车里看书，发觉吉普车里比闷罐车舒适很多，一是多了一层减震，比较平稳；二是人少清静；三是视野开阔。此后，我和刘排长经常白天到吉普车里看书观景，晚上再回闷罐车睡觉。

三、排除万难，准备战斗

专列到达吐鲁番后，各车组换乘各自的汽车编队转进，驶往神秘而令人向往的目的地——马兰。在火车里待了7天，已不知人间烟火，当车队一进入马兰，看到整洁的马路和路两边整齐闭合的白杨树，恍然如梦。全营入住马兰基地防护部招待所，休整3天。基地多次组织我们观看我国核试验成功的纪录片和战斗故事影片，以增加大家对原子弹爆炸的认知，激励军心斗志。多日行军，此时终于可以洗澡洗衣、逛街购物（参试期间每人每月的津贴费增加2元，我的津贴费由每月7元跃升到9元，增幅28%，使我买葡萄干时颇为自负）。上级通知，在这里可以给家里写信，但不得涉密，发信地址是"新疆永红89800部队21分队"。

休整过后，全营士气高昂，浩浩荡荡地向 300 公里外的试验场区进发。刺眼阳光的照耀下，长长的车队颠簸在"搓板路"上，腾起滚滚黄尘。望着杳无人烟的漫漫戈壁，我们意识到，严峻的考验才真正开始。

进入核试验场区，意味着战斗即将打响，可我们首先要克服的竟是生活上的严重困难。由于试验场区的地貌无法阻避沙尘暴，营区宿舍都建成半地下的窝棚，每间住一个班，我们 207 师车组与军防化连车组 8 个人共挤在一个小窝棚里，四张双层床就几乎占满了全部空间。两个窝棚之间是夹墙，室外有个煤炉供暖，但是燃煤的质量太差（与大同煤有天壤之别），虽能燃烧但无火苗，火墙总也不热，第一个夜晚上大家都被冻醒，再也无法入睡，凌晨时分，李清朝副连长干脆喊起全班出去跑步暖身。后来晚上睡觉前，我们逐个将被子贴在火墙上烘烤，趁着有点热量再裹着身体入睡。场区用水紧张，要靠水车长途送来，极为珍贵，只能保障炊事用水，而没有洗漱用水。我跑步时发现山丘的后面有少量积雪，就用脸盆装了些回来，在煤炉上化成水，供全班战友沾湿毛巾擦擦脸。场区远离生活基地，冬季只能供应少量土豆萝卜，副食基本以红烧肉罐头和炒鸡蛋（用鸡蛋粉加水调和炒制）为主，头几天感觉还行，时间一久就腻了，最是怀念绿色蔬菜。有个休息日，我在伙房后面发现一堆稻草，便想抱些回去铺在毡垫下御寒，意外发现稻草下面还散落着不少大白菜帮子，估计是几个月前执行上次任务的南京军区战友丢下的，我如同发现了珍宝，赶紧喊来炊事班的战友，一起将白菜帮子仔细收集起来，炊事班用这些大白菜帮子为全连包了顿饺子，受到全连指战员的称赞。

营部有位来自 65 军的干部，大家称呼他"张参谋"，传说是基地司令员的儿子，张参谋身材魁梧，英俊潇洒，一到基地便似猛虎归山，骑着摩托车，挎着照相机热心为战友们合影留念。我 40 年前核试验期间唯一的合影照片，是李清朝副连长精心保存的，摄影师就是张参谋。张参谋还带着我们乘卡车到孔雀河故道打柴，为我们讲述楼兰古国和孔雀河演变的故事，热心传授在戈壁滩工作生活的经验和注意事项，让我印象深刻，获益颇丰。我每当看到这张照片，就非常感激和想念张参谋，希望此生还能有机会当面向他致谢。近日我设法找到了原65军防化处处长李永钦同志以及张蕴钰司令员的孩子张渊同志，据他们介绍，张参谋名叫张海，是马兰基地张英副司令员的儿子，原为65军汽修所的技师，临时配属防化营，负责车辆管理，1985年部队整编，65军汽修所撤销后就失去了联系。算起来张海大哥也六十大几了，衷心祝愿他一切安好！

试验场区和军区防化营领导为了调剂参战部队的生活，想方设法安排了不少文体活动，记得有一天不安排场地训练，要求所有人员下棋打牌打球散步读书，但是全天不得摘下面具，独具核试验场防化兵训练特色（可惜我忘记午餐是否进食了）。晚上几乎都有电影，但由于极左影响尚未消除，当年能放映的战斗故事影片很少，我们在大同、西拨子、马兰和场区就一连看了四遍《三进山城》和《跟踪追击》，耳熟能详。印象最深的是场区放映苏联战争史诗巨片《解放》，每天一部，连放5天。据说由于片中战争场面过于惨烈，还有女兵洗澡镜头，规定只有军官才能观看。不过地处荒漠，领导们善解人意，私下传令，待干部们的卡车出发后，其余战士由值班员带队，跑步前往露天放映场看电影（我感觉有3公里之遥），沙漠里难以辨别方向，一旦迷路就有生命危险，所以任何人不得单独行动。即便这样，第一天电影散场时，还是有位战友掉队迷路，他夜暗中朝着灯光找到空军某场站，被空军战友开车送回来了，万幸没有发生危险。此事之后，战士们也可以乘车去看《解放》了。

二月份，战前训练的重点已由理论学习转为各种实际操作和储备体能，比如车长要根据沾染区核辐射强度和任务要求果断指挥进退，驾驶员要着重练习准确到位停车、迅速倒车及调头，侦察员要迅速准确报告读数，记录员要记录完整准确，全体人员要训练长时间戴面具和做各种运动，以增强体能。三月份，开始进入临战时间，我们已经可以进入通向爆心的道路实地训练，熟悉路况和环境。在训练间隙，我们有机会近距离看到许多平时难以见到的飞机、坦克、火炮、小型舰艇等武器装备，还有不少动物，都是核试验的效应物，当我们向在场的专家请教时，他们也饶有兴致地为我们介绍这些效应物的功能和作用，让我大开眼界，增长了许多见识。

场区各醒目位置都标有周总理的题词："严肃认真，周到细致，稳妥可靠，万无一失。"这是我们一切参试工作的指导思想和质量标准。所有参试部队的战前训练都紧张有序进行，处处热火朝天，个个生龙活虎，你追我赶，争先恐后。我们 207 师车组也是这样，在刘树杰排长的带领下，大家斗志昂扬，勤学苦练，责任明确，驾轻就熟，对完成任务充满了必胜信念。

万事俱备，只待零时。

四、崇敬英雄，誓言入党

我军有个区别于其他任何军队的光荣传统，就是越是危难险重的任务，越是奋勇争先。大战来临，广大指战员都把当突击队、敢死队、第一梯队当成一种莫大的荣耀，这种勇于争先、不怕牺牲的精神，正是我军战无不胜的重要保证。战斗胜利和军人荣誉永远高于一切，正是中国军人特有的风骨！

进入场区训练动员的时候，辐射侦察连领导宣布，将根据各车组的训练成绩，决定零时后进入爆区的顺序，成绩好的在前。这一规定，对于调动各防化分队乃至每个车组训练热情和积极性产生了很好的促进作用。当核爆炸确定为 3 月 15 日 15 时之后（为了给 3 月 18 日在北京召开的全国科学大会献礼），全连召开誓师大会，宣布零时之后，将从三条路线向爆心开进，等于有三个第一突击队同时进入爆区。第一突击队在核爆炸后立即进入爆区，恰是早期核辐射最强的时候，对人体的伤害很大。正是由于第一突击队的任务有巨大危险，才显得更加光荣，来自 8 个野战军和北京卫戍区总共 30 多个车组为了这 3 个名额展开激烈的竞争。由于我们 207 师车组在历次考核中成绩突出，总是名列前茅，所以我对担当首批突击队充满信心。谁知风云突变，本来很有把握的事情后来竟然落空，让我抱憾终生！

辐射侦察连李永钦连长在会上宣布，65 军车组担任第一突击队，话音刚落，会场上就有人对此提出了质疑，电影《董存瑞》中董存瑞与王海山班长争当爆破队长的一幕就重现在我们面前。对此，李连长严肃而坚定地答道：这次执行防化保障任务，65 军是指挥机关，指挥机关所辖的分队，理所当然要执行最危险的第一突击队任务（原话我记不准确了，但大意绝对没错）。李连长是北方壮汉，身材高大，为人宽厚，一副络腮胡子，显得很英武，时隔 40 年，他讲这些话时的庄重神情，还能浮现在我的眼前。当时，我对 65 军利用指挥权，抢占一个突击队名额的做法也有意见，不过现在我已能完全理解。65 军领导以权相谋的，不是私利，而是一个敢死队的名额，要冒着巨大的危险，率先冲锋陷阵、流血牺牲。一个时期以来，每当我看到有领导干部以权谋私，贪赃枉法，甚至行贿受贿、买官卖官，给党的事业造成重大损失的案件，就无比愤慨，对这些党内蛀虫恨之入骨，不由得会想起李连长那掷地有声的话语，感慨万千！

根据核试验辐射级测量任务，当时有三条进入爆区的路线，即南线、西线和北线（当时高空风为西方，故不宜从下风方向进入），洗消站开设在北线以北。各方向按照提前设定好的路线，测量指定测量点在某个时间的辐射级参数，测量点的间隔为 100 米，设有特制的标牌，像公路旁设立的里程碑，下个时间段再由其他车组继续到该点测量，根据同一标点不同时段核辐射强度的变化，分析推算核爆炸是否成功及当量大小。

为了保障防化兵的人身安全，试验场区规定，每次进入爆区，所有人员都要佩戴个人剂量仪，一次任务受辐射照射剂量不得超过 5 伦琴，违者将予以处分。所以，在爆区实施向心侦察时，只要沾染区辐射强度达到危险程度，就必须立即倒车撤退。

由于我们 207 师车组成绩突出，终于为 69 军赢得了一个突击队名额。正当我们 4 人暗自高兴时，3 月 13 日晚，李清朝同志在窝棚里宣布：15 日零时后第一突击队由军防化连车组执行，207 师车组执行 16 日的任务。我一听就着急了，申辩说：我们车组的训练考核名次在前。李副连长当时正站在火墙旁烤被子，他半转过身来冲着我，淡淡地说了一句让我振聋发聩的话：——"我们都是共产党员！"

我听到李清朝同志的这句话，当即就愣住了。过去我只是从电影里看到我军冲锋陷阵时，连长指导员把手枪一挥，高喊"共产党员们，跟我冲啊"，没想到这一景象现在就出现在我的眼前！李清朝同志 1971 年入伍，河北省饶阳县人，他作为 69 军防化分队的领队，忠于职守，认真负责，处处以身作则，时时关心战友，一双总是透着笑容的眼睛，让大家感到非常亲切，深受同志们拥戴，我们朝夕相处上百天，还没见过他如此严肃地讲话。一瞬间，他讲话时的姿势及神态永远定格在我的脑海里和心目中，感到他比平常高大了许多。我的第一个反应，是眼前迅速闪过董存瑞、杨根思、王成、黄继光等英雄人物的光辉形象，觉得李清朝就是这样的英雄，让我感到由衷的钦佩和崇敬；第二个反应，就是我立志要加入中国共产党，一定要成为李清朝同志那样的共产党员，这样就有资格为党和人民的利益冲锋在前、牺牲在前（我的入党初心就产生于这个瞬间）；第三个反应，因为我入伍不久，还不是党员，拖了整个车组的后腿，使刘树杰、范志军、张承祥三位战友失去了为国建功的机会，从而深感愧疚；第四个反应，就是"我们都是共产党员"这句话，激励我要以共产党员为榜样，要像党员一样去战斗，甚至还要比党员干得更加出色。

1978 年 3 月 15 日下午，期盼已久的时刻终于来临。军防化连的四位战友整装出发，到集结地点待命，而我们则随着大部队坐在距离爆心 8 公里的山坡上，观看原子弹爆炸的实况，据称何正文副总参谋长等总部首长也来到现场观摩。倒计时半小时左右，基地工作人员发给每个参观者一个防护镜，说可以调节减光，最多可以减一万倍，可是他们并没有说明此次核爆的当量和光辐射的强度，也没有讲授观看此次核试验应该减光多少倍。我由于不知道需要减光多少倍，为了保险起见，便把眼镜上面的手柄推到最右边，或许就是减了一万倍，最终铸成大错。零前五分钟的广播，使大家都安静地坐了下来，等待那激动人心的一刻，随着零前60秒、30秒和10秒倒计时的口令声，我戴上防护镜，伴着强烈的心跳和紧张的呼吸，紧紧盯着爆心方向。"3、2、1、起爆！"一声口令响起，我只感觉眼镜里有根细小的红线闪了一下，并没有看到想象中的火球，过了几秒钟，现场广播也没有提示，我小心翼翼地摘下防护镜，朝爆心望去，似乎什么都没看到，这时身旁有人指着天空大喊："蘑菇云！"我抬头一看，蘑菇云已经升起老高了。由于缺乏经验，减光镜使用不当，原子武器教材和纪录片里展示的核爆炸闪光、火球、蘑菇云等景色，在核爆炸的瞬间，我并没有真正看到，造成无法弥补的遗憾。

看到蘑菇云腾空而起，说明这次核试验已获得成功，我同观摩的人群一起，在山坡上欢呼雀跃，蹦蹦跳跳，兴奋地把军帽抛向空中。

傍晚时分，军防化连的战友们凯旋归来（四位英雄的名字是李清朝、耿涛、王子成、王俊生），受到我们的热情迎接，听到他们兴致勃勃地讲述着执行任务的经过和爆区内的所见所闻，真是让我羡慕不已，既为他们高兴，又为自己惋惜，内心颇有不甘。

这时，一个大胆的行动计划出现在我的脑海里。

五、出生入死，不辱使命

3月16日早上，我在场区听到中央人民广播电台的"新闻和报纸摘要节目"，宣布3月15日中国成功进行了一次核试验。这天上午，我们207师车组作为第二轮次的先发车组进入爆区执行任务，路线与军防化连车组一样，都是西线。出发前，我向刘排长、范志军和张承祥三位透露了我的计划。我建议说，军防化连车组昨天大约前进到距爆心 1500 米左右，我们今天不管警戒线在哪里，都要比他们多突进到几百米（即要测几组数据），刘排长说辐射超标怎么办？我说我们进入沾染区后，在警戒线外把个人剂量仪放在路边，我们人车冲进去测量，回来时再取回剂量仪，上面的读数就不会超标。我讲完之后，三位老兵都表示赞同，于是我们就真的这么干了！

此时，距核爆炸仅过了十余小时，虽然爆区内的早期核辐射已有衰减，但是总体辐射强度仍然很高，我们明知这样做的后果，必然是身体受到超剂量核辐射的伤害，但为了争取更大的战果，更为了 207 师防化连的荣誉，我们毫不畏惧，甚至做好了负伤、牺牲的准备，义无反顾地冲进了爆区。

执行任务的过程并不曲折，与平时操练没有太大不同，只是车载辐射仪上真的有了读数，敦促我们要把各个动作都做得更加准确到位，分秒必争，有条不紊。范志军开车技术好，每次停车都恰到好处，车载辐射仪正对准路旁的标志桩，我大声报出数据，张承祥立即记录，车已驶向下个标志桩。驶近辐射级警戒线时，我们把装有个人剂量仪的军装外衣脱下放在路旁，便冲进了强辐射区，到底多测了几个桩，我也忘记了，反正就这样顺利完成了首次进入爆区的测量任务。只是零时已过去十几个小时，我们没有亲眼见到耿涛所说燃烧的兵器及死伤动物等景象，略有遗憾。此次行动中，我们四人实际受到多少剂量核辐射照射，已无法测算。

北京吉普车冲出沾染区，来到洗消站，刘排长上交测量报表和个人剂量仪后，我们便脱掉防护服，来到淋浴帐篷洗澡，这是两个月来第一次洗澡，很是惬意（场区淡水紧缺，只有从爆区执行任务归来人员才能享用）。洗澡出来，大家都很轻松，相约不得提起剂量仪之事，若无其事地回到营地。

休整两天之后，随着辐射级测量进入尾声，我们车组最后一次进入爆区执行任务，由于爆区核辐射水平已经衰减，我们顺利地在各标志点测量，一直开进到爆心附近，前方便是高高的石渣堆，已无道路和测量标点，刘排长命令范志军倒车撤退，我突然心血来潮，大喊"我去弹坑测量"，便开门跳车，带着便携式辐射仪快速向弹坑奔去，等我登上弹坑上沿，才发觉刘排长和张承祥也跑了上来，我打开辐射仪，看到指针猛然右转，爆表！我赶紧跳换高档位，并快速记下了数据。由于弹坑上面风很大，我们又都戴着面具，听不清楚彼此说话，我便夺过张承祥手中的铅笔，将数据迅速写在我白色防护服左袖口上。为了减少核辐射伤害，刘排长见我记好数据，便下令撤退。此时我迅速瞥了弹坑一眼，只见弹坑约有半个足球场大，十余米深，既壮观又可怕。由于弹坑外坡全是掀起来的石块和渣土，刘排长下撤途中不慎被绊倒，右手手套破裂，手也被磨破，渗出了鲜血。我和张承祥赶紧挽起排长，快速向坡下跑去，此刻范志军已经将车倒退、调头，再快速倒车回来接我们。在强辐射区，每多停留一秒，都会增加对身体的伤害，所以我们三人用最快的速度跑向吉普车，生死攸关，刻不容缓！我们乘坐的是后开门的北京212吉普车，因为车载辐射仪探头安装在副驾驶前端，我是测量员，工位就在副驾驶座，指挥员和记录员则要从后门上车。我们快速上车后（张承祥回忆，他登车时，车辆已经启动，把他的大腿磕掉一块皮），我担心放射性物质进入刘排长体内，便催促范志军尽快开到洗消站，此时车内压抑得令人窒息，谁也不再说话，只希望范志军能把车开得快些、再快些！

　　我们到达洗消站后，迅速清洗刘排长的伤口。据张承祥回忆，用肥皂水洗了三遍，经检查仍有少量放射性残留。祸不单行的是，刘排长到洗消站才发现，他的个人剂量仪不是装在军装外衣，而是放到内衣里了，也就是说他是带着个人剂量仪上了弹坑，辐射指数超标毫无疑问。淋浴完毕，我们四人乘车返回营区，丝毫没有完成任务的喜悦，反而情绪非常沉闷，大家担心刘排长的伤情，也担心他辐射超标的事情，害怕他因此受到处分，若真是这样，我便是千古罪人！

刘树杰大哥不久前在电话里对我说，核爆炸三天后就登上原子弹弹坑的防化兵，大概全世界只有我们三个人。写到这里，我突然好奇地想到，当核基地的专家看到采自爆心的数据时，怎么也不问问是如何得到的呢？

六、大功告成，凯旋而归

3月下旬，所有进入爆区测量辐射级的任务全部结束，场区呈现一派轻松愉快的氛围，印象非常深刻的是，基地组织我们实地参观我国第一颗原子弹的爆心，只见当年102米高的铁塔歪歪扭扭地倒在戈壁滩上，仅剩底部约40米长，其余部分都在原子弹爆炸的高温高压下，挥发成了气体，残存的铁塔锈迹斑斑，能看到上端铁水流下时形成的痕迹，地面上满是被高温烧结的黑色玻璃体，可见原子弹爆炸时的威力巨大。我们参观爆心时，距1964年10月的核爆炸不到14年，我们已能进入爆心参观，说明核辐射已衰减到安全水平，所谓永久沾染区的概念未必准确。

除了参观，我们还出席了基地召开的2146核试验总结报告会，会上通报了本次核试验的特点和技术参数，认为试验取得了圆满成功。军区防化营的总结特别提到，207师车组报告的数据最接近遥感数据，予以表扬。我们能够参加原子武器实战条件下辐射级侦察，不仅是完成了这次核试验的防化保障任务，更为难得的是全军区各个防化分队都有骨干经历了实战考验，对于提高全军区防化部队的技术战术水平和实战能力，有着极其重要的意义。

根据安排，全营开始总结评比活动，对在执行2146核试验任务中的优秀集体和个人按照一定比例予以表彰，我们69军防化分队中，李清朝荣立三等功，李明亮、李秀智和我受到防化营嘉奖（应该还有其他战友，我记不全了。刘树杰排长本应得到表彰，他高风亮节，坚持把获奖机会让给了我），这是我入伍后的第一个嘉奖，又是参加核试验获得的，意义非同一般。我在往后工作中，多次立功受奖，但我最为珍视的还是这个嘉奖。

总结期间，刘树杰排长的手伤渐渐好转，但我们四个人还在忐忑不安地等待着对他辐射超标的处理结果。某日刘树杰排长应召去了营部，窝棚里只有我们三个人知道原因，不禁为他担心。过了不久，只见刘排长手托一个纸包，乐呵呵地走了回来，原来他不仅没有受到处分，还发了两元钱营养费和两斤当时十分稀缺的白糖补养身体，让我们悬着的心终于落了地。场区的饮水有些苦涩，刘排长豪爽，把两斤白糖都贡献出来，让大家添加到水里饮用。我至今不解，场区的医生也真马虎，不想想一个车组四个人共同执行任务，怎么可能只有一个人辐射超标这么多？看到刘排长拿着白糖回来，军防化连的战友也没有多问，估计认为是对他负伤的慰问。我们三个人如释重负，似乎也有点委屈，私下开玩笑说，早知道辐射超标不受处分，我们也不必去搞那个小聪明，我们三人的身体同样受了损伤，却弄巧成拙，连营养费和白糖也没得到。

3月底，我们北京军区防化营圆满完成2146核试验防化保障任务，从马兰启程，凯旋而归。返程中，有两个片断让我记忆深刻。

军列经过哈密时，错过了兵站开饭时间，便用麻袋从兵站装了许多馒头上车充饥，后来沿途饮食正常，大家就没再在意这些剩下的凉馒头。有天早上起来，列车停在一个小站上，我打开车门，看到几个八九岁的男孩在附近玩耍，从他们的衣着上，能看出都是普通人家的孩子，便喊他们过来，我把麻袋里的馒头分给他们几人，原以为他们当时就会吃掉，没想到他们接过馒头转身就跑，我这才明白，馒头在当地肯定是难得的食物，这些懂事的孩子一定是把馒头送回家，与家人分享。果不其然，过了一会儿，孩子们领来好几个大人来到我们车前，两位大嫂拎着暖瓶，有个大叔抱着一摞瓷碗，特地赶来送开水给我们喝，那种真心关爱子弟兵的质朴神情，至今历历在目。我问大叔这是什么地方，他口音太重，我没听懂，后来下车看到站牌，标着

"武威南站"。40 年过去，我一直忘不了这个早晨，忘不了武威老百姓为我们送水的感人场景。

列车经过内蒙古的临河，停车时间较长，我们便下车活动。临河火车站的站前广场特别宽阔，给我豁然开朗的感觉。在车站商店，我看到有民兵看押着一个人，还有几麻袋葵花子（似是当地特产），过去打听一下，说那人的罪名是"投机倒把"，这种如今看来是促进商品流通、搞活市场经济的正当做法，在当年却是被禁止的。那人携带的葵花子好像已被车站没收，车站领导看到来了一众解放军，很客气地表示，可以卖些葵花子给我们。当年全社会物资供应紧缺，北京市民只有在春节时，才能凭购货本每人购买半斤花生和三两葵花子，所以葵花子也算是紧俏物品。记得那葵花子大约是三四角钱一斤，我买了两元钱的，装满一挎包，装不下的用报纸包了，带回车里与战友们分享，列车回到北京还没吃完。

经过六七天的行程，我们在 4 月初终于安全返回军区防化团营区，军区防化营宣布就地解散，各部队自行返回原驻地。经连队党支部批准，我们车组 4 人可以就近探家几天再归队，真是喜出望外。

我乘坐回家的列车穿过八达岭，燕山南坡的气温明显升高，迎春花已经绽放，树木长出了嫩绿的叶芽，我已经三个多月没吃过绿色蔬菜，看到绿叶都感到格外亲切，恨不得马上扑过去啃上几口。历经千辛万苦，终于载誉而归，年轻的防化兵战士，心潮激荡，写就《2146核试验纪念》一诗：

> 铁流西去出阳关，征程艰险风雪寒。
> 孔雀河畔摆战场，背倚天山扎营盘。
> 铸盾强国安社稷，舍生忘死破楼兰。
> 喜看大漠红云起，终生回首忘亦难！

◎河北省书法协会副主席、207 师战友江国正阅读《新华月报》2018 年第 9 期《战斗在蘑菇云下》后，欣然挥毫，录下《2146 核试验纪念》诗。（由江国正提供）

七、牢记初心，慎始敬终

1978 年 4 月，我们四人圆满完成 2146 核试验防化保障任务，凯旋而归，为 207 师防化连争得了荣誉，连队党支部和全连战友们给予了很高的评价。此时，刘树杰排长已去一排上任，秦宜英副班长退伍，连党支部任命我为六班副班长，主持全班工作，成为连队骨干，在 1977 年入伍的战友中，位置仅次于七班长任超。1978 年，防化连执行国防施工任务，为了保留防化专业技术骨干，连党支部决定，成立防化业务集训队，由李明连长亲自担任集训队长，侦察、洗消、喷火专业各组成一个分队（参训人员多为班长的后备人选），任命我为侦察专业分队负责人，足见连队领导对我的信任和器重。集训期间，我认真履行职责，以身作则，带领全分队取得优良成绩，再次受到连队嘉奖。不久前，后来荣任 207 师防化科长的靳树长老兄找到了他当年的记事本，上面记载着 207 师防化连 1978 年 9 月参加 69 军四个防化分队训练考核成绩，我连获得战士组团体总分第一，我名列全 69 军防化分队个人第三名（前两名都是 A 师防化连的同行，让我敬佩），为连队争得了荣誉。

1979 年初夏，我结束在 207 师参谋集训队的训练，随连队移驻洪洞县农场进行农业生产，带领全班较好地完成了各项劳动任务。在这一期间，我向连队党支部递交了入党申请，决心认真学习马列主义毛泽东思想和党的路线方针政策，坚持用共产党员的标准严格要求自己，处处发挥先锋模范作用，为共产主义事业而努力奋斗。

1979 年 12 月，由贾卫平、吕平运同志作介绍人，防化连党员大会通过了我的入党申请，报经上级党组织批准，我终于光荣地加入了中国共产党，实现了人生的重要目标。成为共产党员那一刻，我不禁想起李清朝同志以及他那"我们都是共产党员"的豪言壮语，立志做一名像他一样优秀的共产党员。

正是千百万李清朝同志这样的共产党员，艰苦奋斗，无私奉献，为党、国家和军队建立了不朽的功勋，他们无愧于无产阶级先锋队的称号和荣誉。他们作为中华民族的脊梁，坚守的永恒信仰和牺牲精神，永远值得我们由衷地敬重，永远应该为全民族所自觉崇尚。

1980 年初，由于家庭生活等方面的原因，我结束了三年多的军旅生活，回到故乡北京，开始了新的人生旅程。回京后，我进入中央国家机关工作，90 年代以后，先后在西藏、湖南、澳门等地为国家服务了 20 多年，在取得工作成绩的同时，也丰富了自己的人生经历。

入党 30 多年来，我始终不忘入党初心，在不同岗位为党积极工作，始终把成为一名合格的共产党员，当成是毕生的神圣追求和崇高境界，无论潮起潮落，云卷云舒，都不忘初衷，不悔人生的选择，光明磊落做事，清正廉洁做人，在各个曾经工作过的地方都留有良好口碑。各级党组织也非常关心培养我，给予我很高的荣誉和地位，我曾先后荣获集体一等功，个人二等功、个人三等功，以及部、局级嘉奖，多次获得优秀党员、优秀党务工作者称号，以及国家安全工作荣誉证章，特别是 2009 年 3 月 23 日，温家宝总理签署国务院授衔命令，授予我二级警监警衔，成为我人生的最大荣耀。我由当年防化连的普通士兵，成长为共和国高级警官，完全是党组织教育培养的结果。没有中国共产党，就没有我的一切。

几年前，由于身体健康方面的原因，我根据《公务员法》的规定，申请提前退休，有幸得到组织上的批准，成全我过上了平静祥和的退休生活。

八、青春无悔，情系马兰

退休之后，时间相对宽裕，抚今追昔，愈发恋旧，时常想念 40 年前一起出生入死的战友，便产生了找寻这几位战友的念头，誓言一定要在有生之年找到同车组的三位战友和李清朝副连长。但是由于个人工作原因，常年四处奔波，与战友们都失去了联系，我便根据记忆中有关他们的点滴线索，想方设法，恳请政府有关部门予以协助。通过多方查询，终于在2017年11月先后找到了刘树杰和李清朝两位老领导，当我与他们通电话时，难抑激动心情，热泪盈眶。

2017年12月3日，我携爱人并约了杨军、田春宁等北京籍防化连战友，专门前往邯郸，去看望刘树杰老班长（他也约了韩忠生、赵锋利、齐合宝等邯郸籍防化连战友热情接待我们），当我和刘树杰老战友相会于邯郸机场时，不禁激动万分，相拥而泣。12月5日，我又赶往饶阳县，前去拜望思念已久的李清朝副连长，我们久别重逢，紧握双手彼此端详，回顾往事，同样也是激动不已。

◎2017年12月，作者前往饶阳县看望参加2146核试验的原69军防化连副连长李清朝。（由开钢提供）

其后，我又想方设法，先后找到了王俊生、王子成、张承祥、耿涛等同住一个窝棚的战友，也算得上是一个不大不小的奇迹（遗憾的是范志军战友已英年早逝）。感谢国家经济发展和科技进步带来的便利，没有现代信息技术的帮助，我再努力也不可能找齐这些战友。几个月来，我们之间的多数人还没来得及见面，但用手机和微信已能保持经常联系。追忆往事，感慨万千，生死之谊，亲如兄弟。非常期待我们 7 个战友能尽早再次团聚，这又会是一段人间佳话！

我们这些 2146 核试验的亲历者，如今大都年过花甲，淡泊平生，心无旁骛，但回忆起当年勇闯原子弹爆心的英雄壮举，依然热血沸腾，引以为豪。

李清朝真诚地对我说：我除了对你说"我们都是共产党员"这句话，其实我对他们三个人还有一句话："你们都是党员，必须跟我上，谁不敢去也不行！"

刘树杰深情地说："对于我们而言，那一刻终生难忘。我们那时所做的一切，究竟代表了什么？作为一个党员，那是我们对党的忠诚；作为一个军人，那是我们对祖国的忠诚；作为我们自己，那是对事业的忠诚。那时没有奖金，没有鲜花，面对生死的考验，我们义无反顾，选择了向前，选择了奉献。回首往事，我们无怨无悔！"

张承祥自豪地回忆："我们四位战友齐心协力，不畏艰险，舍生忘死，共同完成了战斗任务，因而受到上级的表彰，为 207 师防化连和 69 军防化兵争了光，没有辜负连队党支部的教育培养，没有辜负全连领导和战友们的殷切期望。"

此时此刻，我深切怀念好战友范志军同志。他参加核试验归来后，成为连队的骨干，转为志愿兵，为增强 207 师防化连车辆管理工作发挥了重要作用。我也是去年底寻找战友时才知道，他后来转业在保定市公交公司，十多年前已不幸因车祸殉职。闻此噩耗，让我痛惜不已。

渡尽劫波兄弟在，遍插茱萸少一人。

作为共和国的普通一兵，早年能有机会为国防现代化做过一点贡献，就我个人而言，是一生中最为自豪、最为珍视的一段经历。我自己认为，当年不顾生命危险，为了给国家多测两组数据，抱着辐射仪冲上原子弹弹坑的举动，正是我人生旅程中最为闪亮的一刻！

这些年，反映我国核试验题材的影视作品不少，如《横空出世》

《五星红旗迎风飘扬》《马兰谣》等等，每当看到马兰和核试验场的场景以及防化兵的身影，我都会心潮澎湃，激动不已。

彭丽媛同志在《马兰谣》中深情地唱道："青春无悔，生命无怨，莫忘一朵花儿叫马兰"，让多少在马兰奉献过青春的人们热泪长流。

我不敢妄比"马兰花"，姑且就算株骆驼刺吧。骆驼刺没有马兰草醒目，但是它顽强执着地生长在大漠之中，固守着身下的方寸土地，默默无闻，与世无争，用生命为茫茫戈壁点缀些许绿色。人生若此，夫复何求！

一生痴绝处，托梦到马兰……

作者简介： 开钢，见《晒晒我的军事训练成绩单》。

特殊使命

赵锋利

1979 年 2 月 17 日新华社发布声明："越南当局无视中国方面的一再警告，连续出动武装部队，侵犯中国领土，袭击中国边防人员和边境居民，局势急剧恶化，严重威胁我国边疆和平和安全。中国边防部队在忍无可忍的情况下，被迫奋起自卫还击。"

时隔多年，相信大家对 1979 年 2 月 17 日至 3 月 16 日，我广西、云南边防部队奉中央军委命令发起的对越自卫还击战还记忆犹新。与此同时，中央军委命令我驻守中苏、中蒙边境部队进入一级战备，严阵以待，以防止越南盟友苏联军队入侵，确保我国北疆和平安宁。当时，我奉防化连领导的命令，配属师司令部履行了一项特殊使命，从中可以窥见一斑。这次执行任务，亦成为我军旅生涯中永久珍藏的记忆。

◎作者戎装照。（由赵锋利提供）

1979 年 2 月，我时任步兵第 207 师师直防化连防化侦察车驾驶员。此时，连队正奉命在山西洪洞执行军农生产任务，由于看守防化车辆的需要，我和防化器材库保管员杨军等人在孙智新副连长领导下留守大同。2 月 16 日一早，军营刚吹过起床号，杨军突然来到宿舍，说孙副连长有急事，让我马上去连部。我立刻赶到连部，孙副连长说道："刚接师司令部紧急通知，决定抽调我连一辆北京吉普车和一名驾驶员到师部执行紧急任务，要求在今早8点前赶到师司令部作训科报到，连队决定让你去执行此项任务。"并接着说道："你马上准备车辆，按时报到，一定要确保行车安全，圆满完成任务。"我听后立正答道："是，保证完成任务。"

按照孙副连长的要求，我立即回到宿舍准备行装，到车库检查车辆。7点50分我驾车提前赶到师作训科报到，杨新河副科长接待了我，并简要介绍了这次任务的情况："为了维护国家主权和边民安全，中央军委决定发起对越自卫还击，为防止其盟友苏联的入侵，保证部队战备需要，上级命令我师迅速组建对苏军事动态观察前线指挥部（以下简称：师前指），立即开赴内蒙二连浩特地域执行任务，由你驾车配属师前指行动。"接着又说道："如果北线发生战事，我们师前指人员将不能在短期内回撤，你要做好思想准备。"我立正答道："坚决服从命令，保证完成任务。""好，师前指马上就要出发了，快去准备吧。"杨副科长说道。"是"，我敬礼答道，便迅速返回驾车，仔细检查车辆，并协助随车乘员装载行装，进行出发前的准备。

师前指由姜殿章副师长率领，成员由师司令部作训科副科长杨新河、参谋胡杰、侦察科参谋黄聚生、通信科参谋欧玉存、炮兵科副科长司同灿、工兵科科长常玉林等人以及通信报务人员、军医和汽车驾驶员共计18人组成，携带轻武器，从师小车班、师防化连和通信营共抽调了5辆北京越野吉普车，保障行军和通信联络。为了便于行军，师前指对车辆进行了编组，依次为前导车、乘员车、指挥车、电台车、后卫车。我被编组为5号后卫车，乘员有作训科胡杰参谋、侦察科黄聚生参谋、通信科欧玉存参谋和炮兵科司同灿副科长，并装有子弹和手榴弹各一箱。

从大同卧虎湾营房到目的地行程约500公里，由于路况差，按照平均80公里/小时的行军速度，预计需要6个多小时才能到达。2月16日早9点车队准时出发，跨长城、越集宁、过丘陵、进草原，一路向北。车队行驶 200 公里到达乌兰察布盟察哈尔中旗，即进入辉腾锡勒草原，当年行军路线的公路路况本来就差，为了赶时间，车队经常离开公路，抄近道在草原上行驶。草和沙漠形成特有的草甸路况，颠得司乘人员十分难受，有时头会碰到车顶，有的人员出现了晕车呕吐等生理反应，甚至还有的车辆颠掉了消声器。

为了保证安全，我紧盯路况，紧跟车队，谨慎驾驶，以防掉队、迷路或发生事故。当我正全神贯注驾车随队高速行驶时，途经一雨裂沟路段，我立即抬油门、轻点刹车，准备减速行驶，可我连踩了两次刹车，车辆仍然像脱缰的野马一样向前奔跑。不好，刹车失灵，没容多想，我立即采取紧急措施，一面紧握方向盘，控制住车辆，不使其发生侧翻和与前车相撞；一面快速将车辆由高速挡直接降到一挡，利用发动机制动，快速将车速降了下来，同时拉手刹、熄火停车。我马上下车钻入车下查看原因，发现是由于草原道路剧烈颠簸，加上气温较低，使车辆左后轮的刹车油管断裂，造成刹车失灵。好险啊，如果处置不当就有翻车伤人的危险。

故障地点距离目的地还有 100 多公里，草原村镇人员稀少，车队又没带汽修工，如不能及时排除故障，势必影响师前指全员按时到达目的地。紧要关头，我想起孙副连长带领连队汽车驾驶员训练车辆故障排除及急救办法，于是我迅速拿出锤子、钳子等随车工具，将断裂的刹车铜管头部砸扁后折合，再砸扁固定。上车发动车辆，起步、刹车，一试果然故障排除。为了按时到达目的地，我便谨慎驾驶这辆"带病"车辆继续随队行军，保证了师前指全员、安全、准时抵达目的地。在当地驻军守备某师 B 团的配合下，连夜冒着严寒对故障油管进行了更换和车辆维护，为师前指能够正常执行勤务提供了保障。

师前指驻地赛乌苏距离中蒙边境线约 50 公里，草原上行车仅需半个多小时就可到达，外出执行任务如稍有疏忽或迷失方向，就有跨越国境线的危险，而一旦跨越国境线，便会造成严重的后果。所以，每次我们驾车外出执行任务时，师前指首长都会命令我们要提高警惕，严守纪律，不得随意靠近国境线。

此次执行任务，给我印象最深的是严寒低温下难以发动车辆的情景，至今还历历在目。2月的二连浩特，极为寒冷，据守备B团的战友介绍，我们到达当晚的最低气温为零下36度。我们的宿营地没有车库，所有车辆都是露天停放，北京212吉普车发动机又是老式化油器，严寒条件下车辆发动特别困难。我们刚到目的地时没有经验，第二天早上车辆怎么也发动不起来。于是，我便用开水浇化油器和进气管，好不容易将车辆发动了，但由于后桥齿轮油凝固，车辆又不能行驶。我便又点着沾着机油的棉纱，小心地烘烤差速器外壳，使齿轮油融化后车辆方能正常行驶。当看到其他驾驶员还在忙着发动车辆，我便主动拿来钢丝绳帮助拖车。由于严寒齿轮油凝固，使被拖车辆的车轮不能运转，要在地下摩擦一段路程后才能慢慢恢复正常运转，我们这才领教了严寒的可怕。看到大家烧水、烘烤、拖车，忙前忙后就像打仗一样，一个多小时才能开动车辆，心想这样下去势必严重影响师前指执行任务。于是，我便主动与师小车班张其武班长和苏新华、王清刚等驾驶员一起商量对策，经过大家商议，决定我们5名驾驶员每天夜晚轮流值班，从晚9点到第二天早7点，每人每班两个小时，负责对车辆定时进行发动机预热和在操场行驶两圈，以防齿轮油凝固。这一招果然管用，使车辆随时处于发得动、开得走、拉得出的战备状态。虽然我们为此付出了辛苦，却保障了师前指任务的完成。

在执行任务期间，由于地处偏僻和技术装备落后，我们唯一能了解外界新闻的渠道，就是姜副师长带来的一台熊猫牌半导体收音机。每当外出执行勤务和战备值班间隙，我们大家便自觉地围拢在收音机旁，收听我对越自卫反击战的战况和新闻，当听到我军攻克越军一个阵地或一座城市的新闻报道时，大家就欢欣鼓舞，也更增添了我们战胜困难和完成任务的信心。

慑于我强大的中国人民解放军北疆部队严阵以待，众志成城，苏军虽然在我国边境陈兵百万，却一直没敢轻举妄动。鉴于北线局势稳定，2月26日一早，师前指首长接上级"立即班师回营"电令。听到消息，大家都由衷地感到高兴。与此同时，我们师前指人员已按照上级命令，为了祖国和人民的安宁，在严冬寒冷的北部边防一线，顽强地坚守了十余天，圆满完成了任务。十余个日日夜夜，对于普通人来说可能感到平常，但对于我们地处边防一线，远离军营，天寒地冻，条件艰苦，并且随时可能发生战争的边防军人来说，真正体会了一次度日如年的感觉，而这也正是革命战士不辱使命、忠诚报国的时刻。

在我们准备返程的前夜，天公不作美，内蒙下起了中雪，好像有意与我们作对，雪大、路滑、道远，对我们驾驶员又是一次严峻的考验。

26日早8时车队准时启程，我们冒雪开始了这次艰难而危险的返程之旅。车队刚驶出营地，乘坐我车的通讯科欧参谋便掏出手枪"啪啪啪"朝天连鸣三枪，大声说道："让枪声为我们班师回营送行吧！"体现了一名中国军人不畏强敌的革命豪情。为了顺利返程，我便暗暗提醒自己，雪大路滑，长途行军，更是考验自己的时候，绝不能辜负连队首长对自己的信任，一定要谨慎驾驶，确保战友和车辆安全，按时返回营地。为了防止车辆打滑，危险路段我便加挂前驱动加力，坚持低速四驱行驶。老式北京军用吉普车密封不严，又没有空调设备，加上气温低、车辆密封不好，大风夹着雪粒，从门缝刮进车里，打在脸上如针扎般疼痛。虽然面对如此恶劣的天气，冻得手脚冰凉，但是我全然不顾，依然全神贯注地驾驶车辆，观察路况，保持车距，随时处置车辆在行驶中遇到的弯道、险路、甩尾、打滑等情况。经过10个小时艰难的冒雪跋涉，师前指人员终于在当晚18时许安全返回师部营地，圆满完成了这次特殊使命，忠实履行了军人的神圣职责。

我由于在执行任务期间表现突出，受到207师司令部嘉奖，为防化连争了光，为军旗添了彩。

　　作者简介：赵锋利，1957 年 5 月出生，河北邯郸人，1972 年 12 月入伍，历任 207 师防化连战士、排长、警卫连副指导员、指导员。1985 年 10 月转业，历任中国五矿集团邯邢矿业有限公司人力资源部副部长、公司工会主席。

沙场秋点兵　热血铸军魂

——参加 1983 年 69 军防化分队集中训练比武纪实

贾卫平

1983 年 4 月，根据军师领导命令，我们 207 师防化连奉命前往阳高，进驻原 69 军 B 师某团的营区，与 69 军各防化分队一起，进行为期 6 个月的强化训练，迎接 69 军防化分队大比武。军防化处卜贵存处长坐镇指挥，亲自安排部署这次集中驻训和比武，69 军各防化分队齐聚阳高，争先恐后，你追我赶，掀起了轰轰烈烈的练兵习武热潮。我时任 207 师防化连连长，全程参与了这项任务。

一、抓组织保障　焕官兵激情

我师首长对这次全军防化分队集训比武高度重视，席先桐参谋长、李二猛副参谋长、防化科李明科长等领导亲临连队看望干部战士，给全连加油鼓劲，提出"比武打不赢，一切等于零"的训练口号，要求我连必须在这次训练比武中拿名次、争第一；防化科靳树长参谋坚持驻扎阳高，直接指导连队训练。

当时连队面临的最大困难是干部短缺，连干部只有我一人（吴福余指导员在营区留守），下面也仅有二排长

◎侦毒技能训练——杨爱学进行唧筒操作。（由安清亮提供）

刘贵金、五排长袁风高两名干部。为了克服困难，我们连夜召开连务会，排长、班长悉数参加，针对艰巨的训练比武任务以及连队现状，大家集中智慧，畅所欲言，提出许多好的点子和解决办法，决定由李万富、许绍辉二位同志临危受命，分别代理一排长、四排长，陈尚平志愿兵协助连长负责全连后勤保障工作。

连队党支部认为，全连上下必须提高对驻训比武重要意义的认识；必须无条件服从和落实首长们提出的各项要求；必须统一思想，狠抓作风，强化管理；必须以高标准、严要求，落实训练内容，保证训练质量和效果；必须抓重点、树典型，开展争当技术能手活动，充分发挥全连干部战士的凝聚力和战斗力。全连一定要以激昂的斗志、饱满的热情、充沛的活力，投入到严酷的训练和比武当中，一定要以优异的成绩，向各级首长提交一份满意的答卷。

决心下定之后，连队迅速组织全连战士进行集训动员，统一思想，提高认识，利用个人演讲、相互谈心、写决心书等形式来表达决心，誓言要在这次训练中当先锋、争上游，给连队争光，为 207 师添彩。

二、功夫过得硬　思想要先行

开展思想政治工作，是部队完成一切战斗任务的重要先决条件。我连在开展争当优秀技术能手的竞赛活动中，把思想政治工作与创优争先有机结合起来，在战士们热情高涨的训练氛围中，开展"四比四看"活动，即：比思想看谁认识高，比行动看谁动作快，比作风看谁意志牢，比训练看谁功夫硬。

针对训练中存在的畏难情绪、怕苦怕累、担心考不好等苗头，连队采用党员、骨干包人，干部包排的方法，利用排务会、班务会、晚点名等多种方式，对个性问题，指定专人开展谈心活动，一帮一帮助战士解心结、谈体会；对共性问题，通过各班、排共同讨论解决，让战士们在训练中不背包袱，心情舒畅。洗消排有个别战士在训练中只求过得去，不求过得硬，代排长许绍辉多次组织战士研究分析训练不足，指出存在的问题，让大家谈体会、说感想，促使每个同志找准个人定位，统一思想，提高训练热情。通过积极刻苦的训练，全排战士的基本功扎实稳定，点、线、面洗消动作协调、流畅，最终在比武中取得了第二名的好成绩。

三、精准定标尺　苦练基本功

各项军事训练，基本功都是关键，基本功的好坏将决定战斗的成败，所以训练场上决不能走过场。俗话说得好，台上一分钟，台下十年功，只有把基本功练硬做实，才能经得起各种考验。我们把实练、苦练、巧练相结合，将战斗力标准，量化为一个看得见摸得着的精准指标，使战士训有参考，练有标杆。

全连干部、骨干在训练中身先士卒，要求战士能做到的首先自己要做到，用自己的实际行动来影响和带动战士，哪里有困难，干部骨干就冲在前；哪里有难题，干部骨

◎观测训练。（由张小杰提供）

干的身影就出现在哪里；干部骨干关心战士的生活疾苦，把战士的冷暖放在心上，想战士所想，急战士所急，做战士的贴心人。李万富、许绍辉二位代排长，既是战斗员，又是指挥员，训练中不怕苦、不怕累，同战士们一起摸爬滚打，遇到训练难题，一遍一遍地示范讲解。

五排长袁风高训练中认真细致，从不放过一个细节，兢兢业业，埋头苦干，是全连公认的一头老黄牛。他的空闲时间肯定是和战士们一起训练、拉家常、聊人生，战士们训练中有什么问题都愿意讲给他听，受到战友们的充分肯定和由衷尊敬。

部队是一个大熔炉，"传帮带"是我军的优良传统。以老带新，以新促老，训练中大家相互学习，取长补短。冬练三九，夏练三伏，训练的劳累让我们意志更加坚定，取胜的渴望让我们斗志更加昂扬。观测班训练中在读数准上下功夫，反复练、重复练，做到眼、嘴、手为一体，达到操作仪器稳，观测目标快，数据读得准；喷火排训练中不怕苦，不喊累，战士们在操枪时，手和肩膀磨起血泡，没有人哼一声，继续严格训练。最终，我连在比武中取得观测第一名和喷火第一名。

四、赛场逞英豪　百炼终成钢

经过几个月的艰苦训练，检验训练成果的比武即将拉开帷幕，这对所有参赛人员都是一次严峻的考验。我们给参赛人员加油鼓劲，让大家放下包袱，轻装上阵，全力比武，同时为参赛人员做好后勤服务，使参赛人员精力旺盛、专心致志地参加比武。

"狭路相逢勇者胜"！在比武沙场，观测员听到发现目标命令，开始迅速操作仪器，快速捕捉目标，快速测量，快速读数，达到测得快、读得准、报得快；侦察员接到发现毒情命令，立即进行个人防护，迅速向毒区进发，边走边观察，绝不放过一处疑点，越弹坑，过水洼，进猫耳洞，观毒、判毒、侦毒、取样，全部动作一气呵成，准确无误；喷洒车组接到口令，迅速展开，连接胶管，开始洗消，一条白柱腾空而现，忽上、忽下、忽左、忽右、忽点、忽线，环环相扣，点线分明，动作流畅，消得彻底，洗得干净；淋浴车组接到口令，搭帐篷，烧锅炉，挖排水沟，紧张有序，动作协调，顺利完成了比赛任务；喷火兵接到战斗命令，迅速抵近射击目标，卧倒、出枪、瞄准、射击，一条条火龙直扑目标，三个目标全部命中，动作干净利落，打得又准又快。

在全体战友的顽强奋战下，我连高质量、高标准完成了所有比武项目，共获得观测、淋浴、喷火三项第一名，侦察、洗消两项第二名，分队总分第一名的优异成绩。一批在驻训比武中表现出色的同志受到表彰，全连共评出一级技术能手6名、二级技术能手14名、特等喷火手2名、优等喷火手9名。

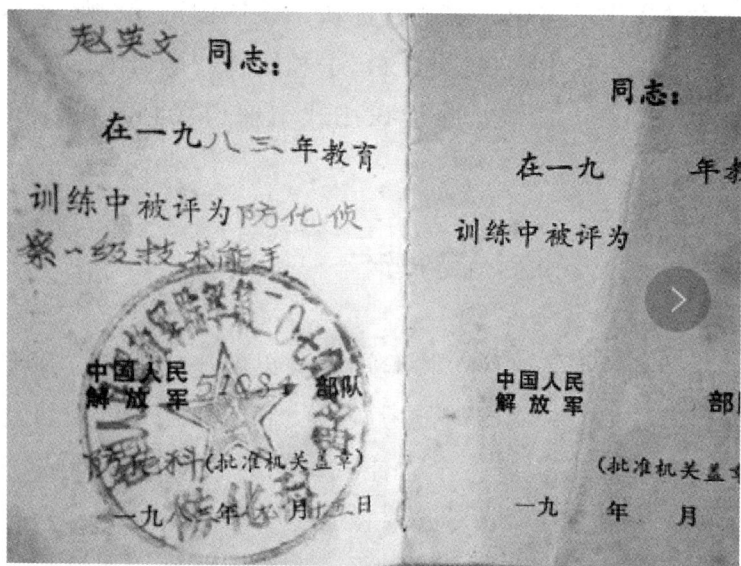

◎技术能手证书。（由赵英文提供）

"养兵千日，用兵一时"。我们全连经过近半年的艰苦磨炼，终于在全军防化分队比武中取得辉煌成绩，圆满完成了上级交给我们的任务，为207师争了光！

驻训比武结束，连队凯旋而归。当我带着全连精神抖擞地进入营区时，吴福余指导员率领我连留守人员，与师直属队首长和工兵营、高炮营战友们一起，夹道热烈欢迎。

1983年年终总结，连队受师记集体三等功一次，奖品是当年非常珍稀的物品——双桶洗衣机一台，颇受全连战友的喜爱。袁风高、李万富、耿福民、王德海、许绍辉同志荣立三等功，靳树长参谋受师嘉奖。

我连指战员参加阳高全军防化分队驻训比武期间，坚决贯彻执行上级指令，顽强拼搏，奋勇争先，在激烈的竞争中脱颖而出，取得优异成绩，极大地提升了全连的军政素质和战斗作风，在我连满载荣誉的战史上，又增添了浓墨重彩的一笔！

作者简介：贾卫平，1954 年 11 月出生，中共党员，1972 年 12 月入伍，历任防化连战士、班长，副连长、连长，1987 年 12 月转业到长治市国家税务局任局长。

参加北京军区喷火示范班记事

刘玉清

1983 年 11 月初，我怀着自小的梦想和对未来的憧憬，乘坐奔赴部队的列车，来到了山西大同，分到步兵第 207 师防化连，成为一名光荣的喷火兵。

在新兵连，我得到排长李银榜、班长赵英文、卫存红、宋虎文及战友们的亲切关怀和帮助教育，使自己很快转化成为一名合格的战士。几年的军旅生涯，我为部队建设贡献了自己的青春年华，铁马冰河，终生难忘。其中印象最为深刻的，就是参加北京军区喷火兵示范班的那段时光。

1984 年 6 月，连队接到上级指令：北京军区为了"统一规范喷火兵军事动作要领"，特别指定我连喷火排组建"北京军区喷火兵示范班"，到北京军区防化教导大队，为参训人员作喷火兵动作示范。

连队接到命令后，在师防化科长李明、参谋靳树长的指导下，贾卫平连长、侯万俊指导员研究决定，从喷火排挑选几名综合表现好、思想觉悟高、军事技术过硬的喷火兵，组建北京军区喷火兵示范班，人选有梁振明、刘生、宋虎文、简成平、李国芳、刘玉清、申克民、张克礼 8 人，梁振明任班长，宋虎文任副班长。我连喷火排排长袁凤高已被聘为北京军区喷火兵示范班教员。临出发前，李明科长、靳树长参谋、贾卫平连长、侯万俊指导员等领导专门作了动员，特别强调说，组织上把示范班这副重担交给了我们连，你们几位代表的是 69 军，是 207 师，所以必须坚定决心，克服一切困难，圆满完成任务。我们全班信心十足，一致表示保证完成任务。

7 月 14 日早晨，天气格外晴朗，我们全班踌躇满志，在梁振明班长带领下，精神抖擞地从大同火车站乘车出发，奔赴祖国的首都——
北京。

军区教导大队坐落在昌平区阳坊镇。我们到教导大队的第二天，
教导队大队长王征和有关领导便接见我们，向我们布置了任务，提出
要求和希望。教导大队领导说："你们既是军事动作要领的示范班，
又是这次集训的后勤保障班。"梁振明、宋虎文两位班长代表全班向
大队领导表示，保证完成任务。回到宿舍，梁班长又召集大家开班务
会，对我们下一步的工作任务提出高标准严要求，并明确分工，保证
圆满完成军区交给的光荣任务。

◎喷火一练习。左一刘少臣，左二黄双明。（由刘少臣提供）

这次北京军区规范喷火兵军事动作要领主要由3个教员和我们示
范班8人来完成。3个教员一个来自北京卫戍区警卫某师，一个来自
哪里已记不清了，另一个就是我们排长袁凤高。教员负责理论考核、
军事动作要领考核和野外战术考核等。我和申克民、张克礼、李国芳
4人的主要任务是军事动作要领、夜间喷火、百米障碍和野外战术等
示范，刘生、简成平负责喷火燃料的调和，两位班长分别负责训练考
核的协调和训练安全工作，责任重大。我们必须保证在学员们到来之

前，和教员们一起完成教学（课）用具的准备、军事动作要领规范、训练考核场地的勘察、武器的擦拭检查、学员的接待、住宿等准备工作，我们按照分工，密切配合，共同努力，终于在学员们报到前完成了一切准备工作。

学员报到那天，正是我们忙碌的时刻，有人负责报到，有人负责安排宿舍，有人带着学员办理伙食关系和其他事项，忙得不亦乐乎。我连派去参加培训的学员是于水林。

根据安排，这次集训共分为三个阶段：

第一阶段是理论科目。报到第二天就开始了理论学习，教员们仔细认真授课，学员们共同努力学习，很快掌握了喷火器的常识、原理、结构性能、拆解等理论和实践动作要领，经过考试，学员们都取得了优秀成绩，取得了集训第一阶段的胜利。

第二阶段是喷火兵动作要领的示范。为统一规范，在训练场学员们整装列队站齐，我们在教员的口令指挥下，身背20多斤重的喷火器（无油料），跑步出列站在学员队前，按照军区集训教学要求，为学员演示一步一动、分解动作和连贯动作的要领展示。每天晚饭后班长组织我们开班务会，总结分析当天的训练、示范动作等是否规范，是否符合教学要求等。军事动作要领统一规范后，就要在白天和夜间分别进行卧姿喷火、跪姿喷火、立姿无依托喷火和双人协同喷火的训练。我们每天在地下趴着做训练示范，要求人枪一线、人枪一体。喷火器的后坐力130斤、右摆力30斤，我们整天弄得像个土人似的，真是辛苦。

最苦最累的是跨越障碍示范训练。训练场坐落在防化学院西侧的山峦脚下，时逢盛夏，气温在30多度，我们背着30多斤重的喷火器等待在出发地线，听到教员一声令下，就像小老虎一样，背着喷火器快速跑步出发，要爬行穿越铁丝网、过独木桥、跳跃弹坑、翻越软墙，中途还有卧姿喷火，最后冲刺山顶主峰，对敌人散兵实施立姿无依托喷火。当我们完成这一套跨越障碍示范动作后，都累得站立不住，喘着大气，说不出话来。示范动作当中，班长就是我们的精神依托，不断给我们加油鼓劲，鼓励我们牢记首长重托，咬紧牙关坚持再坚持，坚决完成示范任务，为 69 军和 207 师争取荣誉。

集训学员经过一段时间的刻苦训练，在教员和我们示范班的共同努力下，没有出现任何安全问题，圆满完成了第二阶段的训练任务。

最后一个阶段是野外战术训练示范。因为我们也是第一次接触战术训练，防化学院专门为示范班配备了一名战术教员。战术教员带领我们，在野外山地展开了真正的战术训练，他告诉我们如何发现目标，如何运用地形地貌保证自身安全，如何测距、判断风速和天气对攻击目标的影响，如何利用左梯次队形、右梯次队形、前三角队形和后三角队形等实用战术动作，来有效地杀伤敌人。在野外山上，我们经受头顶烈日暴晒的酷暑，多次被石头、树枝蹭破或划伤，付出了很多艰辛与困苦。经过我们艰苦的努力，圆满地完成了战术示范动作，集训的学员们也都取得了优异成绩。

我们带着科、连首长以及全连战友们的重托和期望，在梁振明班长的带领和全班战友的共同努力下，经过三个多月时间的集训示范，圆满完成了军区防化部首长交给我们的光荣任务，达到了"北京军区统一规范喷火兵军事动作要领"目的。军区防化教导大队长王征和有关部门等领导在学员毕业典礼大会上，对示范班在这次集训中的表现和所做的贡献，予以高度评价和充分肯定，给予口头嘉奖，梁振明班长示范结束后荣立三等功。各部队参训学员们在取得优异成绩结束集训之时，也都高度赞誉我们示范班。

作者简介：刘玉清，河北滦县人，1984 年 1 月入伍，历任防化连五排（喷火排）战士、防化科库房管理员，1989 年 3 月退伍。

回忆 1989 年"科带连演习"

靳树长　李银榜

"防化科带防化连演习",是师级防化兵训练的最高形式,是战时合成军队作战实施防化保障的预演、预练,是师级军事机关训练、战备工作的重要内容。

1989 年 7 月,65 集团军赋予我师"防化科带防化连演习"的任务,以"坚固阵地防御防化保障"为课题组织实施,旨在全面提高防化兵遂行防化保障的能力。任务明确后,师司令部、防化科、连都非常重视,进行了认真的组织准备。

在司令部层面,席先桐参谋长非常重视,召开了演习协调会,成立领导小组,由胡杰副参谋长任演习组长,抽调作训、炮兵、工兵、通信等机关人员,组成导调、保障、实施等小组,统筹有关分队参与演习工作的保障。特别是炮兵科乔金虎等参谋,帮助拟写作战预案、导调文书,标绘作战地图,组织堆制模拟地形、实施导调等。

防化科长靳树长、参谋宣浩更是高度重视,精心组织准备,几次到集团军防化处领受具体任务,了解具体要求,得到军区耿久春参谋、集团军李永钦处长、宋天明参谋的帮助指导;反复给防化连动员、交代演习训练准备有关事项,及时解决科目、油料、器材等难题;加强自身业务学习和训练准备,使核化估算、标图、作战文书拟制水平和组织指挥、协调能力得到提高。导调组和防化科共制作文书 7 种 50 份。

防化连按照演习实施方案,在各专业技术基础训练的基础上,由连长李银榜重点组织进行了战术训练。对开设核观测哨的行动,洗消班、排开设洗消场的行动,喷洒车班对道路、地域消毒时的行动,防化侦察班对染毒地域、道路侦察时的行动，对放射性沾染地域、道路侦察时的行动，开设沾染检查站的行动，战时技术室工作、全连紧急拉动、疏散隐蔽、防空防炮等内容，均做了训练准备，演习临近时是按照演习设置的科目，进行有重点的训练准备。指导员马清河则针对演习准备时间短、任务重的情况及思想实际，侧重进行了思想政治工作。从连队训练动员会、专题政治教育、发挥党员先锋模范作用、做好思想工作等着手，讲清防化兵演习的目的、意义；练好军事技术，实现军人价值；克服怕苦怕累思想，增强连队集体荣誉感等，提高了全连官兵立足本职，刻苦训练的自觉性，决心以过硬的作风和军事技战术向军师领导汇报。全连各个班排、连部、技术室、司机班、炊事班都积极行动起来，投入到紧张的演习准备工作之中。

连队在车辆、器材、油料、伙食等方面，均做了大量的准备与保障工作。技术室在李现敏主任的带领下，对防化专业装备和训练器材进行积极的维护、维修、制作，保证了完好率和供应保障；车辆管理工作在高志义班长（志愿兵）的努力下，除司机班的运输车辆以外，还帮助战斗班排的喷洒车、淋浴车、防化侦察车维修保养及排除故障，向运输科请领配件、器材，保证了车辆性能完好，没有给连队演练拖后腿；司务长吴因全（志愿兵）、炊事班长靳年宝（志愿兵）立足现有条件，带领炊事班千方百计调剂伙食，让全连同志吃好；副连长周志忠除积极配合连长抓好军事训练外，重点抓了炊事班、司机班和全连司机管理等后勤工作，抓养猪、种菜、冬储，为连队演习工作提供了有力的后勤保障；二排是洗消排，车辆编制较多，排长陈红鑫在抓好训练的同时，注重对喷洒、淋浴车专业装备、车辆行驶部分的维护保养，与班长、战士、司机一同分析、排除故障，抓好车场日工作，使排里的6台车随时处于良好状态。

在演习准备期间，集团军防化处李处长、宋参谋多次到师指导演习工作，明确以基本方案为主，以防化科工作为主，对有关具体细节进行帮助，排忧解难。

12月19日、20日，集团军在我师举办了"防化科带防化连实兵演习观摩会"，会期两天。参加会议人员有：军区防化部刘群献中校参谋，集团军防化处李永钦处长、宋天明、李朝海参谋，防化营徐和平营长、任振明、张福珍连长，集团军防化教导队队长王艳华教员，以及集团军所属各师旅的防化科长、防化连长等计30人。

防化科战时作业演习从20日上午8点40分开始，在师小礼堂进行。礼堂内，正面悬挂着"敌我态势图""演习企图立案图""步兵第7师防御战斗首长决心图""战区核化保障分析图""战区阵地水源情况图""西山地区地形图"，导调人员、与会人员分列两侧就座，防化科长、参谋居中进行现场演练。当导调人员宣布演习开始，会场顿时肃静，一场防化保障战斗首先从防化科开始。

◎ "科带连"演习，防化科长靳树长、参谋宣浩向防化连长李银榜、指导员马清河下达防化保障措施预案。（由靳树长提供）

当导调人员下达"作战预先号令"后，防化科长靳树长指示参谋宣浩向防化连传达预先号令，进入战备状态，要求全师各部、分队做好"三防"器材准备及应急训练；当师下达"坚固阵地防御战斗作战指示"后，由参谋宣浩现场向防化连长李银榜、指导员马清河下达防化保障任务，在"战区核化保障分析图"上，具体明确在敌可能对我实施核、化武器袭击后的防化保障措施预案，并明确开设核观测哨的地点及要求。当敌对我防御前沿阵地实施核袭击后，参谋宣浩根据观测哨上报的数据，使用84式防化作业箱等工具，进行快速核估算（核爆炸的时间、地点、当量、爆炸方式、放射性沾染漂移方向、范围等），并将估算结果标注到"坚固阵地防御战斗防化保障图"上，科长立即向师作战室报告敌核袭击情况及对部队的伤害程度，并提出防化保障建议，得到师参谋长批复后，迅速拟制防化保障指示下发部队。在组织实施防化保障过程中，防化科还根据战场变化和各部分队报告的情况，及时下达了防化保障补充指示。

20日上午10时30分，进行演练防化连的科目。当防化连从师防化科受领战时防化保障任务后，连长、指导员迅即商议，首先召开党支部委员会，研究执行防化保障任务的分工、措施及要求等预案，并分别召开支部大会、军人大会进行动员，组织防化车辆、装备器材、物资准备。

20日下午1时30分，当连队接到导调组"紧急疏散"的命令后，防化连连长李银榜、指导员马清河指挥通信员拉响"警报"，全连人员按预定方案全副武装紧急集会，携带一个基数的战备物资（弹药、消毒剂、油料、粮秣等），在连长、指导员进行简短动员后，全连15台车辆（2辆摩托车、4辆防化侦察车、6台洗消车、3台运输车均已进行伪装），按序列向疏散地域开进，各车保持车距，各车联络员手持红旗前后联络。各个路口均有军务科设置的交通导调人员，确保演习车队顺利通过。当车队到达预定的疏散地域后，连长指挥全连车辆迅速构筑掩体、伪装车辆（将车辆的伪装网散开与地表相连接），待全连全部隐蔽伪装好后，立即向师作战室防化科进行了报告，等待下一步的指令。观摩人员随连队行动，看到连队人员集合迅速，车队行进有序、隐蔽伪装迅速到位，都予以赞赏。

下午 3 时至 5 时在模拟地形演练（推演），模拟地形设在师部大院南侧的菜地，将张家口至苏家桥一段的地形、地貌，按比例堆制，对重要的道路、桥梁、居民地进行标识注记。这一段机动道路是我师向预设地域机动作战、防御坚守的重要交通要道，导调人员按照预案，在这条机动车道路上，适时宣布"敌在我某地域实施核袭击"，"某路段遭敌化学袭击"新情况，防化科及时进行了处置。科长、参谋用加长教鞭在模拟地形上，迅速指向遭袭区域，指出预设的核观测哨迅速观测并报告有关数据，防化科及时进行核化估算，分析对我危害情况，指出防化分队实施辐射、化学侦察地段、范围，行进路线等保障内容，迅速向师司令部首长提出情况报告和处置建议，指挥部队加强防护和防化专业保障。采用模拟地形演练，将战场情况浓缩了空间，近似实地、实战一样，直观、形象、逼真，提高了演练效果，锻炼了防化科参谋人员分析、判断、处置防化情况的能力。

21 日上午 9 时至 11 时，防化连进行编组战术演练。防化连在东红庙东侧的宽阔狭长地带，分别表演了观测班开设核观测哨、侦察班实施化学侦察、洗洗排开设洗消场、技术室战时工作、进攻战斗中（向下加强）的喷火班等科目。工兵、通信、高炮等分队的保障人员，在通信联络、炸点显示、航模空袭等情况的显示及时到位，我们的防化兵动作迅速，战术技术动作到位。每个表演课目，班排长接到连长的命令后，从进行战斗动员、检查准备器材、向执行任务地行进，到实施作业、报告完成任务情况的每个环节，均符合战术、技术要求，向与会者展示了防化连优秀的军事素质和过硬的战斗作风。

整个"科带连演习"历时 1 天半，锻炼、提高了本师科、连战术训练的素质与水平，为集团军防化机关和分队展示了战时科连工作内容与程序，探讨了组织训练的方法措施，还制作了录像资料上报集团军，起到了示范作用。21 日下午，会议组织了座谈讨论，同时转发了靳树长、宣浩撰写的"搞好科带连战术演练，提高防化保障水平"文章。"科带连演练"得到了军区、集团军业务部门的肯定和与会同行的好评，认为有以下特点：演练内容体现了当前战争特点，体现了为合成军队服务的思想；师和司令部首长重视，组织严密，协调各方、保障有力；军区、集团军防化部门多次到师、连，给予具体帮助指导；科、连决心大，信心足，工作积极，准备充分，作风扎实，军事素质过硬；演习内容较全，科连工作内容、步骤清楚；导调方式灵活，情况设置合理。与会领导和同行专家也提出了演练存在的不足及今后改进意见。

◎科带连演习结束后进行演练总结讨论会。（由靳树长提供）

会议要求，各单位今后训练要参考借鉴 207 师"防化科带防化连实兵演练"的方法与经验，还可在全军区推广。今后训练要以局部战争和突发事件为对象，研究训练科、连防化保障的方式方法，提高防化保障能力。在年终工作总结时，"防化科带防化连实兵演习"的训练活动，得到了集团军刘荫超军长和秦文杰师长的表扬。

在回顾这次演习训练的经历时，我们没有忘记当年帮助、指导、关心我们的各级领导和机关人员，没有忘记导调和保障人员，没有忘记为此付出努力的防化连干部战士，谨致感谢和敬意！

作者简介：靳树长，1951年9月出生，河北省安平县人，中共党员。1970年12月入伍，历任防化连1排3班战士、连部军械员兼文书、2排5班班长，1975年8月份任3排长（先侦察专业，1976年2月改为洗消专业），1979年6月任副连长，1980年10月任连长，1983年5月调师司令部防化科任副营职参谋，1988年1月任少校副科长（正营职），1990年2月任中校科长（副团职）。于1995年8月退出现役，转业到张家口市桥西区地方税务局任纪检组组长，于2011年9月退休。

李银榜，男，汉族，1959年出生，河北满城县人，中共党员。1978年3月入伍，历任防化连战士、副班长、班长，1982年后历任化验员、洗消排长，1987年任连长，1990年任技术室主任，1994年任师技术部工化科正营职助理，1998年2月任师司令部防化科中校科长，1999年9月转业到河北省保定市中级人民法院，任助理审判员至今。

参加军区防化兵比武训练纪实

唐文俊

1990 年上半年的一天，师防化科科长靳树长、参谋宣浩到连队召开排以上干部会，传达军区、集团军关于组织防化兵大比武的会议精神。比武定于下半年举行，由军区防化团、各集团军、独立师、旅防化分队参加，比武内容为观、侦、洗、喷火各专业所训技术科目。65 集团军防化处将规定的比赛科目分配给各师和军直防化营，207 师防化连的比赛科目为"侦察兵单兵综合演练"和"74 式喷火器蒙眼分解结合"两个科目，两个人参加。

面对两个生疏而没有进行过的比赛科目，连队干部战士没有被困难吓倒，而是精心组织，迎难而上，采取过硬措施，刻苦训练，在 9 月份北京军区组织的比武中，周青荣获侦察兵单兵综合演练第一名，荣立个人二等功一次，施维保获 74 式喷火器蒙眼分解结合第一名，荣立个人二等功一次，连长李银榜荣立个人三等功一次。

一、加强领导，组织筹划，充分准备

师防化连接到侦察兵单兵综合演练和 74 式喷火器蒙眼分解结合两个比武科目后，干部战士压力很大。因为这两个科目以前从未涉及过，比较生疏，要想比武取得名次，单兵综合演练比武人员必须具备综合素质，而我们平时的训练，是按照各专业进行业务训练，对步兵战术、单兵武器操作等科目只是了解和基本掌握，没有进行过各科目的综合演练，要想搞好防化单兵综合演练，并且取得成绩，难度可想而知。

根据工作任务，连队多次召开支部会研究讨论训练科目和比武训练人员，防化科长、参谋多次到会指导。当年连队工作多，任务重，在连队训练容易受其他工作的干扰，训练效果不好，为了确保训练取得实效，迎接军区比武，结合连队的总体工作情况，经研究决定，由连长李银榜对比武训练总负责，1 排排长唐文俊带队，由 2 班、3 班的王双平、周青、曹平元、胡新国参加侦察兵单兵综合演练训练，3 排的龙争锋、万福进、施维保、王宏伟参加 74 式喷火器蒙眼分解结合训练，选择进驻郭磊庄师 A 团营房进行重点训练；指导员负责连队的正常工作和其他任务；防化科积极协调 A 团，联系比武人员食宿、训练场地等事宜，进行妥善安排；和连队干部共同研究制作可移动的独木桥、高墙、矮墙、高低台、低桩铁丝网、火圈等多种训练器村。为了更好地掌握动作要领，防化科科长靳树长和北京防化学院联系，聘请防化侦察和喷火专业的两名教员给比武训练人员进行教学示范，为提高训练质量起到了积极作用。在训练过程中，防化科领导经常深入训练驻地了解训练人员的训练和生活情况，解决生活和训练中的难题，在训练科目的指导上，深入训练场，亲自纠正每一个动作，讲解其动作要领，共同探讨训练方法，不定时对训练人员进行专业理论和训练科目考核，提高了训练效果，激发了官兵的训练热情。

二、突出技术体能训练，打好基础

训练是残酷的，艰辛的，但是争第一的决心是永恒的。要想取胜，体能是第一位的，没有体能就没有争取名次的希望。根据比武科目，我们制定了详细的体能训练计划，每天早晨跑一个 10 公里、短跑数次、单双杠以及相应的器械训练，上午进行步兵战术以及跨越障碍训练，下午进行防化业务训练，晚上再跑一个 10 公里，并进行相应的器材训练和其他体能训练，还要抽出时间进行业务学习。74 式喷火器蒙眼分解结合的训练，更是不分白天昼夜地进行着。

在业务训练中，互相观摩、相互学习已成常态，把个人的安危置之度外。七八月份，正值酷夏，每天在100米长，60米宽的区域内布设6条侦毒线路进行侦毒作业，每人每天不得低于10次，每完成一次侦毒作业（在10分内完成）防毒衣内的汗水都能倒出来，连续几天下来，每个战士的身体严重虚脱，被汗水浸透的衣服包裹在身上，皮肤起了湿疹，面部脱皮，没有叫苦叫累，仍然坚持训练。在训练进入关键时候，为了更准确掌握毒剂在各种物质上的症状，班长王双平近距离布毒、观毒，雾状芥子气落在胶鞋上，导致脚部中毒，无奈之下，只得悻悻而退，艰苦的训练成果没有用到比武场上，成为他一生的憾事，我们也深感惋惜。

◎军区兵种部防化参谋路志勇（右一）对化学侦察进行考核验收，防化科长靳树长陪同（左二）。（由靳树长提供）

我们每天在有毒空气的训练场训练4小时以上，长期接触有毒空气，抵抗了感冒病毒的侵入，但是一旦患病，耐药性增强，延长治病时间。排长在完成布毒作业后，深入毒区指导纠正每一个战士观毒、侦毒动作，一开始穿戴防护器材进行指导，后来为了让战士能够听清说话，改换普通口罩深入现场进行指导，规范每一个战士的操作行为，一站就是半天。在训练中，我们不仅针对各种环境中观毒、侦毒、取样的训练，而且结合比武科目进行了穿戴防护器材、染毒地段前后界的确定、对人员实施沾染检查、对地面实施核辐射侦察、地图绘制等科目进行了分组、分步训练，每一个科目的训练，都做到了精心细致，没有丝毫放松，进行强化训练，同时完成了器材的维护保养，为下次的训练做准备。

在单兵战术和障碍训练中，充分发挥主观能动性，根据防化学院教员的示范指导，积极研究训练方法，探讨防化单兵综合训练技巧。综合演练不仅仅是防化业务的综合而是防化业务和单兵战术在各种环境中通过各种障碍的综合性的演练，是防化单兵综合素质的体现。防化单兵综合演练共设置了23个课目，其中火力封锁区5个科目，分别是通过低桩铁丝网、利用土包消灭敌人、利用弹坑压制敌人、利用土坎发现敌暗火力点、对核武器瞬时杀伤破坏作用的防护；染毒区7个科目，分别是确定染毒前界、标志染毒前界、对水源实施侦毒并深水取样、对植物实施侦毒、对掩蔽部实施侦毒、对粮秣实施侦毒并取样、实施局部消毒；障碍区7个，分别是跨越壕沟、跳越矮墙、蹬越高低台、通过独木桥、攀越高墙、攀越直梯、利用绳索跨越壕沟；沾染区3个，分别是抢修辐射仪、实施定点辐射级（剂量率）测量、对人员实施沾染检查。综合科目结束后要绘制要图。在跨越绳索的训练中，单薄的衣服挡不住绳索的摩擦，一次下来，腿部受伤，穿越火圈被烫伤，单兵战术以及障碍训练经常出现伤痛现象。胡新国掌握了两步过独木桥的方法，周青掌握了单兵战术和跨越绳索等科目的训练技巧，他们相互学习，相互观摩，克服了许多困难，忍受着伤痛，完成了一个个训练科目，各项技能得到了提升，全面素质整体提高。

51396部队防化连中士班长施维宝，苦练军事技术，在去年参加集团军和军区比武中，均获得74式喷火器蒙眼分解结合第一名，部队给他荣记了二等功、三等功各一次。

◎防化杂志对施维宝的事迹进行报道。（由靳树长提供）

74式喷火器蒙眼分解结合训练科目，龙争锋、万福进、施维保、王宏伟4名同志分成两组，相互配合，按照防化学院教员的示范进行分解结合训练，先熟练昼间的分解结合，再进行昼间的蒙眼分解结合，为了增加难度，充分利用晚上时间，进行蒙眼训练。连长李银榜在抓侦察训练的同时，重点抓74式喷火器的分解结合训练，在训练过程中及时指导和纠正每一个动作，用秒表计算他们的分解结合时间，拿秒表的手指磨出了老茧，每天重复着单调无趣的工作。训练的4名战士更是不放过一点空闲时间，一有空就训练，他们的双手磨出了血，手指伸不直，长期蹲着训练，两腿肿胀，不能走路，晚上用热水敷，仍然坚持训练。吃苦耐劳的工作作风，练就了过硬的本领，喷火器蒙眼分解和结合分别在一分钟内完成。

三、综合训练形成合力，比武场上大显身手

综合训练是对每一个战士整体水平的检验。科目设置在复杂的地形中，动作是否标准、判断是否准确，耗时是否最短，是对每个比武战士的考验。综合演练时，几十个科目设置在一起，没有几个能在规定的时间内一次性完成所有动作，体力不支，科目衔接不好，是主要问题。但是战士们高度的训练热情和平时所掌握的动作要令，经过短时间的融合，很快进入综合训练的状态，每一次训练都是对耐力极限的挑战，也是对训练科目的挑战。每一个战士都知道，大家每天在一起训练，而参加比武的只有两人，一个是单兵演练，一个是喷火器蒙眼分解结合，而我们参加比武训练的8名战士中没有1名战士考虑过是否能上场比武，没有过思想波动，也没有叫过苦叫过累，无论是选上谁，随时充当替补队员的思想深深地扎根在他们心中，正是因为这种思想的支持，才保持了旺盛的训练意志。

当班长王双平不幸芥子气中毒后，也没有影响他们比武训练的热情。功夫不负有心人，经过艰苦的训练，完成了单兵综合演练和喷火器蒙眼分解结合训练科目，迎接军区比武。更难能可贵的是，当确定周青参加单兵综合演练、施维保参加喷火器蒙眼分解结合任务时，其他战士为他们能参加军区比武表示祝贺，做好后勤保障，做好了一旦有情况随时上的思想准备。这是我们防化连的好传统，也是我们优良战斗作风的体现。作为带领他们训练的排长，为有这样一支战斗队伍感到高兴，也为他们有这样的训练热情表示感谢，更为他们有为师防化连争光的荣誉感感到自豪。

◎军区大比武结束后，防化科长靳树长、防化连长李银榜与获得全区侦察兵单兵综合演练科目第一名的周青（右一），74式喷火器蒙眼分解结合科目第一名的施维保（左一）在长城留影。（由靳树长提供）

9月份，在科长靳树长、连长李银镑的带领下，我们满怀信心，前去北京参加军区大比武。

周青单兵综合演练科目动作标准，业务熟练，用时最短，一次性完成和通过了所有科目，赢得了比武场上所有人的赞誉。

喷火器蒙眼分解结合科目，从开始到结束，不到一分钟的时间，娴熟的动作，看得大家眼花缭乱，纷纷说就是不蒙眼也达不到这样快的程度。

比武结束，周青获得侦察兵单兵综合演练科目第一名，施维保获得74式喷火器蒙眼蒙分解结合科目第一名，为65集团军、为207师、为防化连争得了巨大荣誉，在防化连的荣誉册上留下了光辉的一页。

作者简介：唐文俊，男，汉族，1966年3月出生，内蒙古卓资县人，1983年11月入伍，1988年7月防化学院毕业，1988年8月任防化连技术员，1989年8月任防化连1排排长，1991年10月任通信3

连副连长，1992 年 6 月任防化连指导员，1995 年 10 任师政治部秘书科干事，1998 年 6 月任 207 师 C 团干部股长，2000 年 4 月任内蒙古军区司机训练大队一中队教导员，2004 年 10 月至今在呼和浩特市安全生产监督管理局工作。

防化神兵展军威

——回忆参加"919"军事训练汇报表演

吴 通 刘文军

1991年9月10日上午9时，随着20发红色信号弹腾空而起，瞬时间炮声隆隆，火龙飞舞，"919"军事训练汇报表演正式拉开序幕。江泽民主席、在京党和国家领导人、中央军委领导共同观看了这次军事训练汇报表演。军事训练汇报表演由总参谋部主导，来自北京军区的步兵、炮兵、装甲兵、工程兵、通信兵、防化兵（含喷火兵）以及陆军航空兵等兵种参加。

65集团军组成了由防化处徐和平参谋任连长，军直和各师防化连抽调军事过硬的战士组成的防化表演分队，207师防化连选派班长刘文军、副班长陈立军、战士刘义欣、武传海4人组成一个喷洒车组参加这次汇报表演。

◎就地小憩留个影，左起：陈立军、刘文军、刘义欣、武传海。（由刘文军提供）

防化汇报表演分队驻扎在军区防化团营区，到官厅水库南岸的古城总参军事训练基地进行训练和彩排，防化兵表演项目分为侦察车、79型淋浴车、喷洒车、喷火、集束火箭等内容，显示我军先进武器装备和当代军人的优良素质，彰显军威国威。防化兵表演分队以最先进的技术装备亮相，防化学院、防化研究院都把自己的宝贝拿出来（包括唯一一台进口的狐式侦察车），向党和国家领导人献礼。

1991年7月底，时任2排4班长的刘文军突然接到连队下达的一个重要任务，与集团军防化营配合临时组成一个排，参加北京军区组织的919军事训练汇报表演。接到这个任务，刘文军心里特别高兴，以初生牛犊不怕虎的劲头，向连队领导保证坚决完成任务。当天4人便整理、检查车辆等装备，连、排、班分别召开了动员会。

4名战士到集团军防化营集结，便开赴驻地北京军区防化团。到达驻地后，上级进行了教育动员，并下达先期训练内容，主要是熟悉表演场地，并认真仔细地检查车辆装备。其间，因我连装备的73型喷洒车不符合统一训练要求，又返回连队更换了我连唯一的73C型喷洒车。

新型装备和器材与原73型喷洒车完全不同，面对突如其来的困难，他们加班加点学习理论知识，掌握工作原理和操作技能，怀着为连队争光、为全军争光的信念，保证在训练中不出现一点纰漏，抢抓时间从头练起，终于实现了与其他部队的战士同步训练，同步达标，所有训练成绩全部优秀，受到了上级首长的好评。

在上级首长的鼓励下，全体参演官兵舒放心情，刻苦训练，第二次预演又取得了圆满成功，时任中央军委副主席刘华清上将给予了高度评价。军委首长的赞扬和鼓励，使全体参演官兵的训练积极性更加高涨，大家坚持每天早5点进场，晚8点离场，吃喝休息都在训练场，晚上利用休息时间还要学习理论知识，夜间经常听到有人说梦话"车长，你的动作不规范""一号洗消员你的动作提前了，与大家协调配合不及时"，同志们都戏称自己是全天候训练的"铁兵"。

　　班长刘文军，始终发扬传帮带的骨干作用，全面提高自己的训练素质，成为战士们学习的表率；副班长陈立军，积极配合训练工作，主动提合理化建议，为训练进度的提高出主意想办法；战士武传海是当年的新兵，第一次参加这样的大型训练活动，开始特别紧张，在同志们的鼓励和带动下，坚持加班加点，提高自己的军事素质，后来成为我连优秀的班长；司机刘义欣，既是司机，又是战斗员，训练强度最大，集训期间他患了感冒，但没有休息一天，带病坚持训练。

　　在9月10日的军事训练汇报表演中，步兵、炮兵、装甲兵、工程兵、通信兵、防化兵、陆航等各兵种如演折子戏般轮番上阵，战机轰鸣声、战车的咆哮声震耳欲聋，枪弹、炮弹、导弹，弹无虚发，各兵种密切配合，各显神通，场面精彩纷呈。

◎集团军军长刘荫超（第二排左五）、军区防化部部长宗培然（第二排左六）、集团军参谋长吕敬正（第二排左四）、副参谋长王勤（第二排左三）、集团军防化参谋徐和平（左七）等首长看望慰问参加919汇报表演的65集团军防化兵干部战士，并在表演前合影。前排左起为我师防化连4班战士4名，依次是刘义欣、陈立军、武传海、刘文军。（由刘文军提供）

持续三个小时的军事训练汇报表演紧张激烈，官兵们以高昂的士气，精湛的技术，灵活的战术，顽强的作风，果断的指挥，博得主席台上一阵又一阵热烈的掌声。演习结束后，国家主席、中央军委主席江泽民发表了重要讲话，高度赞扬本次军事训练汇报表演，并正式提出将"政治合格，军事过硬，作风优良，纪律严明，保障有力"作为新时期我军建军指导思想。

我连有幸派出人员、车辆参加这样高规格、大规模的军事训练汇报表演，并圆满、出色地完成任务，被上级评为"最放心的车组"，这是 207 师防化连的光荣，是参演战士们的光荣。

通过参加这次军事训练汇报表演，这四位战士均成为我连训练骨干，在此后的军事训练中发挥了重要作用，促使全连训练成绩大幅度提高，连续几年被集团军评为训练先进单位，为连队其后的跃进打下了坚实基础。连队以此为契机，进入了一个新的发展阶段，各方面建设都有显著提升。

作者简介：吴通，1967 年 9 月出生，安徽省五河县人，中共党员。1986 年 6 月自山西省大同市入伍，先后在长春空军第一飞行基础学校和中国人民解放军防化指挥工程学院学习，大学专科学历。1990 年 7 月毕业后，任步兵第 207 师防化连排长，1993 年 3 月任副连长，1995 年 3 月任连长，1997 年 12 月任 207 师修理营技术员，技术 11 级。2000 年 1 月退役，转业至山西省大同市人民检察院工作，历任书记员、助理检察员、检察员、控申处副处长，2016 年 9 月任大同市人民检察院员额检察官，2017 年 9 月任大同市人民检察院刑事检察四部副部长。

刘文军，河北泊头人，1971 年 8 月出生，1989 年 3 月入伍，任战士、班长，1991 年 10 月入党，1991 年 11 月退伍，曾在泊头市交通局运输公司工作，现为泊头市一中社区职工。

降魔神兵展雄威　应急救援扬美名

——记难忘的一次化学事故实战化救援

陈红鑫

1990年10月27日，紧张训练了一天的战士，已经洗去劳累的征尘，脱去汗渍的作训服，进入了甜蜜的梦乡，而连队干部仍在一起研究次日的训练工作，我时任防化连副连长。

23时35分，突然，炸雷式的一声巨响从远处传了过来，震的窗户簌簌直响。听到爆炸声我立刻冲出了连部，向爆炸声方向望去，只见巨大火球冲天而起，蘑菇状云团正向夜空升腾。我一看，这爆炸的方向应该是万全县化肥厂，我大声叫道：不好，可能是万全县化肥厂爆炸了。这时连长李现敏、代理指导员杨石连也跑到了我的面前，我立即向他们说道：可能是万全县化肥厂发生的爆炸，应该马上向师作战值班室报告，并全连紧急集合，请领战斗装备和器材，按核化事故救援预案做好救援准备。连长李现敏立即命令文书向师作战值班室报告有关情况，并吹响紧急集合哨，全连携带防护器材紧急集合。

当时师作战值班室值班的正是防化科参谋宣浩，他当即向师值班首长宁长江副政委报告，建议师直防化连按预案迅速救援，尔后通知其他部队也迅速前去协助救援。得到师首长同意后，宣参谋立即电话通知：防化连按核化事故救援预案火速前往，其他部队随后就去协助你们。

接到救援命令后，全连来不及绕行走大路，李现敏连长指挥，直接翻越营区围墙，穿过铁路线，直奔化肥厂。到现场一看，厂区一片狼籍，非常混乱，聚集了好多人。看到这种情况，防化技术室主任李银榜大喊一声："大家不要乱，我是207师核化事故救援队队长，现在听我指挥。化肥厂的负责同志在哪里？请站出来，说明一下情况。"喊了几声，无人应答。这时市消防队也赶到了，但是，爆炸后产生的化学气体气味刺鼻，难以靠近，人员根本上不去。

这时，我迅速到厂办公室附近找到了主管生产的副厂长，随即向他简要地询问了有关情况，他说是几个管道交汇的总阀门出现了泄漏，从而造成了爆炸，主要成分是氢和氮，所以爆炸的威力巨大。我迅速将主管生产的副厂长带到连长和指导员面前，向他们说：必须将泄漏的阀门尽快关住才能制止进一步的泄漏，否则后果严重，也只有这样消防队员才能上去救火。

面对发生再次爆炸的危险，我和代指导员杨石连主动请缨，穿戴防护器材，并给那位副厂长带上防毒面具，一块进入了仍在泄漏的生产车间。

车间里烈火熊熊，瓦砾遍地，燃烧着的木板不时从房架上往下掉，地上横七竖八的木板上倒立着许多铁钉，稍不留神就会将脚扎穿，被炸后埋在碎砖碎瓦下的各种管道，向外冒着有毒气体，我们三人借着火光，冒着触电的危险，一脚深一脚浅地摸索着前行。这位厂长找到一个阀门，我们就检查一个，并立即关闭，这样，随着弯弯曲曲的管道共检查阀门 30 个，关闭泄漏阀门 11 个，终于制止了有毒气体的进一步泄漏。

在检查关闭阀门时还有一个小插曲：因我近视，平时戴眼镜，但戴上防毒面具就没办法戴眼镜（那时还没有隐形眼镜），所以进入生产车间，视力大大降低，只能摸索前行。在行进中，模糊地看到一个水槽，上面搭了一块板，我便想一脚踏到木板上去，准备跨到对面，当脚即将落到木板上的一瞬间，杨石连同志一个箭步冲上来，猛力将我拉了回来。因为我看不清那块木板只伸出去了一部分，并没搭上对面的实地，如果我踏上去，就会掉到水槽里了。从车间出来后，主管生产的副厂长告诉说，那个水槽里都是硫酸。这话真让我后怕，如果我掉了下去，就成为烈士了。生死攸关的瞬间，杨代指导员这一拉，救回我一命，体现了生死相依的战友深情！

我们从爆炸区出来后，才知道师直其他分队及炮兵团的同志们都及时赶到了现场，准备实施救援。阀门关住了，刺鼻的气味小了许多，市消防队的同志们，戴上我们提供的防毒面具，拿着水枪靠上去灭火、降温。

等火基本熄灭后，我又带上几名训练过硬的战士再入爆炸车间，搜寻失踪人员。我同战士们手拉手，像过筛子一样，一块区域、一块区域地搜寻，共找到3具尸体，其状惨不忍睹，厂里的救援人员也搜寻到2具尸体。据事后得知，这次爆炸共造成5人死亡，5人受伤。搜寻完毕后，我们和厂里有关领导进行了简要的交接，并收回了借给消防人员的防毒面具，带领部队返回连队营房，这时已经是深夜两点多了。

救援完毕，我们如释重负，所幸不辱使命，全连干部战士无一受伤。时隔不久，《张家口日报》报道了军民携手抢险救灾的事迹，万全县委、县政府和化肥厂的领导，对我们防化兵在抢险中不怕牺牲的奉献精神给予了高度赞扬，春节时厂领导和县政府派人到防化连进行了慰问。中共万全县委为此专门发文，颂扬解放军抢险救灾的英雄壮举，号召全县人民开展向解放军学习的活动。

回顾这次应急救援工作，我有四点体会：一是检验了我们连队干部战士的能力素质和顽强的战斗作风，以及不怕流血牺牲的革命精神；二是检验了我们核化事故救援预案的针对性和有效性，为进一步完善细化救援方案打下了良好的基础；三是通过这次抢险救灾的检验，也可以说是经历了一次不流血的实战，避免了化肥厂爆炸次生灾害的发生，保护了当地的人民财产，谱写了拥政爱民的新篇章；四是安全生产责任重于泰山，安全生产要警钟长鸣，这对我转业至地方工作后分管安全生产工作，提前进行了一次教育和锻炼，为处置突发事件、实施应急救援积累了实际经验。

作者简介：陈红鑫，河北故城县人，1982 年 11 月入伍，历任战士、班长；1987 年防化指挥学院毕业分配到 207 师防化连，任排长、副连长、连长；1995 年任师司令部直工科参谋；1997 年任集团军装备部工化装备处助理员；2003 年任步兵第某师装备部长。2005 年 9 月转业至石家庄桥东区政府，先后任政府办副主任、街道办事处主任、书记、政府办主任、财政局长。

参加加强的步兵 193 师机动作战演练防化保障记事

靳树长 唐文俊

一、步兵 A 师机动作战演练综合情况

1992 年 12 月 21 日至 25 日，在华北北部举行了北京军区 65 集团军步兵 A 师机动作战实兵演练（该师的前身为著名的"红一师"，有正宗的红军血统）。这次演练的内容，是加强的步兵师（军区直属部队配署）在严寒条件下机动作战，由北京军区司令部导演，军区司令员等军区常委观摩，规格之高、参演人员、车辆之多、自然条件之恶劣，为"802 演习"大规模实兵演练之后所仅见。

演练的主要设置为：加强步兵师从某集结地出发，经河北省崇礼、独石口、沽源和内蒙古化德，进行总共 300 余华里的机动作战。我们 207 师主要担任其中三个点的假设敌任务，师属 A、B、C 团和直属分队，分赴崇礼、沽源、化德等三个方向实施保障。师防化连的主要保障任务，是负责模拟显示化学武器袭击的情况。

为搞好这次拉动演练，军区机关设置了导调组、检查组和保障组。按照军区部署，每个保障点均由军区、集团军、师机关派出处科长，进点督导指挥。

二、师本级动员准备情况

这次拉动演练保障行动的我师本级指挥所，设在沽源狼窝沟，总指挥为席先桐副师长。按照军区部署，师各团及配属分队于 12 月 16

日设营，17 日集中就位，进一步明确任务，进行安全教育和战前动员，18 日进点，21 日第一次预演。A 团化德方向在三面井、温高洼、牧场设营，防化连 1 名骨干随该团行动；B 团沽源方向在高山堡设营，防化连 11 人随该团行动；C 团崇礼方向在下白旗村设营，防化连 11 人随该团行动。全师共有 364 名指战员参与假设敌保障行动。

12 月 7 日，师召开冬季野营拉练部署会，赵刚参谋长提出拉练保障计划安排；席先桐副师长传达了军委首长关于"为了发扬传统，冬季搞拉练，锻炼提高部队"的指示精神和军区、集团军的贯彻落实要求。王贞燮政委要求：各级领导要重视抓好，把工作做深做好，搞好伪装不暴露，不丢失装备，不冻伤人员，克服天冷困难，搞好军民军地关系。军区、集团军、师首长特别强调，防冻是铁的纪律。会后司政后各部门、各团及直属分队都层层动员，做了充分的思想和物质准备。

防化科对全师参演各部、各分队所需防化器材，一一做了准备与发放，如防毒面具、手套、防寒保明片、发烟罐等。

防化连按照师的统一部署，确定了拉练人员，崇礼 C 团方向，由排长孙光辉带战士 10 人；沽源 B 团方向，由指导员唐文俊带战士 10 人；A 团化德方向派出防化骨干 1 人，进行技术指导。连队随即进行了深入的动员和准备，从 12 月 10 日开始，安排参与拉练人员进行冬季适应性训练，主要有识图用图、野战生存、防冻知识、装备在严寒条件下使用管理、伪装，熟悉对空防御和伤员救护方法、耐寒锻炼等科目。

同时，连队按照师指要求，进行充分的器材准备，除专业器材外，还备有发烟器材、黄烟粉（彩色发烟用）、标志旗（牌）、镐、锹、指北针、望远镜、指挥旗、照明器材、测风仪、温度仪，每个人都配备了"四皮"（皮大衣、皮帽子、皮手套、皮大头鞋）并加两双毡鞋垫、口罩、防寒膏等物品。

◎防化科长靳树长（左三）与参与随行保障的部分干部战士合影。李现敏（左一）、唐文俊（左二）、陈红鑫（左四）、孙广明（左五）。（由靳树长提供）

三、崇礼方向防化保障情况

崇礼保障点由军区团职工兵参谋杨参谋、集团军侦察处王处长、师机关防化科长靳树长、工兵参谋王斌入驻。C团由团长王明宝、作训股长吴爱民率领，携带车辆和武器装备以及兵员142人（含师配属的工兵、防化分队人员），于18日13时到达下白旗村。随后军区杨参谋、集团军王处长、师防化科长、C团团长组织保障分队负责干部到现场明确任务，召开保障点干部会，晚上靳树长与师王斌参谋到通信连等分队及车场查铺查哨。19日全天，组织各分队进行现场保障准备。防化连挖掩体8个，点火试验发烟器材。

当地政府早已接到上级通知，积极配合部队冬季拉练，做好了一切迎接准备，成立了保障拉练工作组，县有民政局长、水利局工程师、林业局主任，乡政府有乡长、武装部长、民政助理，村有书记、村长、敬老院长等组成，从 16 号开始，县、乡、村分别召开会议，广播动员，贴发标语，为拉练部队提供食宿方便。有一家三口全部搬出，让我们保障部队入住。人民群众视军队如长城，视军人为亲人，共为我们腾出民房 31 户、单位房 4 户，全部安顿了保障分队（师直工兵营、防化连，C 团 1 连、通信连、后勤等）。通过走访当地民政工作组得知，该乡为县精神文明先进乡、双拥模范乡，当地政府、乡村积极热情的工作，为我们部队拉练和保障工作创造了良好的条件。

崇礼点经过 21 日的预演，在总结经验教训的基础上，22 日又召开了假设敌显示情况协调会，预告 A 师部队将于第二天上午正式通过集结地至崇礼线，要求务必做好假设敌各种显示保障工作。我们防化连的保障显示组，在科长靳树长指挥下，由排长孙光辉具体组织，从清晨五点半开始进入预定位置，进行化学武器袭击假设情况的布设准备。按照上级安排，要显示宽 200 米、纵深 300 米的化学武器袭击地带（以发烟罐施放的烟幕代替）。

当时，刚下过一场大雪还没有化完，从驻地到施放点约 1 公里，天寒地冻，冻土层像石头一样坚硬，挖人员掩体和发烟罐放置点，困难程度可想而知，用锹挖不动，只好用镐一点一点地凿，结合地形和用雪堆，构筑了符合隐蔽要求的工事。在那样寒冷的天气，战士们把大衣脱掉，还是干得浑身冒汗，但没有人喊累。

布设完 36 枚发烟罐，战士们就在掩体内等待施放命令，除"四皮"外，还把自己的白褥单披在外边进行伪装，做到与地貌颜色一致。凌晨是冬季最寒冷的时间，但战士们要坚守阵地，搞好伪装不能暴露（空中有军区直升机巡视检查）。

早上 8 点，A 师在上辛营村北 1.5 公里处东沟河遭敌空袭，抢修好被炸毁桥梁之后，于 9 时 40 分到达我情况设置地域。当接到上级显示开始的命令后，排长孙光辉随即指挥战士们对发烟罐手工点火，之后迅速隐蔽。

◎图为参加崇礼方向的防化保障的 11 名干部战士。右一为排长孙
光辉，其余 10 人左起依次为：王飞、张守伟、袁义和、江林（班
长）、神兆国、贾光彬、许海波、（不祥）、张满田、（不详），均
为喷火排战士。（由孙光辉提供）

霎时，漫山遍野都笼罩着黄色烟雾，模拟敌人对 A 师行进道路实
施了化学武器袭击。A 师动用防化分队实施化学侦察，组织部队进行
防护，顺利通过了染毒地带。至此，这一方向扮演假设敌的保障任务
宣告结束。

四、沽源方向防化保障情况

沽源点的保障、生活环境更加艰苦，我们防化干部战士经受了一
生中难以忘怀的饥饿、寒冷的考验，以强烈的责任心和顽强的意志，
圆满完成了这次防化保障任务。

12 月 18 日早晨 6 点，经过认真准备的沽源方向防化保障分队 11
人，携带装备，在全连官兵的欢送下，登上了 B 团的 3 辆汽车，经过

一天行军，晚上进驻沽源县高山堡村，开始了前期准备工作。

我们住进老百姓的草房里，原准备把草搬出去，可以利用土炕生火取暖，可是一生火后土炕竟塌了，零下30多度的天气，不可能修复，又找不到其他房屋，取暖的希望彻底破灭。我们顶着严寒，每天带着装备往返于保障地点和驻地，根据地形构筑了11个掩体和发烟罐设置点。保障场地选择在一个河滩内，长两公里，积雪40多厘米厚，设置了10个点，采用发烟罐手工点火方式，于21日进行了预演。

虽然战士们身上绒裤套棉裤，外加皮大衣，但脸和脚还是受冻了，预演从下午4点到晚上11点结束，回到没有取暖设施的宿舍，水都结成了冰，八天七夜里，我们的战士没有脱过衣服，没有洗漱过，戴着皮帽睡在炕上，再用床单包裹着，极为艰苦。厨房设在老百姓的房子里，与宿舍还有一段距离，由于厨房面积小，没有吃饭的地方，大伙就站在院里的马棚边背着寒风吃饭，动作慢点的话，饭和筷子就会冻在一起。记得有两天连续下大雪，吃饭时没有去处，进马棚又怕被马匹伤着，同时也不卫生，大家伙儿就冒着大雪吃饭，饭碗里伴着雪花，然而我们的战士都没有任何怨言，仍然情绪高涨地投入到保障任务中去。

12月23日接到通知，A师将于当晚到次日凌晨经过保障地点，指导员唐文俊按照上级命令，于下午3点带领10名战士，携带装备以及保暖用的毛毡，到烟雾施放地域待命。等待近20个小时之后，第二天上午10点左右，A师的战斗编队才通过保障地域，向战斗高地进发。

我们11名战友在漫漫长夜里，经受了恶劣天气的严酷考验（事后才知道当晚的最低气温为零下40摄氏度，令人后怕），始终坚守在保障阵地上。当时，我们在两公里长的战线上，布置了10个发烟点，在用雪堆成的掩体边等待着命令。战士们除"四皮"外，地上垫着毛毡，人待在上面，饿了也只能啃一口干粮，就这样默默坚持着。夜深人静的时候，战士们都有了睡意，在零下40摄氏度的寒夜里，人一旦睡着了，恐怕再也不会醒来，然而战士们又累又困又冷，很想睡上一会儿。当时配发的通信器材在严寒天气里根本无法使用，顺风时偶尔还能听到一句，逆风时就彻底没有了声音。为了防止战士冻伤和出现意外，指导员唐文俊和班长陈立军牢记"防冻伤是铁的纪律"的指示，以对战士高度负责的态度，在两公里的战线上往返奔走，唤醒每个昏昏欲睡的战友。到了后半夜，在往返检查的时候，他俩发现有的战士叫醒以后，很快又睡着了，担心战士们真的冻坏在那里，便缩短了叫唤的间隔，只要看到战友们醒着，才能松口气。就这样，大家互相鼓励，一直坚持到天亮，此时每个人的脸庞只能看到两只眼睛，其余地方全都是白霜。

当接到施放烟雾的命令后，战士们在两公里战线上同时点燃10个发烟点，形成一道浓浓的烟雾墙。当烟雾渐渐散去之时，A师的队伍已经越过半山腰，正冲向山顶，烟雾保障为演练创造了真实的战场条件，实现了预期的任务目标。军区首长看到烟雾保障效果很好，又听说我们的战士在阵地待了一夜，便要接见坚守岗位的战士们。当同志们列队站立，首长看到战士们头上全都是白霜，只有两只眼睛在闪动，有的战士脚和手都冻僵时，感动地对着我们的战士大声说：你们辛苦了，都是好样的！

就是在这样极端困难的条件下，同志们终于圆满完成了加强的步兵师机动拉练保障任务。这支英勇的战斗群体为207师防化连争了光，他们赢得了防化兵的荣誉，他们是防化兵的骄傲！时隔多年，我们仍然为有这样好的战友而深感高兴和荣耀。

参与这次部队冬季机动演练，我们防化兵经受了一次严寒条件下遂行任务的艰巨考验，锻炼了吃住走打藏的能力，磨炼了官兵坚忍不拔的意志品质，见证了军地军民融和的良好关系，展示了我军威武之师、文明之师的光辉形象。

谨以此文记叙之，并献给当年一同拼搏的战友们。

作者简历：靳树长，见《回忆1989年"科带连演习"》；

唐文俊，见《参加军区防化兵比武训练纪实》。

勇于探索和改革的降魔神兵
——防化分队夜训改革纪实

靳树长　李现敏　陈红鑫

光阴似箭，岁月如梭。时间回到 1993 年，我师担负了北京军区赋予的"防化分队夜间训练改革试点"任务，1994 年为继续深化夜训改革之年。两年之中，师司令部首长非常重视，我们防化科、防化连作为训练改革的主体，认真学习贯彻军委和总部、军区、集团军有关训练改革的指示精神，深入研究现代夜战核化情况的规律和特点，紧密结合防化训练实际，着眼合成军队夜间作战对防化保障的需要，立足现有装备，以防化分队夜间训练内容为重点进行改革，形成了一套与现代夜战防化保障要求相适应的防化夜训内容体系和夜训方法，提高了分队夜间防化保障能力，其中的经验和做法得到总部及军区推广。

一、发挥机关作用，统筹夜训改革工作

防化分队夜训改革在既没有实践又无经验的情况下拉开了序幕，防化科长靳树长、参谋李现敏深知自己所处的位置与作用，认为防化科是师级防化机关，是防化分队的首脑和核心，担负着引领方向、科学决策、实施领导的责任。面对复杂艰巨的夜训改革任务，防化科从以下几个方面加强了工作：一是按照军区、集团军部署要求，于 3 月份制定了"防化分队夜间训练改革实施方案"，从组织筹划、改革实施、检查验收、汇报表演四个阶段明确，对改革内容、方法、要求、保障措施等进行详细安排，让防化连夜训改革有所适从。二是上情下达，科学决策。除军区、集团军下达任务外，防化科长经常与军区、

集团军业务部门保持联系，及时请示有关问题，认真布置安排，使夜训改革朝着正确的方向发展。三是虚心学习，借鉴友军经验做法。在夜间训练方法、器材保障、组织实施等方面，向本师步、炮兵分队，友军防化分队取经学习。5月底到6月初，科长靳树长带技术室主任李银榜，到天津警备区某师、47集团军某师、63集团军某师、28集团军某师的防化科、防化连取经，为夜训改革寻求借鉴经验。四是蹲点到连，真抓实干。自防化分队执行夜训改革任务以来，防化科科学分工，参谋李现敏以在科处理日常工作和拟写、打印夜训有关文书为主，科长靳树长几乎长期蹲点防化连，与连队干部战士一同研究解决改革中的问题与难题。就是回到司令部开会，二人也要加班加点，协力为夜训改革鏖战。五是抓好器材研制与各项训练改革保障工作。六是组织科连干部进行夜训改革学术研究工作，共撰写学术文章9篇，推动了防化夜训改革的实施。防化科的积极工作，使防化连夜间训练改革得以顺利有效进行。

二、抓好器材研制，保障夜训改革落实

夜训，离不开夜训器材的保障，我们根据夜训改革试点需要，自力更生，不等不靠，立足现有装备搞革新，发动群众搞研制。在借鉴兄弟单位夜训器材保障经验的基础上，成立以技术室主任李银榜为组长的器材革新小组，以干部骨干参与的研制队伍，防化科始终主导、参与夜训器材的研制配套工作。经科、连共同努力，仿制、研制革新的夜训器材主要有：68型核爆炸观测仪目镜分划照明装置、70型辐射仪探棒照明装置、沾染检查夜间读数盒、侦毒点标志灯、73型喷洒车喷枪照明装置、65型淋浴车锅炉仪表照明装置、辐射化学侦察夜间标志牌、74式喷火器瞄准照明装置、耐高温喷火靶显示灯、耐高温喷火目标遥控声光显示系统等20种178件，有效地保证了夜训改革的需要。

1994 年又采取自己研制与地方协作的方法，对已有夜训器材进行精心改造研制，使其功能齐全、技术先进、精制美观；对夜训需要的器材进行制作补充，基本实现了防化夜训器材的系列化、标准化。

模拟原子弹爆炸的场景，对夜间核观测训练，烘托夜间战场氛围，特别在上级首长检查、组织夜间现场会时，能起到特别明显的效果。我们能查到制作模拟原子弹爆炸的配方，但是，我们没有实施经验。在试验、制作、实施过程中，费尽千辛万苦，经历惊心动魄的危险。此项工作，由连指导员唐文俊挂帅，排长孙光辉、战士耿伟等人参加，在上堡寺的山上进行反复试验。三人先是在山顶上挖一大坑做布设基础，然后将数十公斤 TNT 炸药、数十公斤煤油、煤灰若干、镁粉数公斤、雷管、引爆电线等布设、连接好，他们就在山下的隐蔽位置藏好，当按下起爆器后，由于连接雷管不规范，不能每次都能引爆。如果引爆了，强电流会把他们电得浑身发麻；如果没有引爆，就要查找原因，如果查线路无短路，就得一点一点挖（刨）开，一枚一枚检查雷管连接情况。面对随时可能爆炸的雷管炸药，这种作业相当危险，稍一疏忽，就有生命危险。爆炸后，形成的弹坑，足能盛下两辆大汽车。每次布设和排除故障都捏着一把汗，都是性命攸关。为了模拟原子弹爆炸的效果，他们进行了几十次的试验。为了确保模拟原子弹爆炸万无一失，他们又向工兵专业人士请教，得知在连接雷管时只能串连，不能并联，引爆主要靠电流而不是电压。因为以前试验是用的并联方式，出现电流达到数值就能引爆，达不到数值就不爆的现象。使用串联雷管后再没有出现不爆的现象，既保证了起爆成功率，又降低了操作风险。

在以后的夜间训练和现场会汇报表演时，模拟原子弹爆炸工作，由唐文俊负责一个方向点，孙光辉负责一个方向点，每点两个人。每次演练，他们各带一台侦察车，将所用雷管、炸药、煤油、电线等器材拉到山脚下，再人背肩扛上山，细心布设，很费一番功夫。他们就是这样克服极大困难，费尽一切心思，无论多苦多累也要把模拟原子弹爆炸的工作做好，既要安全，又要顺利，确保模拟核爆圆满成功。

上堡寺靶场演练现场，正前方左右两个山头，两颗模拟原子弹同时（或一先一后）爆炸，耀眼的闪光，逼真的蘑菇状烟云腾起，震撼了全场的与会人员，为演习起到了点睛的作用。集团军吕敬正参谋长对防化连的夜训改革工作给予高度评价："最好的是防化兵，层次清，组织严密，可看性强。"

三、突出分队训练，落实夜训改革内容

为使防化分队夜训改革集中精力，减少干扰，我们组织防化连以外出驻训的形式组织实施，军政训练时间比例由7：3改为8：2。在驻训期间，连长陈红鑫、指导员唐文俊狠抓连队行政管理，加强思想政治工作，使全连干部战士集中精力，全身心投入到夜训改革上来。连队坚持计划、教学、考试、奖惩等训练制度；科连用8天时间组织18名干部骨干教学法集训，学习有关夜战理论和高科技知识，弄清现代战争对防化夜训保障的新要求和现行防化训练法规的不足，交流研讨夜训教学特点和方法，组织教学观摩和编写教案，试讲试教等，共编写教案45份，除已有教具外，自制9种26件，提高了干部骨干的教学水平。

训练改革中，按照军区改革要求，围绕改革夜训纲目、夜训成绩评定标准、保障标准及夜训组织与实施等内容，进行了认真的训练和试验。从昼间训练（采用昼间模拟夜训法）开始，先基础后应用，先共同后专业，先单兵后班组战术，循序渐进。设置制作各种表格，对各种训练试验情况，特别是各科目的训练环境、时间、掌握程度等情况、数据进行登记统计，最后分析试验结果，为夜训改革提供一手材料。

1994年，防化连继续深化夜训改革。按照军区总部部署，全军试行我师制定的《防化分队夜间训练纲目》；连队重点是由技术向战术，

由专业向合成方向发展，研究战时夜间防化保障的方式方法，开展编组夜训，走出了一条在高技术条件下，立足现有装备，搞好夜间防化保障的路子。

在组织防化分队夜训改革中，还形成了部分夜训改革观摩科目，主要有夜间穿戴防护器材、侦毒器和喷火器分解结合、68型核爆炸观测仪的架设与测角、应用侦毒、对车辆消除、65型沐浴车展开装备与生火造压、喷火等7个专业技术科目；还以师进攻战斗为背景，形成了核观测班开设观测哨时的行动、防化侦察班对受染地域实施侦察时的行动、进攻战斗中的洗消排、进攻战斗中的喷火组等4个战术课目。以上科目均在不同侧面体现了夜暗条件下操作使用装备器材，使用照明器材操作装备，夜间联络、指挥、标志，与敌夜视器材做斗争等问题的解决办法。这些代表夜训改革成果的课目，在集团军首长检查夜训时，在集团军组织召开的夜训现场会和夜训改革成果展示会上，在军区组织召开的改革成果论证会上，均进行了成功的汇报演示（在夜

◎师参谋长赵刚（中）检查夜训器材。防化连指导员唐文俊（左一）、防化科长靳树长（右一）作汇报。（由靳树长提供）

训改革成果论证会和成果展示会时均有总部、军区机关和友军100余人到会参加），受到了总部、军区机关、集团军首长及与会人员的高度评价。

在实施改革试点过程中，总参兵种部、军区军训部、兵种部的领导和防化机关人员（耿久春处长，刘献群上校参谋、倪景涛、路志勇参谋），集团军刘荫超军长、吕敬正参谋长、席先桐副参谋长等曾多次深入防化改革试点，现场进行检查指导，下达补充指示；防化处王新华处长、徐和平参谋经常到防化科、连队帮助指导夜训改革工作；师长车成德、参谋长赵刚、副参谋长张金全，重视支持防化夜训改革，帮助解决油料、经费、训练场地、会议接待保障等难题。赵参谋长夜间还赴20里以外的防化连驻训点，检查夜训情况，关心连队生活。上级首长和机关的指示，是我们搞好防化夜训改革试点工作的主要依据，使我们改革工作的指导思想明确，方向正，步骤清，方法措施好，避免走弯路。师首长的关心帮助，为我们解决了改革工作的后顾之忧。

四、改革成果突出，经验做法得到推广

通过上下近两年的齐心协力，奋力拼搏，我师担负的防化分队夜训改革试点工作，取得了丰硕成果，主要是：

组织编写了《防化分队夜间训练纲目》。原防化训练大纲对夜训内容规定的不全面，有些重点科目未列入，原训练大纲共规定95个训练题目，夜训内容只有22个。新制定的训练纲目，对各专业的夜训题目做了较为全面、系统的设置，共设置夜训题目79个，增设了57个，突出了重点。比如，共同部分增加了"夜视器材""战伤自救互救"内容，单兵训练部分增加了"识图用图"课目，专业科目增加了侦察、喷洒、淋浴、喷火4个专业的部分主要课目。夜间训练纲目对各专业训练课目的昼夜训练、时间确定也较为适度，既能保证昼间训练

课目的熟练掌握，又能使夜间训练课目得到较好的训练质量。新纲目从共同科目、专业单兵到组、班、排、连的战术课目均做了适当安排，增大了夜训时间的比例。新的夜训纲目，体现了各防化专业适应现代夜战特点，立足现有装备搞保障的要求和客观现实，具有系统性、实用性、时代性和针对性。此夜训纲目1994年被总参向全军推广试行。

完善了与夜训纲目相配套的夜训质量评定标准。我们编写的《防化分队夜间军事训练成绩评定标准》，以新的夜训纲目为依据，共对65个训练题目（内容）进行了夜训成绩评定规定，吸收现行训练标准规定的夜训题目17个，增加夜训题目48个，较为全面系统，也突出了各专业重点。标准规定的"方法条件"和"评定标准细则"，是在现行成绩评定标准的基础上，主要增加了照明器材使用的规定和作业时间、作业质量、隐蔽伪装要求的规定，增大了体现夜间保障特点动作的评分比例，为防化分队组织夜间训练提供了质量规范和教学依据。

研究了防化兵正规化夜训的组织与实施方法。我们以提高防化兵正规化夜训水平和夜训质量为目的，在夜训实践的基础上，研究制定了《防化兵夜训组织与实施》，包括夜训总则、夜训计划、夜训准备、夜训实施、夜训考核、夜训安全、夜训保障7个部分，明确了防化兵夜训指导思想，规定了防化分队夜间训练的任务与要求，规范了夜训的组织程序与方法，明确了夜训安全和保障办法。《组织与实施》突出了防化兵夜间训练特点，并与昼夜训练组织与实施相衔接、相协调、相适应制定的，是与夜训纲目、夜训成绩评定标准相配套的夜训法规，为实现防化兵夜训正规化摸索了路子。

我们本着既能满足夜训需要，又坚持勤俭练兵的原则，经我师防化连实践，探讨了夜训保障问题，初步制订了《防化分队夜训保障标准》，从夜训场地、油料、器材、经费4个方面进行了体现，为我们组织夜训，实施保障提供了参考依据。

　　研制革新的夜训器材，获得集团军"夜训器材革新二等奖"两项、"三等奖"三项；有两项夜训器材分别获"军队级科学进步"三等奖、四等奖。其中"喷火目标遥控声光显示器""68 型核爆炸观测仪照明装置""喷洒车喷枪照明装置"三件（套）夜训器材，参加了全军夜间训练改革现场会（简称"945"会议）"夜战、夜训装备器材展览"；按照总部要求，组织制作"68 型核爆炸观测仪照明装置""喷洒车喷枪照明装置"各300 套，于1994 年10 月底报送总部，向全军推广。

◎喷火兵夜训场景。（由孙光辉提供）

　　在学术研究和经验总结上，也取得优异成绩。两年间，围绕夜训改革工作，科连干部积极撰写学术文章，并向集团军、军区撰写了《夜间训练改革综合报告》。其中，靳树长撰写的《浅谈防化兵夜训改革》文章，获"全区兵种学术论文二等奖""全军防化军事学术论文三等奖"。靳树长、李现敏撰写的《着眼提高专业保障能力，努力搞好防化分队夜训改革》文章，在集团军"夜间训练现场会"和军区"防化夜训改革成果论证会"上转发；《适应现代战争防化保障需要，努力搞好夜间防化训练改革》文章在军区"训练改革研讨会"和全军"防化训练改革研讨会"上转发；《着眼现代夜战核化特点，努力深化防化夜训改革》经验做法文章，在"全军夜间训练改革现场会"（简称 945 会议）转发，并刊入总参主办的《军事》杂志夜训现场会专辑；《着眼夜战核化环境，探讨防化保障方法》文章，载入总参兵种部主办的《现代兵种》杂志。两年来，防化分队夜训改革的成绩与经验，为推动北京军区及全军的防化分队夜训改革，提高全军防化分队夜间作战保障能力作出了贡献。

我师防化分队夜训改革试点工作，各级领导均给予了充分肯定，总参兵种部作训局程处长、军区兵种部杨副部长、集团军吕敬正参谋长在我师工兵、防化夜训改革成果论证会上，给予了"贯彻军委指示改革成果显著，成绩很突出，改革广度、深度、力度都很强"的高度赞扬与肯定。总参兵种部作训局防化作训处（我军防化兵最高领导机关）李录处长指出："207 师防化分队夜训改革成果显著，能给全区甚至全军的防化训练改革起到示范、导向作用"。

在我们为防化分队夜训改革努力付出、取得成绩的同时，各级领导机关也给予了表扬奖励：靳树长、李现敏、李银榜、陈红鑫、刘学远被集团军评为"防化夜训器材革新先进个人"；防化科和防化连分别被集团军评为"防化夜训器材革新先进单位"；连队被评为"夜训改革先进单位"；指导员唐文俊、一排长孙光辉被师各记三等功一次，防化连荣立三等功一次，防化科参谋李现敏受师司令部嘉奖一次，科长靳树长被师司令部评为好的科长、被集团军记三等功一次。

回顾两年来的防化夜训改革工作，思绪澎湃，感慨万千，我们感谢上级把改革试点任务交给我们，使我们能够有机会为我军防化事业多做贡献，使我们得以磨炼，更加坚强；感谢帮助、指导、关心我们的各级领导和机关人员，使我们的夜训改革工作得以顺利有效推进；感谢参与探索和改革的降魔神兵——防化连全体干部战士，他们识大局，乐奉献，敢争先，使得 207 师防化连的夜训改革工作取得突出成绩。

作者简介：靳树长，见《回忆 1989 年"科带连演习"》。

李现敏，男，汉族，1962 年 11 月出生，河北省宁晋县人，中共党员。1981 年 10 月入伍，历任战士、连部通信员、副班长，1985 年 9 月防化学院毕业后，历任 1 排长、连技术室主任（副连职），1990 年任连长，1991 年任防化科参谋，1998 年任工化科科长（正营职）。2001 年 10 月退役，转业到宁晋县人民银行任金融管理部主任至今。

陈红鑫，见《降魔神兵展雄威　应急救援扬美名》。

严密组织　彻底销毁军用毒剂
——执行"9313"工程纪实

李现敏　陈红鑫

1994 年，我师防化兵执行了一项代号为"9313"工程的特殊任务，即销毁上级配发并用于军事训练的军用毒剂。经过科、连共同努力，严密组织实施，圆满完成了任务，受到集团军和军区的好评。现在我们共同简要回忆这一历史事件。

一、毒剂的种类及分类

战争中以毒害作用杀伤人、畜的化学物质叫毒剂，装有并能施放毒剂的武器、运输工具（如炮弹、炸弹、火箭弹、导弹弹头、地雷、飞机布撒器等）总称为化学武器。

毒剂种类繁多，按持续时间可分为两类：1. 暂时性毒剂；2. 持久性毒剂。按其作用可分为六类：1. 神经性毒剂：是指破坏人体神经系统正常功能的毒剂，包括沙林、梭曼、维埃克斯；2. 糜烂性毒剂：是指糜烂皮肤和伤害各部器官的毒剂，主要是芥子气、路易氏气；3. 窒息性毒剂：是指伤害肺部使人员缺氧窒息的毒剂，主要有光气等；4. 全身中毒性毒剂：是指破坏人体组织细胞的氧化功能的毒剂，主要有氢氰酸和氯化氰；5. 刺激性毒剂：是一类刺激眼睛和上呼吸道黏膜的毒剂，主要有苯氯乙酮、亚当氏气和希埃斯等；6. 失能性毒剂：是指使人的思维和运动机能发生障碍，暂时失去战斗力的毒剂，主要有毕兹。

二、化学武器使用历史

最早记录使用毒气的战争，可以追溯到公元前 429 年，在伯罗奔尼撒战争中，雅典和斯巴达之间，斯巴达军利用硫磺和松枝混合燃烧来制造毒气对雅典城内的守军进行攻击。中国其实也有，而且很早，古代作战守城有用"金汁"的，这所谓的"金汁"其实就是将人或畜的排泄物加水加热至沸腾，因颜色金黄，故称"金汁"，这东西臭气熏人，像极了化学武器！

现代战争中，使用化学武器开始于第一次世界大战。1915 年 4 月 22 日 18 时，德军借助有利的风向风速，将 180 吨氯气释放在比利时伊伯尔东南的法军阵地。法军惊慌失措，纷纷倒地，15000 人中毒，5000 人死亡。伊伯尔化学战造成了极严重的后果，产生了巨大的影响，它使交战的双方都把化学武器作为重要作战手段投入战场使用，并且越来越广泛，规模越来越大。在第一次世界大战中，所有参战国共生产毒剂大约 18 万吨，其中用于战场上的为 11.3 万吨，遭到毒剂杀伤的人员总共有 130 万左右，另外虽未受到毒剂伤害，但因害怕化学武器产生恐惧症失去作战能力的人员近 260 万。

第一次世界大战后，在世界各国人民强烈谴责使用化学武器的压力下，于 1925 年 6 月 17 日签订了关于在战争中禁用毒物、有毒气体和细菌的《日内瓦议定书》。但历史表明，它并不能制止化学武器的使用与发展。1932 年，日军在入侵中国东北时，使用了窒息性和糜烂性毒剂；1935—1936 年，意大利入侵埃塞俄比亚时，曾进行了 19 次大规模化学袭击，造成 1.5 万余人中毒死亡。第二次世界大战时期，各国贮备的毒剂已达 50 万吨，是第一次世界大战用毒总量的四倍多。因此，在第二次世界大战中，虽然只有日本在中国战场上使用了化学武器，其他战场没有发生化学战，但是，大规模化学战的威胁一直存在，并多次出现一触即发之势。

二战后化学武器的使用一直未断，我军在解放战争、抗美援朝战争和对越反击作战中，均遭到过敌人的化学武器攻击。美军在侵朝、侵越和侵略格林纳达的战争中，都使用了化学武器，仅在越南战场上就使用了 7.8 万吨植物杀伤剂、0.7 万余吨希埃斯毒剂，以及美军新研制的失能性毒剂毕兹及其他毒剂。两伊战争中，双方都使用了化学武器，伊拉克对伊朗军队进行了 240 余次化学袭击，一次造成数百、数千乃至上万人伤亡的化学攻击就有 15 次以上，扭转了伊拉克在战役战斗中的被动局面和在战争全局上的不利态势。海湾战争期间，双方公开声称要使用化学武器或实施化学报复，并做了大规模使用化学武器的充分准备，最后虽然没有使用，但都发挥了重大的威慑作用。

三、制定《禁止化学武器公约》

化学武器，作为一种大规模杀伤性武器，国际社会寻求对其有效控制已有相当长的历史。早在 1899 年及 1907 年召开的两次"海牙和平会议"上，就达成一致协议，禁止在战争中使用含毒剂的炮弹。然而这些早期的协议在第一次世界大战中被撕毁了。

为了世界和平，禁止化学武器公约应运而生。《禁止化学武器公约》草案是由负责裁军事务的联合国大会第一委员会经过长达 20 多年的艰苦谈判后于 1992 年 9 月定稿，并于 1992 年 11 月 30 日由第 47 届联大一致通过，1997 年 4 月 29 日生效。

1993 年 1 月 13 日，国际社会缔结了《关于禁止发展、生产、储存和使用化学武器及销毁此种武器的公约》，简称《禁止化学武器公约》。

1993 年 1 月 13 日至 15 日，此公约的签字仪式在巴黎联合国教科文组织总部举行，120 多个国家的外长或代表出席了这次会议。

包括中国在内的 130 个国家签署了该公约。此后，公约转到联合国总部纽约继续开放签署。禁化武组织现有 184 个缔约国。公约审议大会每 5 年举行一次，旨在全面审议公约实施情况及科技发展对履约的影响，并制定未来 5 年的履约计划。迄今已证实销毁 2.4 万吨化学武器，占申报储存化学武器的 33%。拥有化学武器的两个主要国家俄罗斯和美国销毁化武的期限是 2012 年 4 月，俄罗斯已经销毁 22%，美国销毁 46%。印度销毁了 84%，利比亚于 2011 年销毁其拥有的化武。

1997 年 4 月，中国批准了《禁止化学武器公约》，成为该公约的原始缔约国。

2013 年 9 月 12 日，联合国已经收到了叙利亚申请加入《禁止化学武器公约》的相关信件，正式开启叙利亚成为这一国际公约缔约国的进程。禁止化学武器组织 14 日发布新闻公报宣布，《禁止化学武器公约》当天正式对叙利亚生效，叙利亚由此成为该组织第 190 个成员国。

四、严密组织实施"9313"工程

《禁止化学武器公约》它是第一个全面禁止、彻底销毁一整类大规模杀伤性武器并具有严格核查机制的国际军控条约，对维护国际和平与安全具有重要意义。

《禁止化学武器公约》是迄今为止世界上第一个多边裁军协议，涉及全面禁止发展、生产、储存和使用具有大规模杀伤力的化学武器。公约的达成给世界人民带来了新的希望，人类朝着无化学武器世界的目标迈出了重要的一步。然而，公约的宗旨与目标的实现仍是摆在全世界人民面前的一个艰巨任务。

中国政府为了响应联合国全面《禁止化学武器公约》的号召，决定销毁部分用于军事训练的军用毒剂。因为《禁止化学武器公约》缔结和签字时间是 1993 年 1 月 13 日至 15 日，故代号为"9313"工程。

我师受领任务后，司令部首长和防化科高度重视，科长靳树长亲自部署，严密组织，全程参与，带领销毁人员圆满完成了销毁任务。一是制定方案。成立了以科长靳树长为组长、参谋李现敏、连长陈红鑫为副组长的销毁工作领导小组，按照销毁要求制定出了详细周密的销毁方案。二是检测化验。对毒剂的检测化验是一个相当复杂的过程，按照销毁的种类和数量，认真进行检测和化验，此项工作由化验员刘学远具体实施，毒剂保管员龚卓协助，防化科监督指挥。检测和化验程序繁多，工作量大，且必须在全身防护的情况下进行，花费了大量时间、消耗了大量体力。三是清点分类。按照要求对分析化验和检测出的毒剂分门别类，进行分装、密封、包装、标志和堆放。四是物资器材准备。按需要认真进行了化验器材、侦测器材、分装器材、消毒器材、急救药品等物资器材的准备工作。五是上交。按要求上交集团军糜烂性毒剂 X 种 X 千克。六是销毁。

实施毒剂销毁是工作的关键，司令部首长指示，可以选择适当时机实施毒剂销毁工作。1994 年 10 月中旬的一天，在防化科的组织下，防化连连长陈红鑫带领侦察、洗消、化验等专业干部战士共计 18 人，防化侦察车、73 型喷洒车、东风 140 运输车各一台，准时到达毒剂库，科长靳树长当即给同志们做了战前动员：强调这次毒剂销毁工作是我国政府为履行联合国《禁止化学公约》，维护世界和平，造福全人类实施的一次重大行动，意义重大而深远。以前，我们做了大量的准备工作，今天是实施销毁的最后一步，毒剂销毁不同于其他工作，危险程度高，一旦出现问题非同小可，因此，同志们一定要认真、谨慎、精心、细心，销毁时要时刻注意风向变化，绝对不能出现任何纰漏。

随后，实施销毁的各项工作平行展开。最为紧张和艰苦的是挖坑作业，同志们挥舞镐、锹，汗流浃背，轮番作业，一个小时的时间就在毒剂库东西两边 10 米和 9 米的地方各挖了一个 3 米×1 米×2 米和 2 米×2 米×2 米的大深坑。

万事俱备，只欠东风，在一切准备工作完成后，最为惊险的销毁工作开始了，现场所有人员全身防护，开始实施毒剂的销毁工作。按照方案要求固体和液体毒剂各分两批两次逐步实施，东坑销毁的是固体毒剂，西坑销毁的是液体毒剂。化验员刘学远、毒剂保管员龚卓协同将要销毁的第一批毒剂倒入深坑后，消毒人员立即向坑内喷洒调制好的消毒剂，直至充分反应达到消毒目的为止，尔后重复实施上一次的行动，最后填埋封存并做好明显标志。此次共销毁神经性毒剂 X 种 X 千克、糜烂性毒剂 X 种 X 千克，刺激性毒剂 X 种 X 千克。

"9313"工程任务的圆满完成，说明我国政府忠实履行了国际义务，为维护世界和平、造福全人类作出了重要贡献。在实施"9313"工程过程中，从科长到每一名战士都体现出了高度负责、认真细致、积极主动、勇敢顽强、胆大心细、敢于担当的精神。科长靳树长因在此项工作中组织严密，忘我工作，完成圆满，军区司令部为其记三等功一次。

作者简介：李现敏，见《勇于探索和改革的降魔神兵》。

　　　　　　陈红鑫，见《降魔神兵展雄威　应急救援扬美名》。

难以忘怀的一次任务

韩 强

时间过得真快，一晃我从部队转业已经14年了，距我在部队执行的那次任务也有24年了，但是执行任务的那段经历在脑海中是那么的清晰，就像刚刚发生的一样。

1994年7月，我从中国人民解放军防化指挥工程学院毕业，奉命到北京军区第65集团军第207师防化连报到任职。

军校期间就听说207师是一支有着特殊历史和光荣传统的部队。我入伍时在云南边陲，隶属成都军区云南省军区，毕业分配到塞外部队。虽说革命战士一块砖，哪里需要哪里搬，但是环境、人员一切都是那么陌生，说实话心里还是有那么一点忐忑，不过我也对自己说过：你是一名军人，在哪儿当兵都一样，只要努力干好本职工作，就能实现自己的人生价值。

到了连队，我见到了我的第一任连长陈红鑫，他给我的第一印象：微胖的身材，架着一副眼镜，让人看着和善又不失威严。他问了我一些当兵的经历，也问了我在防化学院的一些情况，然后对我说，现在连队只有三排缺排长，你就到三排任排长吧。军人以服从命令为天职，我二话没说就到三排当了排长。

三排是喷火排，我在防化学院学的专业是防化侦察和洗消。当时我就想，可真有意思，我在院校所学和现在的专业真有点水火不容的节奏呀。

没接触过这个专业，那就从头学起，不但要学，还要学精。从学理论到实际操作，我一边摸索一边向老班长请教，时间不长对喷火专业也有所掌握了。喷火排的专业说起来也不复杂，一共有两项：一是喷火专业；二是单兵火箭。

喷火可不是人人都能喷，随便就能喷的，喷火器的战斗性能决定了喷火兵的身体素质一定要好，喷火时要做到"人枪一线、人枪一体、一坚持"。做不到"人枪一线"和"人枪一体"，喷火时枪身就会左右摆动、上下跳动。"一坚持"指的是从扣动扳机（点火开关）一直到油料全部喷出为止，喷火兵要始终保持据枪、憋气状态，这个过程大约需要3秒钟，这是喷火兵应掌握的最基本的动作要领。我还要着重说一点，喷火时产生的后坐力理论上是65公斤，这比手枪、冲锋枪、班用机枪等轻武器的后坐力大了许多。卧姿喷火还好说，跪姿喷火、立姿喷火，还有行进中的喷火难度可就大了，稍不注意就会应了那句话："玩火自焚"。

另一个专业是单兵火箭（FHJ01式62防化单兵火箭），单兵火箭是防化连配备的近战武器，主要用于弥补喷火器射程不足的问题，发射筒为上下双筒结构，配备2.5倍率的瞄准镜，发射燃烧弹、烟幕弹，设置烟障迷盲和干扰敌观察与射击；对敌方阵地纵火；摧毁工事并杀伤内部敌人。

也就是因为单兵火箭这个机缘，我才有了这么一段难以忘怀的经历。

1994年8月上旬的一天，连长陈红鑫让通信员把我叫到连部，对我说，全军要销毁一批602火箭弹，总部把这个任务交给了第65集团军，集团军由防化处徐参谋带队指挥，命令我们连保障这项任务的顺利实施，人员组成由集团军所属的A师、B师两个师各抽调两名骨干配合我们连完成这项任务，咱们连我带队，你在你们排抽两名骨干参加，你具体负责这项任务。我回答说：保证完成任务。

说实话，平时的单兵火箭训练用的都是火箭弹模型，这次要销毁真的火箭弹，我的内心还真的有点小紧张，因为相比正常的训练是有危险性的。我心里有数，执行这次任务我不能出问题，所带领的几名战士更不能出任何问题。

接受任务后，我在排里挑选了两名精干的战士：一个叫邵国清，河南籍；一个叫何建业，四川籍。他们两个都是 1994 年的兵，高中毕业，文化水平高，军事素质好，脑瓜也好使。

我利用两天的时间制定了销毁火箭弹的安全方案，把一切的安全因素都尽可能的考虑在内，这一方案汇报给连长，他表示同意，并且让我和战士们认真熟记各项安全规定。

这期间，A 师、B 师配属的骨干也已到位。按照连长的要求我一遍遍地检查战士们对安全规定的掌握情况，让每名战士都熟记安全规定和操作流程，我们所做的这一切，都是为了销毁任务做准备，同时也是对每个参加任务人员的生命负责。

又过了两天，我们临时组建的小分队到达了销毁火箭弹的指定地域——第 207 师教导队（上堡寺靶场）。从那开始我们吃住在教导队，同时也看到了要销毁的火箭弹，600 枚火箭弹！整整两大卡车呀！看着这两卡车的火箭弹，我真的有点心潮澎湃，手心也出了把汗。但是作为一名排长，又不能在战士们面前表现出来，军心要稳呀！

第二天，销毁任务正式开始。首先我们将火箭弹从卡车上卸下来，搬到了库房。以后每天销毁时再分批用小推车运到销毁现场，整个搬运过程我和战士们都严格按照预定的安全方案进行，小心翼翼，如履薄冰。

防化科长靳树长到现场对我们进行了慰问，教导我们一定要注意安全，杜绝安全隐患，防止一切安全事故的发生，叮嘱我们有困难可随时向他汇报，防化科将全力保障，并预祝销毁任务顺利完成。领导的关怀和期望，激励我们小分队更加坚定了完成任务的信心和决心。

602 弹以前谁也没见到过，开始我以为也和冲锋枪射击一样，将火箭弹装上，然后发射就行了。谁知事情并不是想象的那么简单，接下来发生的事情就说明了这一点。

销毁火箭弹时，大家小心翼翼地将弹装好，瞄准靶档、击发，看到爆炸的景象，那就说明这发弹销毁成功。教导队的射击靶档是一个小土山，打出的火箭弹就在土山上爆炸。

销毁刚刚开始，就出现了不顺利的情况：有的火箭弹并不是想象的那样打出去就爆炸了，而是弹体扎进了土堆，却没爆炸，这就是所谓的哑弹，这也是我们最不想遇到的情况。因为没有爆炸的火箭弹我们必须将它们挖出来集中再用炸药引爆。

从土堆中挖未爆炸的火箭弹那可是一个比较危险的活，我们用工兵锹一点一点地将哑弹周围的土质挖掉，弹体露出来后，再用被包绳将哑弹拴住，从土堆中小心翼翼地拽出来，然后再将它们集中在一个预先挖好的大坑里，用 TNT 炸药引爆，成功排除。

说到引爆哑弹，我这里要提到时任一排长的孙光辉，是他主动请缨，奇思妙想，将 TNT 炸药从靶场上方用绳子吊到哑弹集中处，既安全又成功地排除哑弹，他也称得上我们防化连的一位奇才了。

轻松几句话就将排除哑弹的过程讲完了，但是每排除一枚哑弹，不亚于走一道鬼门关，身上出的汗水，用现在的话来讲不亚于洗一次桑拿！连长、战士们、孙光辉和我每个人都经受了这样的洗礼！我从中也深深体会了"初生牛犊不怕虎"的那种感觉。每次排哑弹人人争着上，那种豪迈的革命情怀、真挚的战友情义，现在想起，心情还是那么的激动不已！

针对哑弹扎进土堆这个情况，我和连长迅速商量，有什么办法不让火箭弹再扎进土堆，最大程度地降低排除哑弹的危险性。经过反复研究，陈连长和我调整并制定了新的销毁方案：在靶档的前面放置大块的钢板，销毁火箭弹时瞄准钢板射击，这样的话即使出现了哑弹，弹体也不会扎进土堆了，而是被挡在钢板前面，再也不需要我们冒着生命危险用工兵锹从土堆中刨弹体，再用被包绳往外拽哑弹了。

陈连长将这一方案上报给靳科长，靳科长立刻批准了这个方案。很快防化科就提供了 3 块 2 米 × 1.5 米，厚约 2 厘米的钢板。我们将 3 大块钢板放到靶档的前面，按照计划一试，效果真的不错！

一个简单的、小小的创意，却解决了销毁任务中遇到的大问题，我们的销毁任务又多了一道安全的保障！说实话，作为一名军人，我们不怕困难、不怕牺牲，但是我们也绝不会去做一名莽夫，更不会去做无谓的牺牲。

◎图为"以销代训"销毁602型单兵火箭弹现场。集团军防化教导队教员马德军（左三）、喷火排排长韩强（左一）在指导发射动作。（由靳树长提供）

　　任务继续进行，时隔不久又出现了新的情况，原因是602弹的威力太大了，没多长时间，厚厚的钢板就要被打穿了，几乎就不能正常使用了，严重影响了销毁任务的进行，再请领新的钢板不是不可能，领导也会同意的。但是遇到这样的问题到底该怎么办？我仔细看了看钢板，损坏的只是一小部分，其余部分完好，于是我就告诉战士们在以后的射击过程中，要瞄准钢板的不同位置射击，让火箭弹在钢板的不同位置爆炸。这个做法大大提高了钢板的利用率，既节省了开支，又使我们的战士能灵活地射击，一举两得。陈连长对我们的做法也很赞同。

更值得一提的是，在销毁的过程中，我们的思想也在不断地变化，从开始单纯的完成销毁任务，到后来连长、我和战士们共同研究怎么利用好这个销毁实弹的机会，不断地提高自身的战斗力，达到"完成销毁任务——促进训练——练为战"的目的。

没想到的是，思想的转变使得战士们的心理也有了很大的变化，把这次销毁任务也当成了一次难得的训练，心理素质提高了，销毁火箭弹时也能做到胆大心细了，战斗技能也提高了。由于发射火箭弹时的声音比较大，战士们开始都用棉花塞住耳朵，到后来没有一个人这样做了。你还别说，还真的是销毁任务和训练效果达到了双赢。

就这样，销毁任务、实兵训练有条不紊、热火朝天地进行着，初步的工作成果得到了集团军、师领导的一致认可，不久连长又给我们传达了一个新的任务：总部领导决定9月份在207师教导队组织一次观摩会，观摩的科目就是单兵火箭的实际操作，参观人员为全军喷火分队负责人，由我们小分队汇报演示。由此我们的销毁火箭弹的任务也升级了，不单单是销毁火箭弹了，还要训练单兵操作、二人协同、实弹射击和战术动作。

时间短，任务急。为了迎接上级的检阅，也为了更好地展示我们优良的军事素质，连长、我和战士们不分昼夜地在训练场上训练，真正体现了流血流汗不流泪，掉皮掉肉不掉队！那场景可称得上是摸爬滚打锻精兵，千锤百炼造英雄！

9月上旬，全军组织喷火连长、排长（部分甲种师编制喷火连，乙种师编制喷火排）来我们上堡寺靶场观摩。

是日，天高云淡，阳光灿烂，人山人海，彩旗飘飘，那场面可谓相当的壮观！总部首长，集团军、师领导在主席台上就座，其他参观人员在主席台前就座。

随着连长陈红鑫的一声令下，汇报演示正式开始。再看演示人员，人人精神抖擞，豪气冲天！无论是指挥员的战术指挥，还是战士们的单兵动作、二人协同，实弹射击，都是那么的干净利落，整个过程那叫一个流畅、漂亮！汇报演示得到了与会人员的阵阵掌声，也受到了各级领导的高度赞扬，汇报演示圆满成功！

◎集团军防化处处长王新华（二排左四）、参谋徐和平（二排左六）检查62型防化单兵火箭弹销毁工作，并与我连部分干部及参加销毁工作的火箭手合影。前排为各师火箭手；二排左起靳年宝（左一）、陈红鑫（左二）、靳树长（左三）、马德军（左五）；三排左起韩强（左一）、孙光辉（右一）及各师喷火班班长。（由靳树长提供）

成功汇报演示后，靳科长、陈连长对我们的训练任务又加了码，在白天训练的基础上又增加了夜间训练，并强调要熟练掌握单兵火箭夜间射击的技能，增加了单兵火箭实弹射击的难度。从那刻起，这次销毁任务也就真正变成了一次千载难逢的训练。通过夜训，战士们的战斗技能又得到了全面的提高，个个都变成了全天候的射击能手。这一点，在后来集团军组织的夜间军事训练成果演示中得到了充分的印证。演示时，我们的战士可以说对单兵火箭的夜间操作称得上是驾轻就熟，动作迅捷，首发命中，发发命中，取得了优秀的成绩，为防化连和207师争得了荣誉。真可谓"苦练出精兵"啊!

时间一晃过去20多年了,但是这段经历在我的脑海里却留下了很深的烙印,不单单是这次任务的光荣、艰巨、特殊、危险,更让我难以忘记的是那种积极向上,不畏艰难、不怕吃苦、肯于钻研、勇攀高峰的情怀。

我骄傲,我是207师防化连的一员!我自豪,我无愧是207师防化连的一员!

作者简介:韩强,山东夏津人,1990年3月入伍,中共党员,历任成都军区云南省军区守备某师防化连战士、班长,代理排长;1994年7月防化指挥工程学院毕业,1994年7月至2002年1月历任207师防化连排长、防化技术室主任(副连职)、连长;2002年2月至2004年9月任207旅工化营副营长;2004年10月转业。

砥砺奋进　谱写华彩篇章
——记 207 防化连的最后岁月

郭庆军　曾　键

作为新世纪、新时代的防化兵，秉承前辈宏愿、发扬光荣传统，是我们的神圣使命，也是我们义不容辞的责任。

一、接过战旗　继往开来建新功

1998 年师改旅前防化连隶属师直属队，师改旅后隶属于工兵防化营。2002 年 3 月，我们从连长韩强和指导员李智刚两位领导手中接过连队旗帜，带领全连官兵继续发扬特别能战斗、特别能吃苦、特别能奉献的优良传统，瞄准新时期部队政治、军事建设的需要，解放思想，

◎欢送退伍老兵合影。（由郭庆军、孙光辉提供）

大胆创新，全面贯彻"政治合格、军事过硬、作风优良、纪律严明、保障有力"的总要求，充分发挥党支部战斗堡垒作用，始终坚持把思想政治工作贯穿于连队的日常工作、军事训练、业余生活，党员干部模范带头，全连官兵以饱满的精神热情、昂扬的训练士气投入到连队的各项建设中。

生活中我们相互帮助亲如兄弟，训练场上我们挥汗如雨苦练杀敌本领，比武场上我们顽强拼搏永不言输，集训场上你追我赶比争标兵，凭着顽强的意志和不服输的精神，在集团军组织的防化装备专业比武中连续两年获得总评第一的好成绩，受到了集团军首长和旅首长的高度评价，连队连续两年荣立"集体三等功"。

二、苦练技能 演兵场上勇夺冠

2002—2003 年集团军先后两次组织防化装备专业考核比武，面对连队装备老化、干部短缺、队伍年轻等问题，我们不等不靠，分析自身优劣势，找准短板，精挑细选，综合考量确定挑选参赛人员名单，连长曾键带领业务骨干，从每个课目的动作要领、规范要求、时间、协同配合等入手制定详细训练计划，分析参赛战士的性格特长，科学进行单兵和编组训练。技术室主任孙光辉亲自负责专业指导，扑下身子与战士们吃住在一起，一个动作、一个眼神、一个环节的抠，有时一个动作需要上百次上千次的训练。2001 年 12 月入伍的新战士裴建扉，入伍前为在校大学生，思维敏捷，肯于吃苦，训练场上敢与老战士叫板比拼，手磨破了贴上创可贴，每天天蒙蒙亮就起床训练，凭着这份执着和不服输的精神，取得了 74 式喷火器夜间分解结合第一名。73C 喷洒车喷刷胶管绞盘、离心泵更换属编组项目，需要几个战士相互配合，稍有失误，整个课目就会失败。一级士官姜立军带领喷洒班战士顶着酷暑，克服一切困难，心往一处想，劲往一处使，一次失败再来一次、二次失败接着再来……直到成功，往往一套动作下来，防毒衣都能倒出汗水来。功夫不负有心人，该班组获得集团军防化装备专业考核比武 73C 喷洒车喷刷胶管绞盘更换和 73C 喷洒车离心泵更换两项第一。

2002 年度集团军组织防化装备专业考核比武中，我连分别获得 79A 淋浴车燃油器分解保养、73C 喷洒车喷刷胶管绞盘更换、73C 喷洒车离心泵更换、74 式喷火器夜间分解结合和 65 侦毒器夜间分解结合等五项第一，74 式喷火器夜间分解结合、74 式喷火器故障排除、辐射仪故障排除和 75 侦毒器故障排除等四项第二，总评第一的好成绩。

2003 年连队再次获得 79A 淋浴车燃油器分解保养、73C 喷洒车喷刷胶管绞盘更换、65 侦毒器夜间分解结合和 74 式喷火器夜间分解结合等四项第一，74 式喷火器夜间分解结合和 73C 喷洒车球心阀分解保养第二，总评第一的好成绩。同年在集团军防化分队军事训练考核比武中，取得了喷火（卧姿、跪姿）、侦毒、车辆消除等三项第一，喷洒车道路消毒、核爆炸观测两项第二，总成绩在集团军 6 个防化分队中名列前茅。集团军和旅首长给予我连高度评价。

三、严阵以待　全力以赴抗"非典"

2003 年一场突如其来的"非典"由南向北席卷神州大地，当时除少数几个战士留守营房外，连队集中在 30 余公里外的崇礼县高家营（现改为崇礼区），参加集团军组织的一年一度的防化兵集训，4 月 22 日旅副参谋长王和富和工防科长张学太亲临驻训点宣读旅党委决定，安排部署"非典"预防工作。尽管旅首长没有给我连下达具体任务，但作为防化分队所担负的特殊使命，支部书记郭庆军和副书记曾键简单碰了一下头，当即召开支部会议，清点防护装备，检修维护淋浴、喷洒装备，制定预案，一方面进行正常的日常训练，另一方面按照战时装备定员、定人、定岗，全连官兵整装待发，随时候命；副指导员朱伟取消休假计划，二排代理排长张浩斌带病坚守岗位，司务长蔡世红更是冒着被感染的危险，全力做好后勤保障工作，确保一声令下，部队第一时间拉得出、走得动。

四、服从大局　圆满完成谢幕礼

2003 年注定是不平凡的一年，7 月军委扩大会议之后，全军体制编制调整改革全面展开，中央军委决定裁减军队员额 20 万，部队的去留问题成为官兵们茶余饭后的热门话题。有的战士刚入伍不到一年，对部队还处在憧憬之中，没有完全适应部队就面临离队；一些从农村入伍的战士面临士官套改；还有干部去留的问题等，思想波动在所难免。支部一班人看在眼中急在心里，如何解决好官兵思想问题摆在支部面前，我们清醒地认识到，军队体制编制改革是实现中国梦、强军梦的时代要求，是强军兴军的必由之路，也是决定军队未来的重要举措。

◎老战士情系防化连，承载几代防化人光辉业绩的连队荣誉室是最好的见证。前排左起：陈红鑫、王桂珍、靳树长、李现敏；后排左起：孙光辉、李志刚、曾键、刘涛。（由靳树长提供）

在关乎国家利益和强军兴军大局面前，关键时候看什么？看党支部的堡垒作用，看党员的模范带头作用！全连党员干部分工负责，深入班排与战士开展谈心活动，摸清官兵思想动向，组织全连先后开展了"舍小家、顾大家""连史教育""履行军人天职，正确对待去留""拥护军委决定、服从组织安排""不忘本色，站好最后一班岗"等系列教育活动，引导全连官兵树立服从意识、大局意识，时刻牢记军人职责，对个别涉及干部家庭、工作等特殊困难问题，及时向上级反馈，最大限度地使全连队官兵留得安心、走得开心。

当时，尽管干部战士们有这样或那样的想法，但连队的日常生活、训练依然井然有序。特别是武器装备封存的那一天，全连战士早早来到武器、装备库，忙碌地穿梭在武器库和装备库之间，但是没有了往日的欢声笑语和歌声，战士们都在默默地擦拭着自己心爱的老伙计，擦了一遍又一遍，生怕没有擦干净……一举一动，无不诠释着军人的情怀、军人的胸怀、军人的感情世界。2003 年 11 月 15 日，当最后一批返乡战士踏上列车那一刻，"送战友，踏征程，默默无语两眼泪，耳边响起驼铃声……"久久回荡在耳边，依依惜别的画面永远定格在脑海之中！

第二天，我俩漫步在寂静的营房，望着空旷的操场、宿舍、食堂，处处尽是深深的追忆与思念，眼泪止不住涌了出来……

207 师防化连从 1952 年 2 月在河北省定县肖家佐村组建，到 2003 年 10 月在河北省张家口市孔家庄撤编，走过了 51 年的战斗历程。虽然，部队的番号取消了，驻扎的营区没有了，但 207 师防化连的军魂永在，英雄防化兵的精神永在，防化连战友的情谊永在！

半个多世纪以来，207 师防化连一代代"共和国最可爱的人"所创立的辉煌功绩，将永载人民军队的光荣史册！

作者简介：曾键，陕西省西安市人，1991 年 12 月入伍，中共党员，历任新疆军区独立防化营战士、副班长、班长；1997 年 7 月防化指挥工程学院毕业，1997年8月至1998年任207师防化连任洗消排排长；1998年师改旅后历任防化连侦察洗消排排长、副连长，2002年3月至2003年11月任防化连连长。曾参加2000年集团军组织的朱日和摩步旅实兵对抗演习、2001年集团军通辽国防光缆施工等任务。

郭庆军，河北省邯郸市人，1992年12月入伍，中共党员，1997年7月石家庄陆军学院毕业，任207师B团1连排长，2000年2月至2002年3月任防化连副指导员，2002年3月至2003年11月任防化连指导员。其间：1999年参加石家庄陆军指挥学院军务装备参谋培训，2001年参加西安政治学院心理战培训；曾参加2000年集团军组织的朱日和摩步旅实兵对抗演习、2001年集团军通辽国防光缆施工等任务。

军旅往事

刘建国

1969 年珍宝岛自卫还击战后，我怀着报效祖国的真挚情感，毅然报名参军，来到了 207 师防化连，成为一名光荣的防化兵战士，直到 1975 年光荣退役。入伍 6 年里，在领导及战友们的亲切关怀和帮助教育下，我严格要求自己，积极上进，1969 年当年入了团，1971 年野营拉练途中"火线入了党"，为连队建设贡献了自己的青春年华，激情燃烧的岁月，终生难忘。现将军旅生涯中记忆深刻的几件往事叙述给战友们分享，共同追忆我们在连队成长战斗的历程。

一、告别家乡圆梦参军，新训接受特殊任务

我生在新中国，长在红旗下，是看着《南征北战》《地道战》《地雷战》等战斗故事片长大的，非常崇拜在毛泽东主席领导下为民打天下的战斗英雄，渴望自己也能成为一名光荣的解放军战士。1969 年 3 月，我终于实现了参军的梦想。入伍那天，我满怀激情，穿上新军装，与新战友们一起坐上了解放牌汽车，真是开心极了。那时候，能坐上解放牌汽车可是个很体面的事。锣鼓声中，街道两边欢送的人群高呼"中国人民解放军万岁！""向人民解放军致敬！"等口号，我

们挥手告别了家乡，一路兼程，从青州（原益都）火车站换乘火车来到了山西榆次军营，受到了部队老兵的热烈欢迎。

在师直部队欢迎大会上，丁师长作了热情洋溢的讲话，给我们新战士讲述了部队的光荣历史和肩负的责任，给新兵们很大的鼓舞。特别是丁师长讲了当年曾参加过解放我们家乡沂水的战斗，更是让我倍感亲切，决心在部队好好努力，争取当个好兵，绝不辜负首长和家乡父老的期望，为保家卫国贡献自己的力量！

在新兵连训练期间，我听从命令，服从领导，刻苦训练，不怕出大力流大汗，希望早日成为一名合格的战士。一天，新兵连接到命令，每班抽三到五名身强力壮的战友前往榆次市里执行一项特别任务，我有幸参加了此次行动。到了现场我们才知道，此次行动是因为有坏分子组织的过激行为，导致了我们部队一名联系群众的干部牺牲了，部队首长为了维护社会的治安和稳定，准备前往抓捕坏人。我们新兵赤手空拳，首次执行这样的任务，是既兴奋又紧张，万一这些坏分子要是往外逃，我们只能徒手来抵挡，当时的气氛十分紧张，至今想起仍然有些后怕。行动从下午开始，直到次日凌晨，部队才奉命有序撤离，返回军营。

后来听闻，丁师长因此次行动，在前往太原军部请示途中，不幸遭遇车祸遇难。噩耗传来，同志们都心痛不已，难以释怀。这是我从军期间最难忘的一次经历。

二、战冰水开荒种稻，勇向前光荣入团

新兵训练结束后，我被分到了 3 排 8 班，班长是王爱忠。一起分到班里的同年兵有赵庆范，李玉池。同班老兵有 1965 年冀州的郑书恩、王振淼，1966 年行唐县的杨进学，1968 年江苏的范广留、李柏平和鲍树友。

在当时，部队是一边训练，一边生产，在自力更生中提高部队

的生活水平，为国家减轻压力。下连队后，我们来到了连队的农场。连队当时住在财贸干校的旧房子里，有四排平房和一个厨房餐厅，周围没有院墙，四周是一片盐碱沼泽荒地，连队在这里开荒准备种水稻，地里是一片水，那时天气还很冷，早上水面上还有一层薄薄的冰。

开始我们在地里拉荒，脚踩着冰水，不一会儿脚和小腿就冻麻了。那时老兵爱护我们新兵，非让我们新兵穿上水靴不可，他们却打赤脚去干，这让我们新兵非常感动。但我们新兵怎么可以特殊呢，老兵不怕吃苦，我们新兵就怕了吗？那可不是我们老革命根据地来的兵所能接受的事。我们也是一个兵，要向老兵学习，所以我们也不穿水靴，同样赤脚下到田里踩着冰水拉荒，整理田地，并学着老兵们喊着"一不怕苦，二不怕死"的口号，鼓舞自己。由于受凉，后来自己在树荫下洗衣服，腿就疼开了，像一根长长的钢针直插进小腿里，一抻一抻地牵动着疼。以后到冬季来临，自己早穿棉衣，春天晚脱，特别是在1971年冬季野营拉练时，我天天睡最热的火炕头，经过两个多月的火炕蒸烤，再加上自己平时注意保暖，腿疼竟逐渐好了！

夏天到田里给稻子薅草施肥，肥是周忠玉排长和马正平战友赶马车从红卫纺织厂拉来的大粪，我也和战友们一样不怕脏，抬到地里去，有时还学着李柏平战友喊着号子"嗨哟嗨哟嗨哟嗨嗨哟"，把最脏最累最艰苦的工作抢着干，锻炼自己不怕脏，不怕苦，不怕累，培养自己的无畏精神不辜负家乡父老的希望，吃苦耐劳，处处磨炼自己，不管遇到什么艰难困苦，脏累苦差都勇敢去面对、去闯，争当一名合格的战士，为国为家争光，为连队建设贡献自己的力量。

自己这样努力地拼搏工作，是希望能当五好战士，当年虽然没有被评上，却入了团，同样得到了回报，很多战友都有不同的进步。艰苦的生产环境，锻炼了我们坚强不屈的性格。

三、收缴销毁武器弹药，挥师北上驻守大同

1969 年 8 月，党中央发布"8.28 命令"，收缴地方上的武器弹药。我们连接到命令后，立即前往弹药库领取了步枪和每人 200 发子弹（平时防化连每班只配 1 支枪），在车上擦去了枪油，装上弹夹，先去了榆次生建大楼，收缴了部分武器。被收缴武器人员身背各种各样的枪支和弹夹，从大楼里走了出来，然后依次排队把武器放在地上，由我们清点数目。最后，我们班又上大楼里边去搜查了一遍。

首战告捷后，我们并没有收兵，随后又连夜赶到了平遥古城，在粮库里稍作休息，次日凌晨 3 时许，根据指令，步行出发对几个重点人员可能去的重点村庄实施了包围搜查。当时天还黑，看不清，我们从庄稼地里散开形成对村庄的包围，许多战友被庄稼绊倒了又爬起来，紧跟上前边的战友，无一人掉队，随时准备应付可能发生的突发事件。当包围圈合成后，先由侦察连和警卫连进村去搜查，我们则埋伏在村庄周围。当时，战友们的子弹已上膛，只是没有打开保险。这次行动，连续包围了几个村子后没找到人，部队撤离。

部队又先后乘车到了文水、离石、中阳、柳林等地，最后驻扎在黄河边的一个渡口——军渡，历时两个月左右。在军渡、柳林时，我们班参加了押送和在地方军管组的带领下抓捕行动，这是我参军以来首次执行这样的任务。罪犯是从陕西那边送过来的，然后由我们再押送到中阳，一共是两个罪犯，用两辆车押送，每辆车上由 6 名战士押 1 名罪犯，枪上刺刀弹上膛，前后车不能距离得太远，要互相照应，防止发生意外。

车行到柳林镇时，正在开收缴武器大会，中阳军管组在那等候，看我们一到，立即把罪犯押解到他们车上，一边开车一边在车上把罪犯捆绑起来，动作真是麻利。

收缴武器的每一次行动，都是在既紧张又危险的情况下完成的，

对我是一次难忘的锻炼和考验。

在柳林，为了销毁收缴的弹药，我们连抽调了几名战友负责完成这个任务。我积极要求参加了行动。开始时，是在河边用绳子拴住手榴弹的拉环，另一头拴在手腕上（有些民间自造的弹药保险系数不高，这也是为了自身的安全），躲在石头后面手榴弹扔出十来米后才拉弦，掉到河里有的爆炸有的不爆炸，这样虽然安全但效率低下。后来我们把所有的弹药运到了离村后很远的几个废弃的窑洞，在一个洞子里把手榴弹摆在底下拉出弦用绳子拴好，然后把需要销毁的弹药全部放在上边压好，战友们到另外的窑洞里躲避，我拉着近 30 米的绳子另一头负责引爆。

我先看好了周围的情况，做好了准备，用力拉动了拴着手榴弹拉环的绳子，感觉到有部分手榴弹被拉出来了，但没有拉响，于是我又猛力一拉，感觉这回可以了，却把手榴弹拉的到处都是，此刻我已来不及跑到窑洞，只好就地卧倒躲避。阵阵爆炸声中，感到有弹片从头上四处飞落，但我毫发无损，有惊无险地完成了销毁弹药的任务。这次行动，虽然没有成为英雄，但为自己的勇敢而感到自豪。

1969 年国庆节来临，连队都准备好了节目，准备和当地群众一起联欢，共度佳节。但在国庆节前夜上级来了命令，全军移防大同，部队奉命连夜撤回营房。为了顺利完成移防，并确保安全，按部队计划要求一、二排先行，我们三排殿后，先后把连队的家当装车后，运到火车站再换装火车，历时近一个月，我们发扬了一不怕苦二不怕死的精神，不怕脏和累，有的战友腰伤了也坚持干力所能及的工作，在全排战友努力下，我们排最后押解所有的物资，随火车也移防到了大同。

四、农场生产有惊险，战友努力保平安

1969 年末，部队在大同营区驻扎之后，我们连奉命来到要庄农场

开展农业生产。要庄农场位于大同以南约40里的要庄东面，场区院子里面，正北一排房子是连队宿舍，西边有几间房子是连队的厨房仓库，南边有一排平房用来养猪养马。四周是土打的墙，东南西边都留有个口子，算是人们进出的院门吧。院子不算小，里面种了很多蔬菜，外边则一片荒凉，是我连种庄稼的田地，也是连队训练的地方。要庄农场的劳动、训练、生活、工作条件的确艰苦，其间几件轶事，令我更加怀念战友，怀念当年的岁月。

◎劳动闲暇之余聆听悠扬的笛声。左起：范盼合、王铁圈、薛俊青、王国威、刘建国、崔勋臣、王锁柱。（由刘建国提供）

农场里，连队养了很多猪、羊、鸭子，还有马和骆驼。连队的生产建设往往有很多的工具不凑手，来不及去买或用处不太多的农具，就派战友去邻近的村子里借用一下，用完便归还。我们8班老班长范广留曾多次去邻村借过农具或工具。有一回，他去还邻村的筛子，为了省力，就用骆驼驮着去。本来骆驼是很听话的，老班长用铁丝绑的两个筛子，放在骆驼背上，当老班长范广留骑上令骆驼起来准备走时，铁丝勒着骆驼背把骆驼勒疼了，骆驼想把筛子甩下来，狂奔疯跳，结果把老班长甩了下来，人被摔得晕过去了。听到消息后，我和战友们连忙跑了过去，扶起班长，在战友们的帮助下，我背着班长从前院回到了宿舍。万幸他只是摔晕了，身体并没有受伤。不知老班长现在过得如何，祝他健康平安！

连里喂养的猪马羊，都在前边的平房，我们班的李玉池同志就住在那边负责喂马，每天除了喂马、打扫马号外，晚上还得起来喂马。喂马的活儿说起来非常辛苦，俗话说"马无夜草不肥"，白天必须把草料准备充足，夜里定时起来给马添加草料。有一天夜里，李玉池战友起来给马添料后，回来竟发现自己住的平房坍塌了，一根房梁正砸在他的床上。听到消息，大家都跑去看了现场，既感到后怕，也替玉池战友庆幸，他的命真大，要是房顶塌的再晚一点或早一点，后果就严重了。对于这件事，连队领导非常重视，立即对连队所有住处都进行了严格的检查和维修，确保全连在农场居住安全。

秋收后，地里堆积了很多高粱秆，它不能作饲料，一旦失火麻烦就大了，所以连队打算卖给大同造纸厂当原料。

那时连队没有汽车，运输只能依靠马车。连队把往大同造纸厂运送高粱秸秆的任务交给了我排，周忠玉排长带领马正平和我共同去完成这项任务，由周排长赶车。第一天，一路平安无事，但马车速度慢，等到了大同造纸厂草料场时，造纸厂工人都下班了。我们找到值班员说明情况，值班工人真不错，看在我们是军人的面上给收了，但过不了秤，说等明天过来一块算就是了。这样我们卸了车，乘着夜色赶回了要庄农场驻地。第二天装车，想到前一天挺顺利，说啥也不能比第一天装得少，于是同志们加劲往车上装，等装好了车，我们三人又出发前往造纸场，路上紧赶慢赶，但到了造纸场还是迟了，工厂又下班了。没办法，只得再找值班员，那人真挺好，又让卸了车。虽然第二次又没有过秤，总还是卸了车，我们一路平安回到了驻地。第三天说什么也不能再晚了，一定要在下班前赶到草料场，把秤给过了。经连队领导研究决定，全连同志早早起来，尽快把车装好，这回比前两次装得更多，为了安全起见，连队还派了不少同志从农场护送我们上了公路。依旧是周排长带着我们俩，一路上马不停蹄，直奔大同造纸厂草料场。

这条公路在快到草料场的地方有一个大上坡，紧接着就是一个下坡，由于车装得比前两次重，上这个坡费了很大的劲，差点没能上去。下坡时，在重力推动下，马车快速飞奔，已有刹不住车之势。然而坡下不远处有很多来送秸秆的车，况且路东边是个大水坑，西边是河沟，如果不能及时刹住车，疾驰而下的马车就会追尾前边行驶的车，人、马、车都有危险，后果不堪设想。霎时，我的头上吓得直冒冷汗，也没有时间多想，我奋力拽住前面的梢马，不让长套下垂，以防绊倒辕马。周排长死死拉住刹车，紧勒辕马两边的缰绳，马正平战友则怀抱着车辕使劲向下压，辕马四蹄奋力反向蹬地，车后扬起一溜尘土……马车就这样惊险地跑了一段路程，终于在快要撞到前车时慢慢停了下来。我们三人长舒一口气，庆幸人、马、车都能安全无恙。

后来我们顺利到了草料场，卸货、过秤、结算，终于完成了三天的送料任务。我每当想起这些，就对周忠玉排长敬佩有加（后来他升任了连长），他勇敢果断的指挥处置和高超的赶车技术，保证了我们的安全，保证了运送秸秆任务的完成。这次没酿成事故，还有一个重要原因，驾辕的马匹是匹退役的军马，非常有灵性，危急时刻，它表现镇定，全力护主，帮助我们化险为夷。

2018 年 5 月，207 师防化连的战友们在石家庄聚会，我们这些年近古稀的老兵，为逝去的周忠玉老连长敬上一碗酒，表达我们的崇敬之情。

五、野营拉练磨炼精兵，继承传统接受考验

1970 年在大同营房安顿后，我们防化连奉命去了要庄农场，按照"五七"指示精神，进行农业生产和军事训练。我们在农场种植了多种庄稼和蔬菜，极大改善了连队的物质生活条件。

在冬季来临时，连队接到命令，部队要实施冬季野营拉练。经动员准备后，全连全副武装跟随大部队踏上了征程。由大同出发，经灵丘、张家口、集宁、呼和浩特市等 11 地市后返回营房，历时两个余月，行程两千余公里。

在拉练中，我和战友卢振寿同志担任了连队的收容队，在连队后边帮助身体差或有病掉队的战友背装备，并陪同他们一起，坚持跟上连队的行军步伐。有实在走不动的战友，我们也只好陪他们慢慢地走，直到收容车来，再把他们安全地送上车。为了更好地锻炼自己，我毅然放弃跟车追上连队的机会，选择了步行。部队中途休息，自己也不停，直到追上连队为止。每到一地，我和战友们不顾劳累，积极去帮群众打水扫地，共同搞好军民关系。两个多月的拉练锻炼了自己，也受到了领导和同志们的好评。因此。连队党支部批准自己"火线入党"，成为一名光荣的共产党员。

平型关，因中国军队首胜日本鬼子而闻名于世。拉练途经平型关，部队首长组织了全体官兵参观了平型关战役纪念馆，听讲解员的解说并观看了战役的现场——平型关下的"土条沟"，让我们对当年平型关战役消灭了日本侵略者的战斗有了更加深刻的了解，更加感到当年老一辈革命家的组织和指挥是多么的英明。

土条沟，平型关大捷的主战场，位于平型关下，地势险要，沟深坡陡，往北有一条经多年雨水冲刷形成的十几米深沟，两边陡峭而狭窄，长约二三千米，徒手难以攀爬，只有顺沟而上才能经平型关去往山西腹地。

我军经过严密的侦察和谋划，趁天黑下雨把部队隐蔽在土条沟两侧，次日把日军板垣师团的部队放进沟后，指挥员一声令下，我军迅速封住了北边的口子，使日本鬼子插翅难逃。埋伏的部队从两边冲到土条沟边，机枪步枪猛烈射击开火，手榴弹像雨点般扔到了沟里，日本鬼子被打得无处躲藏，终于知道了八路军的厉害。经过激烈苦斗，敌人悉数被歼。平型关战役是八路军首次对日军作战，由于缺乏经验，清扫战场的时候，为了救治日军伤兵，反而遭受敌人顽抗导致伤亡。此战歼敌一千多人，我军也有不少损失。平型关大捷为全国人民坚持抗战带来了极大的振奋和鼓舞。

通过参观学习平型关战役的活动，让我们受到了更深的教育，思想觉悟得到了进一步提高。决心学习我军前辈英勇作战、不怕牺牲的革命精神，为保家卫国作出自己的贡献！

在以后的拉练行军中，我们又经受了艰苦环境的严峻考验。"黄毛乎乎"，是内蒙当地人对一种比较厉害大风的称呼。用现在的话来讲，就是沙尘暴。还有一种是"白毛乎乎"，则更加厉害，就是当年草原英雄小姐妹遭遇的那种大暴风雪，幸好我们没有遭遇到。

在野营拉练中，我们亲身感受到了"黄毛乎乎"的威力和可怕。那天早上出发，天气很好，本来向北约30里就到宿营地，但为了磨炼部队，连队先向相反的方向行进了数十里，就在部队行军返回的时候，天空突变，漫天遍野的大风呼啸而来，霎时天昏地暗，数米远就看不见物体，豆粒大小的砂子打得脸和暴露的皮肤疼痛难忍，哪敢抬头看路，只能低头看着前面战友的脚后跟前进，战友们相互鼓励，互相扶持，保护好自己的武器装备。经过艰苦的努力，最终安全到达了目的地，经受住了强沙尘暴的考验，在拉练中得到了锻炼和考验。

六、受命防化资料调查，操之过急战友中暑

1971年初，我连接到上级命令，4月至9月组织人员开展对大同

地区防化资料的调查，对地质、水文、动物、植物受化学污染后染（中）毒症候变化的具体详细情况进行试验摸查。回忆起来大概有两方面因素：一是珍宝岛事件后，为了防止苏联对我发动入侵，提高我部队和人民群众的防护、洗消能力；二是为我军防化学教学提供第一手资料。实毒作业，危险性大，是一项艰巨任务。

为了搞好这次防化资料调查，连队从各班抽调一名比较优秀的同志，由化验员杨广生带领，我和赵洪来同志负责，成员有龙新池、靳树长、王国威、刘西池、陈青普等同志，加上一名炊事员共9名战友参加此项任务。连长姚立成和指导员李孔旭给我们作了战前动员。

训练所用毒剂，是我骑自行车带着靳树长战友，从军直防化连毒剂库领取的，有沙林、芥子气等毒剂，又准备了消毒剂、水桶、气象测量器材等辅助用品用具。一切准备就绪后，大家在化验员杨广生老首长的带领下，便满怀信心，意气风发、斗志昂扬地展开了防化资料调查的任务。每天早饭后，化验员杨广生便带领全体同志出发，唱着歌一路奔向营房后面的山野，大约行进了10里左右，来到山脚下，然后我们分成三个小组，分别对周围的地形、地貌做了观察，对各种生长、居住在这里的虫虫草草做了登记分类。选好了实验地点后，各组佩戴防毒面具在化验员的指导下，对地面，植物进行布毒（主要为液状毒剂），开始了试验工作。观察地面各种动植物对沙林、芥子气等毒剂沾染后的反应，是我们进行实验调查的第一步，我们要分时间节点，对这些染（中）毒的地面和动植物详细记录症候变化，如各种染毒对象的名称、形状、颜色和尺寸以及当时天气、温度、地温、气候变化情况，一一登记在制式表格上，为研究人员找出规律性的结论提供详细资料，以便综合研究，为修改完善防化化学侦察教材提供一手资料。那时王国威战友的胆子大，还抓了一条蛇，我们在室内专门做了蛇与小白鼠中毒的实验。此外，我们还对大同市、北郊新荣区武装部，调查记录了当地的地质、水文情况，并且上报。

几个月的防化资料调查，每天都重复着同样的工作，日复一日，大家都一丝不苟，严格按规程办事。经受了夏日的暴晒、风吹、雨淋、口渴的考验，认真细致地做着各种各样的试验。每天中午还需留一个人看守试验场地，其他战友回营房吃饭，下午返回继续接着试验，每天晚上实验结束前，对布毒的场地做好严格的消毒，以防外人误入试验场地。同志们不管单独时还是集体时，都能自觉地严格要求自己，把艰苦的工作留给自己，把方便让给战友，有这样的好战友让我倍受感动。因此，在防化资料调查期间，靳树长等战友入了团，大都被评为五好战士。在布毒后等待症候期间，还不忘做些对训练有益的活动，比如比赛穿脱防毒衣或登山比赛等，利用可能的机会和时间，增强自己的素质和提高本领。做防化资料调查这几个月，我们每天要来回徒步行军三四十里之多。大家都能吃苦耐劳，争先恐后，服从命令，听从指挥。因此，在领导的直接关怀和指导下，全体战友们密切配合，确保安全，较好地完成了领导交给的防化资料调查任务，为部队未来的教学、训练和战争取胜，都作出了自己应有的贡献。后来每当和战友们谈起，仍然为此调查作出过贡献的战友们感到自豪。

在防化资料调查期间，还有一件事情让我记忆犹新，至今难忘。有一天化验员有事回了农场，我们没有上山的任务，我便带领这些战友，进行戴面具穿防毒衣全身防护后徒步行走的适应能力训练。开始是在后勤大院内，时快时慢，在这阶段，陈青普同志觉得有些不适应，曾把防毒面具摘下来过。训练归来后，开了个总结分析会，大家讨论该不该中途摘下面具？战友们共同认为，如果平时摘，战时也这样，是一种什么后果？自己中毒牺牲了不说，你没有完成部队交给的任务，不能保障部队的安全，更不能保证部队战斗任务的胜利完成，要我们干什么？所以强调，战友们要树立练为战的思想，严格要求自己，使自己成为来之能战、战之能胜的强兵。下午，我又带领全体人员走出营房进行了同样的训练。开始是向西南方向，向着太阳走，在田野里做着快速通过马路等科目，不一会儿被太阳晒得浑身是汗，我不断地回头观察每一位同志，陈青普同志紧跟在后，同样严格要求自己。行进差不多一小时后我们开始返回，背部又被太阳烤得火热，我观察同志们并无一人掉队，最不放心的陈青普同志仍然紧跟在后，我心里不由得暗暗称赞该同志"好样的!"当到达营房外我想再做个科目就收兵时，看见陈青普同志摇晃起来，感觉不妙，我立即上前把他的面具给摘下来了，只见他喘半截气，面色苍白，科目不能做了，我放弃了再做科目的打算，马上命令同志们脱去了防毒衣，想把陈青普战友先背回去。可战友一背上去，他难受的更喘不上气来了，我只好让靳树长和王国威同志扶他回营区，送到了师医院（那时叫后勤部卫生科）。经检查，确诊是中暑，在医院住了一宿便归队。那天，我叫炊事员擀了面条做了顿"好饭"，可是大家因青普战友住院，个个都没有心情用餐，也让我心里好难受。不知怎么搞的，后来整个后勤大院都传开了：防化连的战士中毒了！听到这事，当时在师部学习的二排长金根章特意赶来看望了大家，了解情况，代表连队做了慰问。他说在大比武当中，这种事经常发生，很正常，不要多虑，对我和大家进行了安慰。但在我心中，总是觉得没有照顾好、爱护好、关心好战友，为自己操之过急感到内疚。现在每每想起，还是觉得愧对战友呢！

七、狼儿沟煤矿摆战场，火红的年代士气旺

1972 年，师里调遣我连队驻扎狼儿沟煤矿，由农转工，接替生产连挖煤。据说，狼儿沟煤矿是 1958 年因自燃被关闭的小煤矿，生产连来后在原巷道旁边避开火区，重新打了个巷道通到地下，开采的是从上往下数第三层煤层。当时每个班都配备了原生产连留下来的技术兵当骨干，还有煤矿来的老师傅跟班指导。在煤矿生产中，我们班担任打眼放炮的任务。

一开始，同志们对煤矿一点儿也不了解，第一次下井，穿上矿服和雨靴，头顶矿灯，便开始从行人通道进入矿井，整个通道漆黑一

片，而且台阶陡峭湿滑，很多从平原来的战友不敢下，但在战友们互相鼓励下，还是坚持下到了工作面。在老师傅和骨干的指导下，大家都逐渐掌握了采煤技术，优质的大同煤源源不断地从地下开采出来，运往各部队。

我们班和其他班不同，除了打眼放炮，还有开绞车等工作。全班不能一块下井，必须提前下去，分散行动，先下两人去打眼，随后一个在井上领炸药和磨好钻头后独自下。一路上都是黑黑的，胆小的人的确是害怕，特别有一段时间，传说有位下井老工人在井下看见了一个女子带个小孩，吓得他慌忙跑了上来，大家更是害怕。为此，我让战友们人多一点先下去，我在上边磨钻头和领炸药，放到矿车里运下去后，再独自下去，虽然自己也是紧张，但作为班长必须带好头，要把困难和危险留给自己，让战友们更安全才是。自己下去时，有很多时候不走人行道了，而是"违章"，把石头片垫在脚底下，用手扶着大巷道的铁轨直接滑到井底。这一定要在大巷道不上矿车的时候才行。当然，这是违反规程的行为，绝对不允许！我这样虽然有点危险，但巷道通明，下去得快啊！随着工作时间久了，我们放炮的越来越大胆，那时是每个班要放两到三次炮，为了尽快放炮多出煤，有时离工作面只有几米，躲在旁边的猫儿洞就放，叫煤块打得屁股生疼。有时通风不好，能见度很低，为了尽快放完出煤，冒险去放连炮，等放完了炮后，叫烟熏得只喘半口气，如果喘多了肺都疼得厉害。现在想起来，那时真是不应该这样的冒险，因为这样冒险，险些让我们班的两位战友失去了生命。

那次，打的煤层厚，高度在七八米以上，超宽（宽六七米），一次放炮就能出个四五十吨煤。按规程，放完炮后应该由我们先处理好工作面的顶板，确保安全后再出煤，可是出煤班不管不顾，炮一停就先开溜子出煤了。煤堆下落后，我们没有煤踩着够不着顶，因而顶板没有处理好，留下了夹层。后来虽然用柱子顶上了，但由于高，顶得并不牢固，再加上放炮，柱子又被打倒了，我班两位战友和老师傅想重新支起柱子顶住的时候，上边的煤夹层脱落，幸好他俩有经验，听到动静后及时躲避，人虽受了伤，但无生命危险。当时我和一位 1973 年入伍的战友在另一个工作面打眼，听说以后，赶紧从另一巷道跑过来，其他班的战友早已把受伤的战友送上井了。看到事故现场，真是可怕极了。一块两米长一米多宽二十来厘米厚的煤层把煤溜子的溜槽都砸扁了，我俩担忧战友的伤情，都心疼得流下了眼泪。

从那天起，我们重新敲响了安全的警钟，巷道的煤层底下留下两米多高，宽度留到四米。到现在我十分想念那两位战友，得知一位马万来同志已去世，不知另一位湖北籍的李公名战友现在过得怎么样，如有知道的朋友请告诉我，我非常想念他。但愿战友们生活得幸福美满！

大同的煤真是太好了，每当想起那时的采煤生活，就会把我连宣传队王树奎、赵洪来、曹淑忠、王国威、李玉池和我共同改编的、曾编舞在师部礼堂演出过的歌曲哼唱起来：

狼儿沟升起火红的太阳，

我们五七战士神采飞扬，

电钻高唱着胜利的赞歌，

矿灯放出胜利的光芒！

大巷道里黑龙滚滚，

工作面上摆开战场，

……

此情此景，犹在眼前，刻骨铭心，终身不忘！

怀念战友，怀念连队，怀念卧虎湾——我们的第二故乡！

作者简介： 刘建国，山东沂水人，1969 年 2 月入伍，任防化连战士，班长，1975 年 3 月退伍，任沂水机床厂经理。

回忆煤矿生产经历

王爱忠 吴福余 靳树长 马正平 安亮臣 王国威

一、受领采煤任务

我们防化连是1972年4月7号从要庄师农场移师到大同狼儿沟师"五七煤矿"的。第一年住在石料厂，第二年搬到了矿部，同时还有兄弟连队喷火连，直到1974年初撤离。两年中，除少数战士参加短期军事技术培训外，全连参与煤矿生产。

这个煤矿之所以称为"五七煤矿"，是因为落实毛主席1966年5月7日的批示（简称"五七指示"）："人民解放军应该是一个大学校，这个大学校，要学政治，学军事，学文化，又能从事农副业生产，又能办一些中小工厂，生产自己需要的若干产品与国家等价交换的产品……这样，几百万军队所起的作用就是很大的了。"

"五七煤矿"生产煤炭，主要是供应全师的冬季烤火及平时生活用煤。在这个背景下，根据师首长的指示，防化连、喷火连两个连队，在这里从事了两年的煤矿生产。

二、煤矿生产状况

煤炭，是大自然对人类的恩赐。大同号称"中国煤都"，据当地老师傅讲，这里有的是煤，而且还是优质煤。狼儿沟据说有13层煤，我们所采的是第7层。我们所采的矿井，是一个地方大矿废弃多年的小矿井。由于多年开采，有的已成采空区，有的则还未开采。开采区和采空区如果造成透水，后果会是灾难性的。其中有一层未开采的煤层，据说是第6层，不知从什么年代开始和什么原因，造成自燃，当地老人讲，日本侵占大同时就着了。到我们下井时还在自燃，有时就看到火着到了巷道壁上，维修保障人员马上就会用水泥把它封上。我们走过时，还能感到烤得炙热。另外，煤矿中还存在瓦斯爆炸、冒顶等事故隐患。

煤矿的生产设施，按当时属于半人工半机械化。机械设备有部分是地方矿淘汰下来的，进行维修后重新使用，更多用的是雷管、炸药、大锹等简单工具。现在回头看，当年的生产条件较差，安全隐患不少。

下井人员劳动保护很简单，工作服是部队换装下的旧衣服，口罩则是市面上普通防尘口罩。

三、采煤力量组成

我们到达煤矿后，加上喷火连和原矿山机务队，共约300人。我们两个连队是生产分队，矿山机务队是机械保障分队。

对防化连官兵而言，挖煤是个新任务、新课题，因为谁也没有挖过煤，样样都需要从头学习。初到矿上，一些同志难免会产生畏难情绪，为此，连队及时进行了动员教育，提高思想认识，号召以饱满的工作热情投入采煤生产。

根据生产需要，煤矿安排了原矿上的干部姜汉青任副连长，主管生产技术，每个班配备一名原矿上的技术骨干做副班长，具体指导生产中的技术问题。如河北深县的杨保来、安徽颍上县的汤玉帮、安徽宿县的杨惠清等。两年生产中，这些技术骨干为采煤任务的完成，发挥了不可替代的作用。

采煤首先是打眼放炮，把煤矿炸酥剥落下来。高层煤需两个人抱钻机，低煤层就一个人，先把炮眼打好，再填装炸药，连好电线，人员撤至外巷道，用起爆器起爆，随即用撬杠处理顶板，把松垮的顶板石头块处理下来，随后人工将煤装入溜子。将煤装溜子的过程，是一人将插棍（插棍用油丝绳与铁簸箕连接）插入运行溜子的履带上，在溜子转动运行中，将簸箕前的煤拉到溜槽上，通过输送带运送到翻斗车上。这个工作面是最费体力的，几个人轮换着干，人歇簸箕不停。就这样一簸箕一簸箕将煤拉出。煤装上了小翻斗车，再用小绞车拉到中车场。中车场人员挂好钩，打铃通知井上绞车房，用大绞车运出井口，最后用翻斗装置卸入煤场。整个生产工序环环相套，井然有序，假如一个环节出问题，这个班其他工序就得全部停工以致停产。

为了安全生产，除少数维修人员外，其他人员全部走人行通道，俗称偏井。记得偏井有316个台阶，坡度45度。人员到达井底，距作业面还有300至500米的距离。

生产人员实行三班倒，每天是早8点，下午4点，晚上12点换班。每班提前一个小时换工作服，驻地与井口也有3至4里路，需走20分钟，再取矿灯下井。每上一个班，约10个小时左右，在井下吃顿饭。特别是零点班，如果是冬天，刚睡热乎了，穿上那冰冷的工作服，迷迷糊糊地就往井边走。一到井下也就精神了，立马开始干活。下班回到地面上，每人都是上下一身黑，只有嘴里有几颗白牙，听到说话声音，才能辨别是谁。轮到上夜班，就是晚上干活，白天睡觉。干完一个班，每人体力消耗都相当大。艰苦的工作环境和繁重的体力劳动，极大地考验着每个干部战士的意志品质。

四、注重安全生产

我连两年的煤矿生产，可以用可喜可贺来概括，没有出现亡人事故，但也不可避免发生过个别事故，其中张平安事故，警示教育了全连干部战士，增强了安全意识。

张平安的事故，就发生在连队下煤矿的第一天，第一个班的第一个小时。工作一段时间后，张平安和王国威去大巷道喝水，正往前走着，听着前方声音不对，两人赶快躲避，张平安躲在柱子后，手却扶低了，从上面溜下来的翻斗车，正好倒在张平安躲藏的柱子上，把他两个手指头挤掉了（后来给他评了残）。事故报到师后勤部后，后勤部政委王原克在大会上讲："防化连有个战士叫张平安，下井第一天就不平安。"对安全生产，师、煤矿领导都抓得非常具体。如1972年4月22号，师黎政委是这样指示的：煤矿生产要掌握规律性，学习《实践论》，无论任何时候不能发生事故。思想上，要弄清紧和松的关系。管理教育要抓紧，纪律要严。加强作风的培养，训练要抓紧。要有个野战军的样子，时刻准备打仗。

首长提出了安全生产的指导思想，就是要科学严谨，掌握规律，一时一刻不能松懈。这起事故的发生，对干部、战士的触动很大，连队以此为契机，从连队到排班，大会讲安全，小会讲安全，月月讲，天天讲，时时想到安全，干部、战士时刻绷紧"警惕安全在，麻痹事故来"这根弦。

五、强化管理制度

煤矿建立了一套行之有效的安全生产制度，如井上人员必须做到"十不"；井下人员做到"两好四不"，井下全体工作人员必须做到"七不"；开绞车，打铃挂钩人员必须做到"四不"；装溜子的人员必须做到"四不"；出煤人员必须做到"六不"；打眼放炮人员必须做到"十不"。

干部下井带班，井上值班。除吴福余、金根章、周安明3个排长外，连干部5人也轮流带班。井下值班的干部亲自指挥处理在第一线。专职安全员，定期瓦斯浓度检测，巷道顶壁检测，矿井周围安全环境评估等。

针对干部战士思想现状，连队狠抓了政治思想教育工作，以毛主席指示为指导思想，教育每个同志胸怀大局，热爱本职工作，熟悉生产技术，干好本职工作。

连队每月、排每半月、班每周进行工作总结会，总结前段工作的先进经验，查找不足，树立典型，学有目标。远学付春华、刘敏昌的先进事迹，近学身边的榜样。班、排每周都能涌现出好的先进模范、好团员、好党员，每月都有同志受到连队、矿部表扬和嘉奖。

打开靳树长当年的日记本（时任连队文书），他是这样写的：

1973 年 5 月 28 日

全连各班的好同志

一排：一班宋步芳　王怀亮；二班阚开基　曹淑忠　龙新池；三班冯民主　郭秀生；好的班　二班；学习好的　阚开基　宋步芳；好的班长　王永新。

二排：四班　王国威　张景香　原明清；五班　崔小旦　牛明山；六班　陈清普　王政林；好的班　六班；好的班长　马德利；学习好的　王国威　陈清普。

三排：七班　崔勋臣；八班　杨回清；九班　王铁圈　张发科；学习好的　马万来　王西强；好的班　九班；好的班长　李明。

炊事班：廖东平　徐继余；学习好的　廖东平。

1973 年 7 月 6 日

党支部书记段宗学、副书记姚立成在党员大会上总结上半年党支部工作和党员鉴定情况，公布了评比的好党员：一小组阚开基；二小组马正平；三小组李明；全连学习标兵阚开基。

从以上两则当年的连队日记，看得出当年连队政治工作和抓典型带工作的做法，战友们树立了远大理想，不怕苦累，以饱满的工作热情，学习生产技术，科学采煤，安全采煤，多出煤，出好煤。

六、党员骨干带头

两年的煤矿生产中，涌现了很多模范干部、模范党员、模范战士。如排长吴福余，在生产第一线和战士一样打眼放炮，总结了一套安全第一，提高产量的经验，保证了每一个班次煤产量，促进了生产任务的完成，1972年12月18号，被师后勤部授予三等功。好战士阚开基、陈清普、安亮臣，不怕苦，不怕累，危险时刻冲在前、干在前，是全连战士学习的榜样，多次受到矿、连嘉奖，并荣立三等功。还有好多战士，在煤矿期间，光荣入团入党，成为先进模范。以爆破组为例，第一年吴福余是班长，第二年马正平是班长，在井下，分不出谁是干部战士，谁是新兵老兵，没有人偷懒，都一样努力干活。当时的战友还有耿玉宝、齐合宝、袁明清、李京生、张西文、马佃勤、汤玉帮等。因为劳动强度大，睡眠时间不够，有时人抱着嘟嘟响的钻机（约十几斤重），竟然就睡着了。当时大家就想：叫我干什么都行，能睡够觉就好了。

其他班、排都一样有很多突出的事迹。如7班是掘进班，上千斤的溜子头变速箱，搬运安装全靠人力。有个别战士见了就哭鼻子，李明班长和崔庆水副班长，身先士卒，发挥骨干模范作用，干在头里，为大家作出榜样。煤采到哪，溜子头变速箱就安装在哪，不耽误下道工序，保证及时掘进和装运。李明班长多次被评为好班长、好党员。

矿上领导、连队领导，也同样天天头戴矿帽，到工作面检查，发现问题及时解决。矿长高克兰（兼师后勤部副部长）当时已经50多岁了，也一样和我们20多岁的年轻人一样爬上爬下，到工作面指挥。还有李老货、段宝善两位副矿长，都能深入一线及时解决有关问题，确保生产安全顺利。指导员李孔旭、副指导员段宗学、连长姚立成、副连长周忠玉、姜汉青、副指导员鲁炳祥、化验员杨广升，都心系安全，狠抓生产管理，尽职尽责。

七、后勤保障有力

在我们的印象中，煤矿生产累是累了点，但伙食真不错，天天有菜有肉。看了王爱忠司务长的回忆文章，才进一步了解到，后勤人员并不比井下人员流汗少，同样辛苦，同样功不可没。

司务长的回忆中有一段是这样说的：新的工作对后勤的要求是高的，打乱了作息制度，打乱了按部就班。一天下来，没有下班，吃了早饭，挖煤的走了，而夜班的同志还在睡觉，夜班的起床吃了饭，又该给井下的同志送饭了。确实很忙，但大家干劲很足，热情很高。部队的伙食标准，是每人每天4角7分，另外补助1角钱。包括1斤半的粮食价格，还包括食用油、蔬菜等副食的开支，说实话是不多的。但还要想方设法安排好伙食，以保证大家的身体健康，顺利完成挖煤任务。连队坚持自己养猪，连队每月杀一头供改善伙食。总之，在那物资缺少的时代，有上级的正确领导，有连队党员的模范带头作用，后勤炊事班全体同志的努力，没有辜负连队领导及同志们的期望，同样作出了很大成绩。

连部的人员，除日常工作外，卫生员每天去井下看一个班，还负责对全连伤病员进行诊治；文书负责劳保用品的发放、修补；文书、通讯员和卫生员三人夜间还要和不下井的轻病号轮流站岗；全连人员都为采煤生产贡献了力量。

在煤矿的两年中，整个连队是一个团结战斗的整体，上下一条心，拧成一股绳，心往一处想，劲往一处使，都为采煤生产流了汗，出了力。不好说哪个人最先进，客观地讲，凡是参与过煤矿生产的同志，都是模范，都应该嘉奖、立功。

1974年初，根据上级安排，除留下一个班做煤矿的技术骨干，为后续生产做保障外，连队撤出了煤矿。

两年中，我们在时刻保证安全第一的前提下，确保了每班采煤产量的完成，受到了矿领导的充分肯定。经过大家的共同奋战，1972年的煤炭产量为8万吨，1973年的煤炭产量为10万吨，保证了全师生活及取暖用煤。

在当年那样艰苦的环境条件下，我们出色地完成了采煤生产任务，是我们防化连当年参加煤矿生产的干部战士奋斗的结果，是整个防化连的光荣，它应该是 207 师防化连史上浓重的一笔。荣誉属于全连战友！

回忆当兵的岁月，特别是下矿采煤的那段经历，使我们更加珍惜今天的美好生活。如今，我们国家更加富裕，人民军队更加强大，在习主席的领导下，正向着更加宏伟的目标奋勇迈进。我们这些共和国的老兵，深感无比欣慰和自豪。

祝愿下过煤矿和没下过煤矿的防化连新老战友们，身体健康、生活幸福、阖家美满！

作者简介：王爱忠，河北衡水冀州人，1965 年 1 月入伍，历任防化连战士，司务长，1978 年 10 月退伍，任衡水广播电台副科长，退休。

吴福余，江苏如皋人，1968 年 3 月入伍，任防化连战士，指导员，1984 年 1 月退伍，江苏如皋工商局分局局长。

靳树长，见《回忆 1989 年"科带连演习"》。

马正平，山东临沂人，1969 年 2 月入伍，历任防化连战士，班长，1976 年 3 月退伍，任沂水县石山官庄书记。

安亮臣，河北安平县人，1970 年 12 月入伍，任防化连战士，班长，1977 年 3 月退伍，住安平县西里村。

王国威，河北安平县人，1970 年 12 月入伍，任防化连战士，班长，1976 年 3 月退伍，安平县劳动服务公司经理。

回顾 207 师防化连的后勤保障工作

编者按： 古语道："兵马未动，粮草先行"，说明后勤战线对于部队战斗力的生成与保持，乃至对于战争的胜负，都有着极其重要的作用。207 师防化连各项光荣成就的取得，须臾离不开坚强有力的后勤保障。本文由两位不同时期连队司务长的回忆组成，一管窥豹，从中可以感知数十年来后勤的干部战士，忠于职守，默默奉献，千方百计，精打细算，为连队全面建设所付出的大量心血与突出贡献。

上篇 七十年代初期的连队后勤工作

王爱忠

毛主席在 1966 年的"五七指示"中指出："军队应该是个大学校……除打仗以外，还可以做各种工作。学政治、学军事、学文化。又能从事农副业生产，又能创办一些中小工厂，生产自己需要的产品和与国家等价交换的产品。"为了响应主席的号召，全军各部队那时都开展了农副业和小工业生产。

我连是 1972 年 4 月接受挖煤任务的，有些战友已经撰文回顾了当年亲身经历的采煤生活，反映了干部战士不怕苦、不怕难，战天斗地夺高产的可贵精神面貌。我现就当时连队后勤保障工作做些回忆，如有差误，请战友们指正。

70 年代初，全国还处于"文革"之中，国民经济遭受严重损失，物资奇缺，部队的物资供应也受制于国民经济的困难局面，几年都没有明显改善。

连队采煤的地点是狼儿沟207师"五七煤矿",开始住在石料厂,一年后搬到煤矿厂部,和机务队住在一起,直到1974年3月底返回大同营区。部队开发煤矿的主要目的,是供应全师冬季烤火用煤以及平时生活用煤,算是给全师部队解决点福利。大同的煤价很低,记得那会儿大渣块10元1吨,混煤6元钱一吨。

当时大同驻军的伙食标准是每人每天4角7分,因为劳动强度大,每天每人额外补助1角钱,粮食定量每人每天1斤半。5角7分钱的伙食费,要采买1斤半的粮食,还有包括油盐调料和蔬菜肉食等副食开支,说实话是不多的、不够的。粮食供应还是按品种和比例拨付的,小米占百分之三十五,大米占百分之三十五,面粉占百分之三十,如果使用时比例失调,伙食就不好安排了。小米是国家储存粮,据说粮库五年一轮倒,存新吃旧,所以部队吃的都是陈粮,没有一点黏性和香气,供应的大米也是陈粮,吃着有种木质的感觉。

大同地区气候偏冷,农作物生长期短,品种单调,产量不高,自己种菜收获也很少,解决的办法是种植适合当地气候、土壤条件的胡萝卜和茴子白。为了调剂副食品种,改善连队生活,我们曾想方设法,去河北的保定和徐水调运过大白菜,去内蒙古集宁用小米换购土豆,这才保障了连队生活的基本需要。

连队后勤工作,主要是炊事工作,要尽量安排好伙食,保证同志们的身体健康,能精力充沛地完成采煤任务。在采煤的日子里,连队伙食费执行干部灶标准,每人每天多拨1角钱。另外,连队早期在晋南搞农业生产,每人每天有3两稻谷的补助,我们在田埂渠边种了不少黄豆,收获的黄豆是不用上交的,全部留给连队。我连挖煤时,工兵营正在洪洞屯里农场种植水稻,每年师里都会分来部分稻米。所以,当年连队结存的大米有不少,不仅够在食堂吃,我记得战士探家时每人都能带上十几斤,也算是一点福利。

采煤工作对后勤的要求很高,因为煤矿生产采用三班倒,打破了固有的作息制度,无法按部就班。一天下来,有人还在上班,有人吃了早饭，该去挖煤了，而夜班的同志还在睡觉；等夜班的同志起床吃了饭，又该给井下的同志送饭了。炊事班的战友确实很忙，但工作热情很高，干劲十足。

连队坚持自己养猪，平常存栏 20 多头，能保证一个月宰杀 1 头，以改善大家的生活。在挖煤那两年里，我们自己发制了很多豆芽菜，把连队多年结余的黄豆都补贴进去了。

总之，在那个物资紧缺的困难年代，依靠上级领导的关心帮助，依靠连队干部党员的模范带头作用，依靠全连同志的共同奋斗，我连的各项工作都取得了可喜的成绩，当中自然也包含了连队后勤人员所做的重要贡献。

下篇　　我对连队后勤保障工作的回忆

侯万俊

前篇王爱忠老司务长就如何做好连队后勤保障工作做了较为全面的回顾和总结，内容丰富具体，翔实生动，我为爱忠老领导点赞！我谨就本人在连队后勤工作的经历及感受补充一二。

我于 1974 年 12 月 28 号入伍，31 号晚上到达大同市南郊要庄师农场，进行为期 3 个月的新兵训练。我看到连队有养羊的（刘树杰、王敬墩），还有种粮的，种菜的，养猪的，觉得挺新鲜。

1976 年 5 月我担任了连队给养员（上士），1978 年 6 月任司务长。1976 年战士伙食费是每人每天 0.47 元（1977 年后增加到 0.53 元），粮食每人每月 45 斤，按粗粮 30%、细粮 70% 供给，凭军用粮票购粮。当时的面粉价格是每斤 0.18 元，大米按品质每斤分别为 0.21 元、0.19 元、0.17 元，小米每斤 0.135 元，玉米面每斤 0.11 元。战士伙食费 0.47 元减去买粮、油、豆的款项，剩下的就要购买副食品（包括蔬菜、调料、酱油、醋等），购买副食品须按人数分配肉票、鸡蛋票、糖票等指标。如果仅靠部队统一标准供给经费、粮油、副食品，要想保证连队官兵丰衣足食，尚有较大的缺口。为了改善全连干部战士的生活，我们做了以下工作：

一、连队利用课余时间和节假日组织干部战士进行农副业生产。我记得1976年至1977年间，连队在要庄农场种植玉米40亩，大豆20亩，油菜10亩，由副连长周忠玉分管该项工作。为了加强力量，连队先后抽调了思想好、爱劳动、实干精神强的张景香、王西强、张盼宗、马清河等同志到农场工作。在冬季，他们为了来年有个好收成，利用休息时间，不顾严寒去拾粪，共积肥10多立方，解决了当时田地缺肥的窘境。正是由于他们的辛勤劳动和付出，每年约收玉米20000斤，大豆3000斤，菜籽600多斤。玉米作为连队养猪饲料，大豆供连队小作坊加工豆腐（豆腐渣喂猪），并发些豆芽菜，菜籽用于榨油。

二、自建永久式菜窖1个、猪舍20个。在施工过程中，我目睹了连长李明卷起裤腿，撸起袖子，以身作则，吃苦在前，战斗在第一线的情景。猪舍建好了，猪饲料问题也解决了，具备了养猪条件，连队在选拔饲养员时，注重让那些爱岗敬业、能吃苦、肯钻研的同志去担任，我记得先后有王锁柱、尚万成、赵只祥、任超、牟乃强等同志，他们都为连队建设作出了贡献。通常连队每年养猪50—60头（自繁自养），多的时候能有70—80头。每年冬季，当猪长到300多斤时，一次就宰杀2—3头，把肉冻起来方便食用；逢年过节也要杀头猪，让全连指战员都能吃上自产的鲜猪肉。

三、为了使蔬菜供应淡季不淡，我们连建起了塑料大棚，种植了许多蔬菜，主要有青椒、黄瓜、西红柿等。我印象深刻的是，1977年连队安排1976年入伍的米拴道同志管理大棚，他责任心非常强，不辞辛苦，精心劳作，即便在盛夏，也忍着酷热，终日忙碌在大棚里，在他的精心培育下，大棚里的蔬菜喜获丰收，在地处寒区的大同，能让战士们吃上又鲜又嫩的青椒黄瓜西红柿，真的是很不容易的事情，战友们吃在嘴里，笑在脸上，甜在心里。

四、我们在洪洞种水稻期间，因地制宜，利用当地的水网稻田，养了不少鸭子（养鸭人赵占平、田春宁），使连队的餐桌上总有白里透红香喷喷的咸鸭蛋，锦上添花……

五、连队伙食搞得好，炊事人员起着重要作用。我在连队期间，先后担任过炊事班长的战友有安亮臣、王彦彬、陈清普、贾卫平、刘方林、刘学平、蒋经文等同志。他们的炊事技术好，服务意识、节约意识、保障意识强，讲究营养配餐，荤素搭配，颜色搭配，依照经委会制定的饭谱，做到了一星期饭菜不重样。炊事班的同志们为了让战士们吃饱吃好，粗粮细做（煎饼、钢丝面、二米饭），细粮巧做（包子、面条、水饺），好多时候是加班加点，哪位战友有个头疼脑热了，炊事班的同志会另起锅灶，单为生病的战友们做可口的病号饭。

当年我们连的伙食在师后勤大院也是一流的，账面的库存粮食节余近2万斤，伙食费节余1万多元。七八十年代国家还不富裕，物资匮乏，商品短缺，要做好供给，确实不易。在连队多数人为北方人，爱吃面食，为了搞好连队伙食，副连长孙智新和司务长王爱忠想方设法从石家庄市行唐县用小米兑换面粉近2万斤，满足了大多数战士的生活习惯。有一次，食堂蒸馒头食用碱没了，军人服务社没指标（按连队人数分配用碱指标供应），到几个连队都没有借到，愁得我几个晚上都睡不着觉。后来我到大同市食品公司军供处，把负责批供食用碱的工作人员叫出来，拉了拉背场（在没有别人的地方两人交谈），套了套近乎，并说明我是51084部队的，求助解决食用碱面，不然连队干部战士连馒头都吃不上了。我好言说明缘由后，他被我的诚意感动，竟批准供应了20斤碱面。我当时那个"高兴高兴是真高兴"，一生难忘！

当时连队虽然有各种车辆19台，但油料紧缺，多数时候都封存着，生活用车需要到后勤部运输科批派车单，如拉大米、面粉、烤火煤、生活用煤等。平时连队采购猪肉、蔬菜、副食品，加工面条、钢丝面、煎饼等，我都是用手推车或骑自行车，寒来暑往，风雨无阻。那时食品加工房全在大同市北大街，路途较远，回营房时既载重又上坡，每次我都是汗流浃背，就在路边喝上几口浇地抽出的井水解渴。那时候最快乐的事，就是今天又顺利完成了加工钢丝面、面条、煎饼及采购副食品的任务，最受益的就是从体力、耐力到毅力又一次得到锻炼。

在换发干部战士的服装鞋袜被褥时，为了使每一位战友鞋穿得合脚，衣服穿得合体，经常由于号码不全，需要往返军需库多趟才能如愿以偿。最令我难忘的还有越冬储备，那是我们后勤最忙的时节：

一是储备烤火煤。防化连人员编制最多时是154人，师里分配每人取暖煤1.5吨，全连就是231吨（6元/吨）。每次拉煤都由连队干部带车，一干就是好几天。当时装卸全靠人工，一天忙下来，战友们的军衣上满是汗水和煤粉，可真是：越冬时节储煤忙，煤粉随着汗水淌，装车卸车抢着干，不怕苦累不怕脏。

二是储存越冬蔬菜。大同地区冬季能够储存的蔬菜有大白菜、圆白菜、土豆、红萝卜和白萝卜。大白菜圆白菜采购价每斤0.01至0.03元，产地河北、山东、山西；土豆采购价每斤0.02至0.04元，产地内蒙。我连每年都要采购白菜3万—4万斤，土豆1万—2万斤，红萝卜白萝卜0.5万—1万斤。采购的蔬菜全部入窖，派专人负责管理（管理人于德富、米拴道等）。这样，可以保障冬天战士们也能吃到蔬菜。炊事班同志还腌制些大蒜、胡萝卜、白萝卜，小作坊做的豆腐，自己生发的豆芽等，较好地解决了冬季吃菜的问题。

连队伙食管理，充分发扬民主，每星期六召开一次经委会，经委会成员带着全连干部战士对伙食上的建议，以及上周伙食存在问题，依据连队伙食费情况，研究制定下周食谱。

对伙食费收入支出，实施民主管理和监督，每天连里有一个战士帮厨（通常由各班副班长轮值），主要职责是：监督验收连队主、副食的购进，入库情况，并在发票上签字；协助炊事班整理食堂卫生，督促炊事班按食谱做好饭菜，按时开饭。

连队伙食账目公开，每月由司务长向全连干部战士公布伙食账目一次，公布当月伙食费的收入、支出、节余以及累计盈亏情况，让全连干部战士对自己的家底明明白白。

节假日，连队干部战士会主动帮厨，到炊事班帮炊事员择菜搞卫生，体现了连队干部战士对我们后勤工作的支持、理解和重视，增强了干部战士与我们后勤人员感情，也是给予我们后勤人员最好的褒奖。

我们连的后勤保障工作，在干部战士的共同努力下，做得有声有色，如同芝麻开花节节高，较好地保障了连队训练、生产、国防施工等各项任务的完成。我们这些后勤人员，也可以骄傲地说，在部队得到了历炼，增长了才干，也作出了奉献。

在我担任给养员时，我虽身体弱小，但能吃苦、敢吃苦，我扛起200斤大米能跑，扛起350斤面粉（7袋）就走，身上总有一股使不完的劲儿，这都得益于连队干部吃苦在前的模范行为时刻在激励着我。在部队我能入党、提干，得益于连队干部的言传身教和政治上的启蒙教育；得益于老司务长王爱忠对我的传帮带，他对工作认真负责，连队账表做得好，后勤管理严格细致，他严谨的工作作风时刻在鞭策着我；得益于战友们对我工作上的支持，政治上的帮助，生活上的体贴，使我倍受鼓舞。我后来转业到地方，能由职工一步步做到公司经理兼书记，得益于人民军队对我的长期教育和培养，使我增长了才干，为胜任工作奠定了基础。军旅生涯，是我永远的怀念！

抚今追昔，感慨万千；刻骨铭心，回味无穷……

作者简介： 王爱忠，见《回忆煤矿生产的经历》。

侯万俊，1954年8月出生，河北邯郸临漳县人，中共党员，1974

年12月入伍，任防化连2排4班战士，1975年6月任连部通信员兼司号员，1976年5月任连队给养员，1978年6月任司务长，1982年10月任副指导员，1984年11月任指导员，1986年12月退出现役，转业到地方工作。

我当校外辅导员

靳树长

1973年1月（当时我连在大同狼儿沟"五七煤矿"挖煤）我光荣地加入了中国共产党，成为一名正式党员；2月，我又从1排3班调入连部接冯民主的班，任军械员兼文书。这两件事使我无比高兴、光荣和自豪，但高兴之余又有些忐忑，原因是自己身上的担子重了，现在是连部卫生员、通信员3个人的班长，直接在连首长领导下工作，面对全连各班排和有关上级机关（矿部、后勤部、防化科、军械科、直工科、军务科等），首先是觉得自己文化底子薄，工作能力不强，怕做不好工作，对不起连首长的信任。

连部工作比较繁杂，与在班排挖煤时的工作性质、特点完全不一样，需要充分发挥自己的主观能动性。我便积极投入到工作中去，各班排生产任务、学习、评比等情况的统计、总结、上报，连队枪支弹药的保管，军事实力（人员、装备）每月去师军务科上报，全连挖煤劳保用品的请领、发放、修补，夜间站岗等。

3月中旬，连长姚立成、指导员段宗学二人向我宣布："经研究，由你担任大同矿务局机关小学校的校外辅导员。"面对突如其来的任务，我思考片刻，即向二位首长表态：一定圆满完成任务。我知道，这是自己正常工作任务之外的一项特殊任务。当时战斗班排挖煤任务重，抽我去完成这项任务，这首先是对我的信任，也是对我这新党员的考验，我下决心做好这项工作。

3月21日下午，我军容严整，精神饱满地到了距连队煤矿驻地约3里地的矿务局机关小学校，受到了热烈的欢迎。在欢迎会上，矿务局机关团委的张领导为我颁发了"校外辅导员"聘书，还赠送我一个笔记本，红小兵为我佩戴了鲜艳的红领巾，学校负责红小兵工作的杜老师作了欢迎讲话。我向到会的团委领导和师生们表示，一定不辜负机关团委、学校和连队首长的期望，以雷锋同志为榜样，积极参与学校红小兵活动，与老师一道帮助学生树立革命理想，培养学生良好的生活兴趣和品格，为造就社会主义事业接班人贡献自己的绵薄力量。

会后，学校负责人具体向我明确了任务，重点参与四年级 26 班和红小兵第六中队（六中队包括三年级 36、37、38 班，四年级 25、26 班的各小队）的活动，一般在每周六下午进行。我接着又熟悉了各班老师和 26 班班干部（班长兼红小兵大队长陈建马，副班长周林、李启龙兼红小兵小队长，6 个小组的组长），了解了有关情况，我的校外辅导员工作就这样拉开了序幕。

◎聘请书。（由靳树长提供）

随后，我通过参与学校活动，逐渐了解和丰富了六中队学雷锋活动内容，学校已制定"学生纪律十条"，建立了学雷锋园地（专栏）、好人好事登记簿、工具箱、节约箱，普遍学习了雷锋日记和事迹，涌现了不少的好人好事。38 班罗富同学用废铁皮做了两个簸箕给教室和办公室用，并与李要同学利用放学后的时间铺好教室门前地面；37 班华长益、范林、双木同学带领红小兵和其他同学利用课余时间刷墙；36 班崔赵臣同学拾了 1 元钱交给老师；25 班李联丰带领几个同学，到废煤堆中捡了 50 余斤煤渣，马树君带领几个同学捡了 85 斤废铁，次萍同学在手伤缝 9 针未好的情况下，仍坚持劳动、翻地；26 班李文利、周林同学利用星期天时间铺教室地面，陈建马带几个男同学修理黑板（抹平、涂漆），米建平同学带病坚持上课、劳动、布置教室。

我也了解到同学们中存在的不足，如有的同学对学雷锋的认识还不高，学习不认真，作业有时马虎，误了课不主动补课，课堂纪律有时松弛等等。针对红小兵学雷锋的情况，经与老师们商量，于 4 月 28 日（周六）召开红小兵大会（共有 5 个班学生参加），由杜老师对前段红小兵工作进行总结讲评，表扬了表现突出的队员，提出了以后的要求。之后，我在会上向同学们讲了三个问题：一是继续学习雷锋同志的先进事迹，深刻理解毛主席发出"向雷锋同志学习"伟大号召的意义；二是进一步明确雷锋同志成长的原因，激发为革命读书的自觉性；三是以雷锋同志先进思想和事迹为行动尺子，做一个让毛主席放心的红小兵。各红小兵小队又逐步建立了互帮互学小组、拾金不昧登记簿、每周互学小组向班长汇报等活动内容和制度，丰富了学雷锋活动内容。

做好校外辅导员工作的前提，是经常了解掌握各班学生、红小兵的思想、学习和开展学雷锋活动的情况。我做到了每个月或学期初、学期中与老师一起召开学生座谈会，先由各班长或红小兵小队汇报本班队情况，我再归纳总结，表扬好人好事和活动开展好的班队，提出今后应该加强和改进的意见。这样就使校外辅导工作走向正常，向着好的方向发展，表现突出的提出表扬，上"学雷锋专栏"，表现差的或带普遍性的问题再采取针对性的措施，或为学生上专题课，或组织结成帮扶对子，或单独谈话重点做思想工作，收到了好的效果。

在学校，经常给同学们进行专题讲课，以提高同学们对学习的认识，对遵守纪律的认识，对又红又专的认识，对学雷锋的认识，对英雄的认识，做社会主义事业接班人的认识。在红小兵活动日，我曾给不同的班级学生上过《怎样做一个社会主义新时代雷锋式的好学生》

《如何像雷锋叔叔那样遵守革命纪律》《从小立下革命志，长大才能当英雄》《战斗英雄故事》（雷锋、黄继光、邱少云等）、《雷锋的少年时代》《发扬钉子精神，为革命而学》等课，使同学们受到了很好的启发教育，较好解决了"读书做官""读书无用"等思想问题。

讲课需要备课，一般在上一周与老师们商定讲课内容，我回到连队（煤矿）找资料备课。先是做好连队文书的日常工作，利用闲时备课，一般白天时间少、工作杂乱，晚上就在连队的杂物库房备课，环境安静，心思也专一，一般在 11 点左右睡觉，不误第二天的工作，有时连着几个晚上备课。虽然牺牲了休息时间，但为了像雷锋同志那样做好一名校外辅导员，为了我们的下一代孩子茁壮成长，再苦再累也值得，我就这样坚持着，到红小兵活动日（星期六下午）之前，我都会把讲课稿子准备好，争取讲出最好的效果。

在校辅导期间，与老师一道开展了一些有意义的活动，增强了同学们集体主义、革命英雄主义观念。5 月 16 日，以我为主组织了一次红小兵爬山活动：设想当地民兵发现 3 个潜伏特务在前方山上，上级命令我们红小兵在今天上午进行围剿。三年级 3 个班在右、四年级两个班在左分两路向山上冲锋，途中遇敌机俯冲，红小兵卧倒隐蔽，敌机过后继续向前冲锋。当又发现敌机在山头空降时，我高喊"向山头冲啊！坚决把敌人消灭掉！"学生们按行动方案奋力爬山、冲锋、呐喊，看哪个班、哪个人先到山头。最终评出班第一名为 26 班，个人前三名为 25 班刘宝、26 班韩雪岗、贺开宇。这一活动，既锻炼了学生体质，又发扬了革命前辈勇敢战斗、不怕牺牲、不怕疲劳的战斗作风和顽强的革命意志。

为使同学们过一个既活跃又有意义的"六一"儿童节，我与四年级 26 班师生一同去云冈石窟参观，并在参观之后做了发言，我主要讲了儿童节的来历、新旧儿童生活学习状况对比，以及对同学们的希望，并一起合影留念。使同学们既参观学习了我国历史文化遗迹，又受到了一次忆苦思甜教育。8 月 19 日，还在暑假组织四年级 25、26

班的同学，到附近一个煤矿进行铲除杂草、清理垃圾的义务劳动，中间休息时，我还给同学们讲了雷锋的故事《人民的勤务员》一节，又与同学们过了一个有意义的假期。

在红小兵活动日，有时是以班队为单位自行组织，除各自活动外，还根据当时班里同学们的思想状况，与老师商量后提出一些题目，让大家讨论，比如"为什么要学习雷锋同志？""如何向雷锋同志学习？""读书到底有没有用？""我们为什么要上学学习？""我为革命做些什么？""当班干部吃亏吗？""如何当好班干部？""良好的学习成绩是怎样得来的？""我们如何珍惜今天的幸福生活？"等，这些问题的思考讨论，使同学们较好地解决了思想疑惑，分清了是非，增强了学习信心，全身心地投入到学雷锋和上课学习上来，起到了很好的作用。8 月份还评比了 11 名"三好学生"，在学生中树立了榜样，宣传了典型。

12 月 8 日，我参加了铁路分局党委和分局团委主持召开的"红小兵工作座谈会"，由市文教局王主任传达省红小兵会议精神，介绍了运城县抓红小兵工作的经验，分局团委马书记对搞好红小兵工作提出了意见和要求，局党委王书记作了指示。总体精神是：红小兵工作是党委关怀下一代的一项群众性工作，是团委的一项重要工作；要做到学校、家庭、社会三结合，建立校内外辅导组织，建好三支队伍：由教师组成的校内辅导队伍（红小兵中队要有一名老师负责），由工农兵参加的校外辅导队伍（校外辅导员），由红小兵干部组成的队伍（各学校设大队长、中队长、小队长）；要用马列主义、毛泽东思想占领校外阵地；党中央提出接班人的培养是全党的大事，加强红小兵工作是巩固无产阶级专政、培养无产阶级革命事业接班人的重大任务，要认识从小培养接班人的重要意义；辅导员要有高度的革命责任感，引导少年儿童前进。通过参加这次座谈会，使我更加增强了自己的责任感，为做好校外辅导员工作增加了动力。

在 1974 年 3 月 6 日毛主席发出"向雷锋同志学习"号召 11 周年

之际，我和李学敏老师（四年级 26 班班主任）共同组织了 26 班的纪念活动，在会上我作了重点发言，首先讲了毛主席发出号召的时代背景和重要意义；对去年以来全班向雷锋同志学习的情况作了总结，特别表扬了好人好事；提出了继续深入开展向雷锋同志学习的意见，号召掀起学习热潮，进一步明确了向雷锋同志学习的主要方面：学习他爱憎分明的无产阶级立场，学习他刻苦读书的钉子精神，学习他全心全意为人民服务的思想，学习他生活上低标准，工作上高标准的优良品德。纪念活动的举行，对于该班学生优良品质的塑造和革命理想的树立起到了积极的作用。

◎当校外辅导员结束时靳树长（第三排左五）与师生合影。（由靳树长提供）

在与校师生的接触中，老师们的敬业精神无不感染着我，特别是三年级 38 班班主任杜老师（负责红小兵六中队工作）、四年级 26 班班主任李学敏老师，她们对工作认真负责，兢兢业业，对学生耐心教学，细致入微；同学们活泼可爱，积极上进，助人为乐，无不使我受感动，更激发了我做好校外辅导员工作的自觉性。自己也时常对照反思自己，经常写这方面的日记，找工作上的差距，定今后努力的方向，不断地约束改造和鼓励自己。8月1日，我还单独向26班全体师生汇报了我3月份以来的工作、思想情况，讲了对师生的良好感觉和希望，与师生进一步拉近了感情。

一年来的校外辅导员工作，我以共产党员的标准要求自己，以雷锋同志为榜样，以毛主席青少年教育方面的指示为指引，协助学校老师积极开展工作，为培养学生成为无产阶级革命事业接班人贡献了力量；同时也与学校师生产生了纯洁的革命友谊和感情；锻炼提高了我思想和工作能力，也受到了师生们的爱戴。

由于连队奉命要撤回卧虎湾营房，在我1974年3月底正式离开学校时，大同市矿务局机关团委还赠送了我一套马克思、恩格斯、列宁、毛主席著作选读本（共3册，我视为珍宝，在1977年，吴福余副指导员号召为连队图书室捐赠书籍时，我将其全部捐出），学校团支部和红小兵大队部还赠送了一个笔记本，并与26班的40名同学和学校10名老师合影留念，至今我珍藏于相册。

校外辅导员工作的圆满完成，为我们连队争了光，为我们"五七煤矿"争了光，为我们207师争了光，为我们中国人民解放军争了光，我感到很自豪和荣幸，得到矿领导和姚连长、段指导员的夸奖。

难忘的校外辅导员工作，难忘的大同矿务局机关小学的老师们，难忘的六中队红小兵们，难忘的26班同学们，时隔45年，我再向你们敬个礼！

作者简介：靳树长，见《回忆1989年"科带连演习"》。

生龙活虎　五彩缤纷
——回忆当年防化连的文体活动

何志刚

连队日常除了严格的管理和严格的训练外，还有活泼有趣的一面，那就是连队的文化体育活动，当兵第一年就给我留下了深刻的印象。那是 1976 年，我刚入伍，正赶上连队在营区内全训，迎接军区"科带连"防化演习现场会议的召开。不仅训练工作忙得热火朝天，而且连队的文体活动也开展得有声有色。回想起来，我感到有以下几个特点：

一、领导重视，干部带头，文体活动红红火火

连队党支部一班人把文化、体育活动作为重要的阵地来建设，重视文体活动的思想引导和娱乐健身作用。

连长李明、指导员鲁炳祥经常深入一线具体指导，了解情况，鼓舞士气，多次进行主旨演讲，为宣传教育把关定向，并在人力、物力和财力上给予大力支持。

分管领导，副指导员吴福余同志更是高度负责，全身心投入，精心策划每一项活动，并组织实施，亲自教唱新歌，连队其他干部和骨干也都是指挥唱歌、组织拉歌的好手。在他们的带动下，连队朝气蓬勃！比如在去师部开会或看电影的路上，就歌声、口号声不断，整齐洪亮。在集会开始前的唱歌和拉歌活动中，更是士气高昂，不服输，敢于与人数多的独立营叫板，并常常取胜，进一步提升了连队的士气。

连队的干部也带头参与到文体活动中，比如二排长王桂珍参与文艺演出活动，四排长赵会军参与组织拔河比赛活动，一排长牛明山等其他连队干部也多次进行辅导讲课，还可以看到周忠玉副连长经常与战友们下棋，杨广生化验员喜欢与战友们打乒乓球……

当时，连队建设了一个非常漂亮的、功能比较齐全的俱乐部，有不少文体器材，比如扬琴、二胡、锣鼓箱、手风琴、乒乓球桌、黑板、篮排球和许多图书资料等。在当年，这算是条件比较好的了。俱乐部是连队文体活动的大本营，深受战友们喜爱，大家也都愿意为俱乐部的建设添砖加瓦，例如在响应连队号召捐书活动中，三排长靳树长将在担任校外辅导员时获赠的一套马恩列和毛主席著作选读捐给了俱乐部，丰富了连队的图书资料。

所有这些，都为丰富连队文体活动打下良好的基础。

二、扬长选材，固基纳新，挖掘培养特色人才

各排都有自己的文体特长，当时的情况是一二排在文艺宣传方面比较强，而三四排比较侧重于体育锻炼。连队也是注重选拔有特长的战士发挥其特长，调动其积极性。

在文艺宣传方面，连队组织了文艺演唱队，由十来个同志组成，都是多面手，其中比较突出的是演出组长郑书堂和贾卫平，山东快书演唱者张继贵，二胡演奏者新兵张宝川等，他们是文艺表演队的台柱子。由于原来在学校有过演出经历，我和张月平作为新兵也被吸收进来。演出队的排练非常认真，如合唱时要站"丁"字步，必须唱准奏准每个音符等。在人才培养方面也很用心。例如，培养杨润福同志拉手风琴，培养我和张月平同志编写并表演对口词及对口快板，我们的作品后来有幸在直属队的大舞台上进行了表演。此外连队还培养了于俊海、王泽荣和孟庆敏等同志出黑板报，做好宣传。

在体育方面，连里经常组织篮球、乒乓球、象棋、军棋和拔河等

比赛活动，尤其是拔河，作为一项集体比赛项目更加受到重视。一到重要节假日，各排之间都要进行拔河比赛。不过要到兄弟部队或到师部宣传科去借大绳进行比赛。通过这些比赛，锻炼了队伍，增强了战友们的凝聚力，也提高了连队拔河的技能和指挥技巧。连队的拔河比赛三、四排赢得多些。

三、自编自导，主题鲜明，紧扣中心寓教于乐

在文艺宣传方面，当时文艺演唱队的节目并不多，主要有三句半、配乐小合唱、快板、山东快书、器乐独奏等形式，但传承性好，趣味性高，可操作性强。最主要的是取材于战士之间，紧紧联系连队主要工作的实际，针对性特别强。在形式上，三句半侧重于对形势的宣传引导；配乐小合唱侧重于对连队的好人好事进行宣扬，很好地发挥了寓教于乐作用。其中，《咱们连队的新人新事多》的旋律和内容至今让我印象深刻。

黑板报效果快捷，影响力也很大，吴副指导员对此也很重视，多次亲自督促于俊海、王泽荣和孟庆敏等同志及时办报展出，对连队的思想教育工作起到了积极的作用。1977年初，北京籍的战友入伍后，我连的黑板报宣传更上一层楼，赵京慧等同志创作的黑板报精品令我记忆犹新。

在饭堂就餐时，战友们朗读自己精心写作的稿件，也是一道风景。大家汇报自己的思想，表扬身边的好人好事，介绍训练体会，进行挑战、应战等，成为全连同志自我教育的良好场所。

在体育锻炼方面，结合上级的达标考核，利用业余时间，全连广泛开展了投掷沙包、立定跳远、投弹和跳木马、单双杠练习等活动，促进了全连同志身体素质的提高和达标任务的完成。

四、底蕴雄厚，亮点突出，文体工作硕果累累

经过长期的积累，连队储备了各方面的人才和实力，进入收获期。1976年年底，直属队组织了多项文体比赛，我们连都取得了好成绩。

在文艺方面，在直属队进行的拉歌和歌咏比赛的过程中，连队全面动员，认真备战，充分发挥各方面的力量。比如学唱比赛歌曲时，发挥杨润福手风琴在音准和节奏上的优势，反复训练，狠下功夫，全连士气高昂，终于在比赛中技压群雄，拔得头筹。获得的奖品是一个崭新的锣鼓箱，为我们文艺演唱队增添了新的"武器"。

在体育方面，在直属队进行的拔河比赛过程中，连队知人善任，选择经验丰富、嗓门洪亮的四排长赵会军为指挥，同时从全连挑选20余名大力士（如徐庆军、张宝川等）组成了拔河队，在指挥的带领下苦练加巧练，例如组织陪练队练，对着大树练，针对比赛时间练等。终于在残酷的淘汰赛中，过五关斩六将，最终取得师直属队第一名的好成绩。靳万起师长等首长还与我连全体拔河队员握手表示祝贺。冠军奖品是一条崭新的拔河大绳等，全连同志喜出望外，众人扛着奖品回连队时，一路上是那样的兴奋和自豪！从此，我们连结束了拔河比赛借大绳的历史。

这是我对1976年到1977年防化连文体活动的一些回忆和感受，写出来与同志们分享。

作者简介：何志刚，中共党员，1976年3月入伍，1978年7月入党，入伍后被分配到防化连1排3班，历任战士、班长。

军旅生活撷英

赵京慧

1977 年 1 月 4 日，我从永定门火车站登上北行的列车，踏入军营，成为一名光荣的解放军战士，从而开启了我 16 年的军旅生涯。

207 师防化连是我部队生活的第一站，历任战士、通讯员、文书，连首长的关怀和战友们的友谊让我刻骨铭心，至今难忘。

1979 年我参加全国高考，从连队走进大学校园，有幸成为一名穿军装的大学生，隶属太原军分区。毕业后，响应国家号召参加重点工程建设，来到戈壁滩上的酒泉发射场，成为一名空军军官。后来调入空军指挥学院任教官，1988 年任上尉讲师。军队"大熔炉"的艰苦磨炼和陆军 8 年、空军 8 年的特殊经历，给了我受益一生的宝贵财富。而我军人素质养成的关键期在防化连，红色传承、守纪律、讲规矩、吃苦耐劳、责任意识、职业精神，留下了永不磨灭的记忆。

一、老连长的军礼

结束新兵训练来到防化连，老连长李明训话前郑重刚劲的军礼，给我留下了深刻印象。英俊洒脱的老连长一直是我们新兵的楷模，我曾好长一段时间私下练习敬礼，努力培养自己的军人气质，尤其是军人的"精气神"。转业到地方很多年后，时常还有人问我"是否当过兵？"我想与这段经历有关。

合规合矩的军礼，让我学会了如何向对方贴切地表达敬意，身体端正，目视对方，就是一种尊重。军礼中习得的素质在后来的外事交往中让我受益良多。比如，在难以用语言沟通的情况下，我会用恰如其分的眼神、表情、身姿进行有效沟通。

严格的军姿训练，赋予了我镇静的性格和庄重的仪表。在隆礼场合或人前讲话的时候，人往往会紧张，如何保持稳重和自制力尤为重要。记得《礼记·曲礼》开篇讲"毋不敬，俨若思，安定辞"，意思是与人交往恭敬为要，外表端庄善思考，说话时态度安详，句句在理。向老连长学习军礼，使我对军人形象有更深理解，以此为基础，不断强化自信与自尊，注重提升人格魅力。

勇敢、顽强、坚韧不拔是连队生活赋予我们的突出性格。站岗放哨，漆黑的夜晚仍能保持警惕；"黄毛呼呼"的寒冬，照样外出执行任务；采石、挖砂、伐木、种稻、割麦，战士们相互友爱，辛苦并快乐着。

从连队传承的这些基本素质，助我不断成熟干练，在后来各种涉外复杂场合不乱方寸，保持冷静、克制和优雅，始终把中国人的"浩然正气"写在自己脸上。在"传播中国文化，讲好中国故事"的实践中作出了贡献。

我1991年转业后，在北京体育大学外事处负责国际交流工作。曾多次陪同张广德教授纵贯日本各地讲学，传播中国传统养生文化，取得巨大成功。我的两本译著被日本国立国会图书馆收藏。2006年被评为北京市"十五期间"教育外事工作先进个人。2007年前后多次赴挪威，斡旋于政府、商会、大学间，圆满完成了卑尔根孔子学院（CONFUCIUS INSTITUTE IN BERGEN）的筹建和管理工作，这是全国体育系统第一所孔子学院。

二、营房里的文化氛围

抗战时期毛泽东指出，"没有文化的军队是愚蠢的军队，而愚蠢的军队是不能战胜敌人的"。连队文化建设是作为文书的我，协助鲁炳祥指导员、吴福余副指导员等连首长做的重要工作内容，如宣传工作、墙报、黑板报、文字报道等，此外还有各种丰富多彩的文体活动，所以大家常说一个好文书等于半个指导员。

学习活动：马列、毛选的深入学习。任超的哲学心得引起师里关注，做过示范演讲，但他总是谦虚地称自己"笨鸟先飞"。他经常重复《金缕衣》的那段话"有花堪折直须折，莫待无花空折枝"，反映出那个时代青年人的蓬勃朝气。我们那一代人均怀着一颗朴素的赤子之心，尽忠报国，怀揣"长风破浪会有时，直挂云帆济沧海"的远大志向。

学雷锋活动见实效，连里有自己的活雷锋——保管员杨军。父亲给他做了一个鞋箱，装满了修鞋工具和材料，谁的鞋坏了免费修理，长年坚持，因此他荣立个人三等功。

再有，连队倡导写日记、写心得，甚至写家信，鸿雁传书；"学好数理化，走遍天下都不怕"，战士们对文化知识如饥似渴；武装泅渡学游泳，任超曾代表连队参加了北京军区武汉东湖的游泳训练。可见部队不仅是"熔炉"，还是一所大学校。

竞赛活动：深夜的紧急集合，战士们争先恐后；背上背包拉练；防空洞工程碎石拉砂比赛；车库门口设两根圆木，进出车辆过桥比赛；内务卫生比"豆腐块"。

我印象深刻的是一次穿防毒衣比赛，我想跟李明连长比速度，老班长郑书堂说"新兵，还想和连长比"！穿防毒衣的训练后来还真派上了用场。我调到空军指挥学院后曾代表空军参加了陆海空三军国防知识电视大赛，操作环节就有穿防毒衣的比赛，我稳获冠军。在五四式手枪拆装比赛环节我更是轻松地拿了第一，这是因为我在文书任上，同时兼军械员，我能闭着眼睛拆装五四式手枪，当时训练中我的装配速度能够达到28秒。带队领导很诧异："你居然能够打败陆军老大哥。"我骄傲地告诉他，我是陆军的"卧底"，帮了空军小弟一个忙。

歌咏比赛："我是一个兵""日落西山红霞飞，战士打靶把营归"

"革命军人个个要牢记，三大纪律八项注意"，熟悉的旋律和歌声，只要是连队集合就会此起彼伏。坐着马扎看电影时各单位的拉歌比赛，更呈现出激烈对决的场面。

当时的战士都是爱唱歌的，山西眉户、河北梆子、河南豫剧，记得司机班长吴振杰一高兴就唱将起来。休息时间营房里激荡着悠扬的旋律，口琴、笛子、战友们的小声吟唱、11班长杨润福的手风琴，仿佛余音绕梁……

诗歌朗诵：经历过"文革"的人，大家似乎都会作诗，毛主席诗词、长征组歌，几乎人人能背诵几段。我记得我最初的作文考试是用诗的形式完成的。防化连的诗歌达人非开钢莫属，情感丰富，逸兴遄飞，字字珠玑。1977年8月1日庆祝建军50周年集会，他在师部礼堂门外的台阶上，代表防化连朗读自己的诗作，听得我们心潮澎湃。

民俗活动：每逢正月十五元宵节前夕，大同市民家都喜欢在阳台挂出自己制作的花灯，五颜六色，照亮了塞北寒冷的冬夜。孙智新副连长带领我们前去取经，看谁家的花灯好看，就去敲谁家的门，无一例外都会受到热情接待。那时的军民关系真正是"军民鱼水情"。回到营房，连部负责制作了两个大花灯，全连列队参加了师部举行的正月十五元宵节活动，我和徐建钢担任挑灯任务。猜灯谜，看花灯，似乎有辛弃疾《元夕》描述的"东风夜放花千树，宝马雕车香满路"的情景。

还有，每逢春节、冬至炊事班包饺子，各班派人去帮厨。许多战士在紧张的战备训练之余，参观云冈石窟、大同市内华严寺，了解当地民俗文化等等，不一而足，极大地丰富了连队的业余生活。

三、穿着军装上大学

1979年改革开放正在突飞猛进，年轻人普遍憋足了一股劲，准备大干一场。全国高考更是炙手可热，能考上的人凤毛麟角，我居然通过了，成了那个时代的幸运儿。仔细想想，离不开防化连领导战友们的支持。当时连队调防洪洞县，文书要到大同师部报实力执行各种任务，出差很多。候车室内回荡着"人说山西好风光""红星闪闪放光彩"的旋律，至今记忆犹新。坐火车单程要七八个小时，车上人满为患，还经常晚点。但北行的列车越走人越少，可以抽出时间看书。文书经常写东西，写墙报、通讯，有了一定的日常积累，练就文字功底，对时事政治并不陌生，"熟能生巧"。高考之前，连里派我参加了军里组织的俄语训练班，至今还清晰地记得晨跑到坦克掩体里去背单词的情景。我还有参加师文艺创作班的底子，挑灯夜战搞创作等。感谢连里给了我锻炼的机会，自己也付出了汗水。

高考需经过层层选拔，连里推荐我和徐海卫、周京平3人到师里，与全师100多学员在大礼堂参加预选，竞争文理科共20个全国高考资格。两份试题直接贴在墙上，学员现场确定是考文科还是考理科。我选择了文科卷，获得文科第一，拿到准考证顺利过关，从而走进象牙塔，成为一名穿着军装的大学生。

我离开洪洞连队时，老连长周忠玉亲自驾着马车送我上火车站，一路上他话不多，总是眯起双眼和蔼开朗地笑。分别时刻，我向首长献上庄严的军礼，那一幕令我终生难以忘怀。

盛开的荷花映着夕阳的余晖，"古大槐树"渐渐远去……

岁月如梭，似白驹过隙。40多年后还时常忆起卧虎湾的营房。我后来曾经去过，也多次在Google上查看过防化连前后两排营房和司机班的车库。昔日龙腾虎跃的庭院，已是杂草丛生、破败不堪，多么令人沮丧，"逝者如斯夫！"感叹岁月无情。

然而细细一想，我又欣然释怀。207师防化连早已超脱了残垣断壁，定格在了塞北大同的那个伟大年代，升华为一种精神、一幅图腾，活在我们全国各地战友们的心中，连结成一片广袤的圣洁家园。

◎在山西大学与师生合影，前排左三为赵京慧。（由赵京慧提供）

作者简介：赵京慧，北京市人，1976年12月入伍，207师防化连战士、通讯员、文书。1983年山西大学日语专业本科毕业。1983年空军某试训基地军官。1988年空军指挥学院上尉讲师。2001年北京体育大学外事处副处长。2012年北京体育大学外语系书记兼副主任。2017年退休。

军中生活杂记

杨 军

退伍近 40 年，无时无刻不在怀念我的军营、我的战友，当年军中的往事仍历历在目。现杂记二三。

◎英姿勃发的作者。（由杨军提供）

一、带着理想参军入伍

1977 年 1 月初，18 岁的我穿上崭新的绿军装，背着背包，离开家门早早来到海淀区人民武装部集结，奔向祖国的前方，履行保卫祖国的光荣任务。

操场上送行的人头攒动，男男女女老老少少，鼓声、鞭炮声很是热闹，我辞别了送行的父母，与其他新兵一起从北京永定门登上火车出发，在火车上我想，到部队后，我一定要向雷锋同志学习，努力成为一名合格的人民解放军战士。傍晚时分，我们在大同站下车后，换乘解放卡车，来到卧虎湾 69 军 207 师后勤大院新兵连，开始 3 个月新兵训练。

3 个月中，我发扬吃苦耐劳、顽强拼搏的精神，刻苦训练，高标准严要求，使我这名新战士在政治思想、军事技术、作风纪律和心理素质上，完成由社会青年向合格战士的转变。

张进欣是我的新兵连排长，他紧密结合新兵特点，牢牢把握新训规律，周密计划，严密组织，科学施训；和吕平运班长等其他新训骨干潜心研究，耐心细致，让新战士自觉校正入伍动机，端正思想态度，努力吃苦耐劳，全面提高素质。通过共同努力，我圆满地完成了新训任务，终于成为防化连的一名新成员。一同分到防化连的，还有我在京工附中的同学任超、李荣生、王庆民、开钢，以及来自北京的赵京慧、刘春生、赵晓欣、王立、田春宁、钱元庆等，大家在连队互相关心帮助、互相学习促进，患难与共，亲如手足，这种真挚的战友情谊一直保持至今。

我入伍前，在中学就利用业余时间为同学们修补鞋子，经多年历练，有着不错的手艺。下连队后，看到部队训练特别费鞋，而那时配发的鞋子根本不够穿，我就请家人寄来了家里的修鞋工具，利用业余时间帮战友们修鞋，这一干就是几年，贯穿于我全部的军旅生活。因此，我在 1977 年被师政治部评为学雷锋积极分子，后来还荣立了三等功。

二、煤矿救火立新功

新兵训练结束后，我被分配到 3 排 9 班，排长靳树长，班长张彦贵。3 排是洗消排，9 班是喷洒班，我担任洗消员。面对又苦又累的洗消，虽然从城市入伍，我并没有惧怕，训练起来向那些吃苦耐劳的战友看齐，不怕流血流汗，较快掌握了洗消员的操作技术。

7 月的北方大部分地区烈日炎炎，而大同却是风和日丽，营区没有蚊子，苍蝇也很少，夏季部队不发蚊帐，白日穿着的确良长衣长裤也不觉得热。但穿上防毒衣的滋味可不一样，几分钟就让你全身湿透，甚至防毒衣内可以倒出水来。而冬日防化服瘦小又不能穿大头鞋、棉衣棉裤训练，寒冷的大同一年两季风，一季刮 6 个月，会让你瑟瑟发抖，训练也只能穿少穿薄，否则，则无法完成防化防护。

记得是 1978 年七八月的一天，我们正在野外训练，刚开始训练，通讯员突然赶来，向排长传达了师部的战斗命令。我们听说有战斗任务，心里很是亢奋和激动。

受领任务后，我排两台洗消车马上将展开的训练停下来，并没有返回连队，而是开拔直奔任务地点——师五七煤矿。

到达煤矿后我们得知，由于不在取暖期，用煤量下降，产煤无法运出，只能露天堆放，夏季高温，底层煤温高，从下部着火，发生隐燃。我们的任务是将洗消车当救火车用，在自燃现场灭火。我们两台喷洒车到达现场，立即对隐燃的煤堆进行喷水灭火。面对不知燃烧了多久的煤堆，水喷过去就是一股烟尘和水雾，烤得让人透不过气来，可是每个人都没有退缩，而是越战越勇，四人一车组，人歇车不歇，班长张彦贵带领我和林洪山（山东平阴人）、贾红继（山西人）两台车连续干了三天三夜，终于将隐燃的煤火扑灭，这是我入伍后通过训练，掌握洗消车功能而圆满完成的第一次战斗任务。

三、父亲是我报效祖国的榜样

1979 年，我到防化科担任库房保管员，同年，我连受命移居山西洪洞师农场执行生产任务，我和刘树杰（河北邯郸人）、陈尚平（河北威县人）、钱元庆（北京人）留守大同营房。

2 月 17 日对越自卫反击战打响，全军做好备战准备，207 师的任务是迟滞、阻击某国军队可能对我国的入侵，为友军争取时间进行反击。我作为师防化科保管员，也开始忙碌起来，为全师三个团发放防护器材，每人一副防毒面具，对侦察、观测器材等用品装箱打包随时同部队出发。这时我接到父亲的来信，大意是"在国家最需要你的时候不许复员回家"。

我在家里是独子，大战在即，父亲肯定会为我的安全担心，但军人的使命就是保卫国家和人民的安全，要求我即使部队让复员都坚决不能回家。我敬佩我的父亲作为一名抗战老干部对自己的严格要求，对自己的儿子同样寄予报效国家的厚望，在国家最需要的时候，就应该勇于抛头颅洒热血，上前线履行军人的职责。

父亲的鼓励，坚定了我在部队好好干下去的决心和信心。父亲后来曾经出差路过大同，来到连队看望我和战友，他用相机为战友们拍了不少照片，本书中许多关于洗消排的照片，都是父亲的杰作。

◎作者与来队的父亲留下这张合影。（由杨军提供）

四、苦乐皆在训练中

我作为一个超期服役的老兵，1980年被任命为1排1班班长，1排是观测排，排长刘贵金（河北邯郸人）。观测班的任务，是通过核爆炸观测仪，观测核爆炸的火球（初期烟云）中心方向角和高低角；尘柱中心轴线方向角。主要用于确定核爆炸当量的爆心投影点、爆炸高度、烟云上升的高度、烟云飘移的大致方向；并能进行定点、定位、测距观测。

我的搭档副班长白金生（河北阜平人）是个技术能手，架设观测仪，穿戴防护衣样样第一，我没经过观测业务的系统训练，技艺不精，在军事训练中主要依靠金生副班长。

观测兵的训练要有开阔的视野，以发挥观测仪的作用，一般我们都要到营房外去训练，找树木、电线杆等做参照物，一分钟架好器材找三个点算达标。

副班长对训练的要求是严格的，战士们也是认真的。在他的带领下，新兵的观测技能提高很快，这也让我极为省心。其实在艰苦的训练中，也有乐趣的一面。

◎1980年观测班合影。（由杨军提供）

一天，训练时白金生架设观测仪找假设目标，突然大声报告：报告班长，前方发现情况。我当时一震，心想能有什么情况，赶紧跑过去观看，对着锁定的目标，通过观测仪看到远方树林中有一对男女青年正依偎在一起，原来是这样，我也不禁笑了起来。副班长的大声报告，引起了全班战士的好奇，聚拢过来，都要一看究竟。看到如此景观，我想对于这些20岁左右的年轻战士，这个场景算不算是精神污染，我正当犹豫是否该把镜头移开时，战士们一哄而上，把我挤到了一边，随后，一声声尖叫不断响起……

现在想想，在长时间枯燥乏味训练中，遇有这样的小插曲，倒也是一种有意思的调节剂。

忆往昔峥嵘岁月，是我人生的重要转折点，我无愧于自己的青春年华，无愧于5年的军旅历练，退休后的闲暇生活，时常让我想起多年一起生活、训练、劳动、复员后再未谋面的战友，亲爱的战友，我很想念你们！

作者简介：杨军，北京海淀区人，1958 年 4 月生人，1976 年 12 月入伍，任防化连战士、防化科保管员、班长、1982 年 1 月退伍，中国兵器工业集团 210 所工作。

钢铁是这样炼成的

——忆我从军的岁月

周京平

2011 年 10 月 20 日，作为微创软件资深副总裁，我随中国金融信息技术创新联盟代表团出访美国，与克林顿前总统及中美各界人士就中美信息技术领域的合作进行了为期三天的交流，这是我继一年前随该团参观日本五大工业集团后的又一次重要技术访问和交流。两年两次的重要出访，恰逢我国信息技术的发展处于最为关键的时期：人工智能与大数据在智慧地球、智能制造、智能机器人等领域向世界一流国家奋起追赶的重要关头。我们走访了日本的日立、NEC、NTTDA-TA、富士通、三菱和美国的谷歌硅谷本部，两次出访所看到的是改革开放 30 多年后中国的日益崛起与仍然不断拉开的差距，作为信息技术领域的工作者，我深感其中危机之深重，强烈的责任感、使命感，逼迫我自己须臾不可松懈！

我投身于祖国科技事业近 40 年，从实验室走向传媒，从传媒走向全球供应链技术领域，从供应链管理走向智慧城市的建构，如今又从智慧城市的建构走向人工智能与大数据的应用，就像上满了发条，一路狂奔，始终精神饱满，马不停蹄地向前奔跑。这股力量，除了源自骨子里对科学认知的渴望，也成就于人民解放军这个大熔炉的淬炼。每当我静思当下的一切，思绪总能把我带到 40 年前的那段岁月——我的军旅生涯，这是把我从一个缺少恒力的青年，锻造成具有坚定意志和坚强执行力的钢铁战士，并受益终生的过程。

1978 年 10 月，刚刚经历了有 1160 万报名参加的史上最大规模高考失利后，从大邑县人民武装部传来了北京军区来蜀招兵的消息，像父亲一样当一名军人，一直是我儿时的梦想。在读中学时，就曾赖在成都军区驻邛崃某部的汽车连不肯回家，一心想着能成为解放军战士上战场冲锋陷阵。当我第一次看到前来招兵的赵会军排长时，对他一身戎装、威武英俊的形象，着实羡慕，"部队的军营离我这么近了，我一定拼力走进这个梦寐以求的革命熔炉，拿起枪，像父辈那样戍边卫国，实现我的梦想"。怀揣着这个梦想，我和我的同学一同走进了报名现场，经过了体检、政审、家访等程序，我终于被确定入伍。当我接到发给的军装，便迫不及待地由里到外全部穿在了身上，心里美滋滋的，"我是一名光荣的人民子弟兵了"，畅想着即将到来的部队生活该是多么美好啊！恨不得马上出发，前往塞北高原大同——我们的部队营地，由此开启一段全新的人生旅程。

在我即将准备告别父母和兄弟妹妹时，我去看望了一直关心我的夜大老师王宗鲁。王老师来自西安交通大学，刚刚调入中国计量科学研究院分院不久，兼任复修备考大学的研究院子弟的辅导老师。当他听说我已报名参军的消息时，十分惊讶，因为我当时正在准备1979年的高考，也准备让我回学校代课，由于当年的高考我仅差5分失利，经过他的分析，刚刚为我制定了一个复习计划，希望来年考上大学。

当时，刚刚经过了十年浩劫，百废待兴的中国召开了全国科学大会，全国人大常委会委员长叶剑英赋诗激励全国科学工作者："攻城不怕坚，攻书莫畏难，科学有险阻，苦战能过关。"全国上下掀起一股比学赶帮超的"学习文化、振兴科技"的热潮。就在充满希望的备考中，王老师突然听说我要参军，很是不解。我解释说，在我成长的过程中，我随父母为了战备，从北京来到了位于四川大邑、一个有着悠久文化历史的中国道教发源地——鹤鸣山（这里是中国计量科学研究院分院的实验基地），从未离开过父母的呵护，不知道独立生活可能会遇到的辛劳与快乐，没有经历过艰苦环境的磨炼，我不知道未知的世界会给我带来怎样的挑战，不知道我有什么力量去面对未知的挑战。

"我需要历练，让自己成为一个能够在任何环境下战胜自我、适应生存、展现价值的强者。"他听后表示非常理解，并鼓励我到部队后要在艰苦的环境中，有意识地磨炼自己的意志，强化体魄，为我国国防现代化尽一份力。为了能让我成为一名对国家和人民有用的人才，除了强化军事技能的同时，还告诫我时刻不能放松对中学文化课的复习，临别前，还专门为我准备了一套复习资料，打印了厚厚一套习题集，让我到部队后抽时间完成，然后再寄给他帮我修改。看到老师如此关怀，我强忍着眼泪，默默暗下决心，一定不能辜负他的希望。

带着父母的嘱托和老师们的期望，我和徐海卫、赵景革、苏斌等同学携手并肩跨入了军营，开始了我们充满了各种挑战、艰苦而又值得回味、终生永不后悔的军旅生涯。

一、脱胎换骨　合格一兵

从整理内务，叠被子，放置随身用品，到举手投足，接人待物，再到稍息立正，行走跑步，每一个反复训练看似枯燥乏味的动作，其质量好坏都衡量着一个人素质高低和能否成为一个合格的军人，"虽然你们今天穿上了军装，走进了军营，但是在你们正式佩戴上领章帽徽之前，还不是一名军人，必须在你们的班长带领下，经过严格的训练，达到考核标准后，才能成为一名正式的解放军战士"。新兵连连长靳树长站在全体新兵连战友队列前高声训话，我这时才意识到，我还不是一个真正的军人，如果不能通过新兵连的训练，仍有可能被退回原籍。好吧，得铆足劲拼了。

在漆黑的睡得朦朦胧胧的夜里，被反复拉上三次紧急集合，考验大家的不仅是要有睁着眼睛睡觉、随时能被唤醒的本领，还得具备摸黑打背包、携带随身物品、军容整齐和列队的应急反应能力，被称为新兵连最苦、也是最洋相百出的训练。当大家听到紧急集合号令跑到室外时，有的人衣服裤子穿反了，有的人背包散开了，有的人为了快速入列，把没有打好的被子抱着就跑出来了。此时，无论是排长班长，还是战士们，彼此都不会相互指责，而是通过开班会、谈心等活动互相帮助提高。从这个时候起，我开始体会到了部队大家庭的温暖和战友兄弟情义，直到40年后的重聚，仍然情深意切，甚至老泪纵横。

一个标准的立正姿势，是我们作为一个军人的基础训练，挺胸收腹、两目聚神、含颔平视、面目平静、两手中指垂于裤缝，无论严寒酷暑，还是风雪交加，一站就是半天。记得有一次，班长王庆民走到我的身后，用脚踹了我的后腿，呵斥我站姿不稳，差点让我跪在地下，当时我挺不服气，认为自己已经是班上训练素质最好的了，还遭此一脚。事后，他把我叫到营房后面的一块空地上，坐下来与我促膝谈心，告诉我怎样才能成为一个合格的军人，这不仅是要拥有一个良好的军姿，还要从内心去体会如何从挫折中寻找自信，不能满足于已经比别人拥有的优势，而是更加严格地要求自己，才能完成从一个普通百姓到军人的转变。这件事在我心里留下了深深的印记。从走路、跑步、摆臂、转体、敬礼到夜间出操，甚至是在塞北高原零下20摄氏度的操场集体看电影，这样一个个看似简单的行为和动作反复的训练，都需要付出常人难以想象的艰苦，还要常常遭遇冻伤的困扰，好在大同的煤炭真是世界一流，连报纸都能把它点燃，以前我从未见过，它把我们的营房烤得像夏日般温暖，穿着单衣就可以在屋内看书、交谈和休息。我们从一开始歪七扭八的队列、手脚一顺的齐步走、左右不分的转体、行进中的忙乱错步，甚至敬礼都能举起左手的差错，到三个月后能整齐划一地列队走过首长检阅台前，能呼着响亮的口号、唱着震天的军歌、迈着整齐的步伐向首长汇报我们的训练成果时，才明白什么是军队，才理解军人的战斗力是怎么形成的。

二、自卫反击　申请参战

1979 年 2 月，结束了新兵连的训练，连队为我们新兵颁发了领章帽徽，我们在班长的指导下，把领章缝在领子的两边，为了让帽徽在皮军帽上更加漂亮，我们还用蒸汽把皮毛均匀地蓬起，再把帽徽别上去，端正地戴在头上，在镜子面前仔细打量，还迫不及待地跑到大同照相馆，照了一张标准像，寄回老家给我的爸爸妈妈和我的老师，告诉他们，从这一天起，我就是一名真正的解放军战士了。

分配的那一天，我怀着非常忐忑的心情，等待着最终结果。在新兵连训练期间，我从赵排长那里得知，我的部队是中国人民解放军第69 军 207 师师直防化连，在现代战争中对原子和化学武器进行观测、侦察、洗消，担负着保卫国家领土完整和人民生命财产安全的神圣使命，倍感骄傲，非常渴望能分在这样的战斗班排。当我听到"周京平"时，心都快跳出来了，"4 排 13 班"的声音一落，顿时情绪一落千丈，这是防化连的喷火排，和防化专业完全无关，分到这个排，除了体魄强健、身手灵活的需求，完全没有技术含量，不符合我的理想，于是我跑到排长赵会军面前，用央求的语气要求调整到其他排去，等到的回答是"执行命令"！——这是一个军人最没有讨价还价余地的标准术语。就这样，我被分配到了喷火排，成为一名喷火兵战士。此时，正值对越自卫反击战的前夜。

1979 年 2 月 14 日，中央军委向全国公开下达了准备开始自卫还击作战的通知，全军部队进入一级战备的命令传达到全军官兵。我部位于大同市，是山西省第二大城市，中国九大古都之一，位于山西省北部大同盆地的中心、晋冀蒙三省区交界处、黄土高原东北边缘，实为全晋之屏障、北方之门户，且扼晋、冀、内蒙之咽喉要道，是历代兵家必争之地，有"北方锁钥"之称。对于刚刚结束新兵训练的我，听到越南侵犯我南方边界，部队又进入了一级战备状态，还听说我连有可能选调部分人员前往自卫反击作战前线，我就向排长申请到前线去，还写了请战书，同时也给我父母写了一封家书，告诉他们，如果你们的儿子在战场上牺牲了，请你们不要为我悲伤，您的儿子是为保卫我们祖国而献身，报效祖国，就是最好的孝道！

看到我的来信，母亲默默地流下了眼泪，我是她含辛茹苦拉扯大的第一个儿子，也是她的生命和希望，母亲是坚强的，并没有写信阻止我。我的父亲当年为了保家卫国，参加过抗美援朝的战争，也十分理解我的志愿。但是由于我部担任北部战备防御任务，就没有派往南部战区的名额，我参战的愿望没能如愿，只能把劲使在了随后的部队战备生产任务上了。

三、洪洞农场　经受磨炼

分到连队后，为了执行我师下达的军备生产任务，我们从塞外高原来到了位于山西省南部的临汾盆地北端的晋南要冲洪洞县，在这里从事农副业生产，同时进行间歇式的军事训练，正是在这里，给我的一生打下了不可磨灭的烙印。

初春的北方，乍暖还寒，在老同志的带领下，轰轰烈烈的春耕开始了。要在这个季节开始播种，耕地养地是第一步工作，我们不得不冒着严寒，开始套上牲口下田作业。为了抵御严寒，记得吴振杰班长带头下地，先喝一口酒，穿上防毒衣（也是在寒冷难耐的时候才这样），掌着犁把，跟着牲口跑，几圈下来便会满脸是泥，浑身颤栗。

我所在的13班，担负着育种和育秧的任务，班长马清河是我的第一任班长，他为人忠厚，做事认真，带兵耐心，敢于担当（后升任连指导员），在他的带领和帮助下，我真正开始了部队生活，让我受益匪浅。育秧是一个非常精细的工作，在中国水稻催芽的方法主要有蒸汽催芽、催芽机催芽、火炕催芽等。蒸汽催芽需要设备和燃料，技术关键较难把握，不便普及，如不及时管理，上下层种子受热不均匀，发芽长短不齐，就会影响秧苗质量。我们土法上马，采用蒸汽催芽法，先把种子倒进一个装满消毒液的大锅里，浸泡、加温、催芽，用这种的方法育苗，单浸种催芽一项工作就需要7—10天的时间，为了受热均匀，我们要昼夜不停地进行翻搅，等到破芽后，再播撒到芽床育苗。这流程一遍又一遍往复，我们很难得到充分休息，育秧篷的空气闷热潮湿，手也被药水泡得发白，尽管如此，我这个从城市参军入伍的"城市兵"顽强跟上了团队的脚步，保质保量地为连队300多亩水田提供了充足的秧苗。

接下来是更加艰苦的工作，为了满足庄家的生长，需要对土地施肥，我们要背着装满驴粪的麻袋，走到田间进行播撒，经过雨水浸泡后的麻袋背在身上，粪水会沿着肩膀往下流，军装都被染成了深浅不同的各种色块，显得破损不堪，很是心疼。不过等到看见秋收的累累硕果时，一切劳累都化作了喜悦。

近一年的田间地头生产劳作，让我这个身高1.78米，体重不足120斤的瘦弱之身，变成了健壮如牛的魁梧之躯，但由于长时间的弯腰作业和用手除草，腰背疼痛，手腕红肿几乎是我们连队战士的通病，为了能让大家坚持劳作，卫生员陈忠锋只能给大家注射封闭，以缓解疼痛，我们有时会抱怨洪洞这个地方除了不长庄稼，只会长草，因为除草是一件令人十分头痛的工作，我也不例外，我的腰和手腕，常常被拔草的劳作致使酸痛和红肿，也只能依靠注射封闭维持正常的工作。轻伤不下火线，为了完成任务，坚持到最后一刻，对我的意志品质得到了极大的提升。

每当我冒着寒风，带伤走上田间地头，看到宽阔的待耕田野，就心生畏惧，这得什么时候才是个头啊！那情景就像小说《钢铁是怎样炼成的》里面保尔·柯察金冒着风雪修铁路的场景，会浮现在我的脑海里。小说的主人公保尔·柯察金是一个倔强好胜的少年，在革命的浪潮中，他渐渐成长为一个坚强的共产主义战士。

他在战争中接受了一次又一次的考验，忍受着残疾和失明带来的巨大痛苦。在此过程中，他也曾动摇过，但经过激烈的思想斗争，他终于战胜了自己。这部小说对我价值观的形成产生了重要作用，他的名句"人最宝贵的东西是生命，生命对人来说只有一次，因此，人的一生应当这样度过：当一个人回首往事时，不因虚度年华而悔恨，也不因碌碌无为而羞愧，这样在他临死的时候，能够说，我把整个生命和全部精力都献给了人生最宝贵的事业——为人类的解放而奋斗"。我至今难忘，也一直激励着我不断奋进，永不止步。

◎艰苦的环境，快乐的年华，军农生产，放歌田野。（由周京平提供）

　　作为战友，我和班里的 11 位兄弟同吃同住同劳动，由于我的年龄最小（入伍时才满 17 岁），在所有的劳动和训练中，班里都对我给予特殊的照顾，让我倍感这个大家庭的温暖。但是为了追赶上他们的步伐，无论是在田间作业、锄地、运肥、薅秧和除草（在那个时代这些均靠手工作业），还是在喷火的训练场上，我都力争第一，两次获得连口头嘉奖。安排在这个集体里是新兵连排长赵会军对我的关照和爱护（他同时也是我所在 4 排的排长），这是我后来才领悟到的。

　　2018 年 5 月防化连战友相聚时，他特别告诉我："我就是希望把你们这些读书人百炼成钢，才把你分配到连队最艰苦的岗位！"

四、互帮互学 战友情深

徐海卫是我的校友，也是计量分院的子弟，我们一起应征入伍，新兵连分配时，他分派到了 2 排，后接替赵京慧成了连部的文书。1979 年 5 月，根据个人申请，连部推荐，赵京慧、徐海卫和我三人被批准赴师部参加高考预选，最终只有战友赵京慧以优异的成绩考取了山西大学外语系。他临行前，还鼓励我不要放弃，坚持下去一定会实现读大学的愿望。我和海卫则回到连队，继续我们的连队生活。自1978 年底来到部队以后，不管是在新兵连，还是在连队，每当熄灯号吹响战友们就寝以后，我便拿出手电筒，趴在床上开始看书做习题，直到深夜两点。部队拉到洪洞后，我便让我父亲寄来废旧的蓄电池，绑在一起结成 12 伏电压的电源，用小灯泡取光。每当熄灯后，我便翻身下床，悄悄地走进连队的饲养棚和我连著名的毛驴为伴，看书做题

◎农垦不忘战备，左一徐海卫，左二周京平。（由周京平提供）

直到深夜，然后再把做好的习题寄给远在四川大邑分院基地的王老师修改，每次收到他寄回的批改作业，都会非常珍惜地收藏起来。

后来某天夜里，我被查哨的连长周忠玉发现，并在第二天的连队集中时通报批评，只好终止了这样的生活。后来我在连队当通讯员时，周连长告诉我："每天的劳动和训练已经极大地透支了你的身体，不是我不鼓励你的学习热情，但这样你是走不远，会累垮的，当时必须阻止你这样的行为。"此后不久，连队为了响应总参谋部、总政治部、总后勤部联合通知，规定自1979年起，将科学文化教育列入部队教育训练内容，在连队设立文化教员，我被选为我连的专职文化教员，开始了正常的备课和教学工作，同时设立连队图书室，把李德义放在床下的连队书箱，扩充为图书阅览室，指导员吴福余非常重视连队的文化建设，特地为丰富战士们的文化素养，开了一个书单，派我回成都新华书店采购图书，供战友们借阅。当然，我也借此机会回了一趟家，向我的父母和老师、同学汇报了我在部队的生活状况。我母亲见到我时高兴地说："长高了、晒黑了、壮实了！"那时还引得正在成都科技大学就读的同学李雁飞好生羡慕："我要是能有当兵的经历就好了。"

为了让每一个文化程度有差异的战友提高文化知识，连队设立了小学、中学两个课程班，我和文书徐海卫一起，为战友们补习功课。记得第一次开课时，连队小学部列队走进教室，整队落座后，连长也在其中认真做着笔记，带头学习文化知识，连首长的大力支持，给了我极大的动力，认真上好每一节课。课上一小时，课下十年功。为了不断丰富自己的文化素养，我还在陕西省教育出版社定了一套中学数理化教学辅导材料，让我父亲帮我托人买到了当时非常炙手可热的"中学数理化自学丛书"，如饥似渴地阅读和练习，为尽可能把我掌握的知识都很好地传授给战友们，我还为不同文化程度和不同学习习惯的战友上小课，战友赵志红有时为了躲避学习，会找各种借口推脱，我就抽他空的时候粘着他，跟他讲未来社会发展的前景，讲文化知识的重要，让他产生学习兴趣。

吴福余指导员一次把我叫到连部，说"经连部领导讨论决定，把你调入连部任通讯员，以后，你不仅要做好教学的工作，还要做好与各个领导和班排干部的信息沟通，及时传达连首长发到班排的各项命令，无论在任何时候都要保障连长周忠玉的安全，照顾好他的生活"。从此我又多了一项工作，每天往返于东西两个营地和农场场部，这样也就有了更多的机会和"同学们"交流，有时陪着田春宁坐在田埂上，仰望着夜空畅谈理想，有时向军事业务尖子们讨教他们的经验，有一次和战友开钢探讨装备革新的设想，他让我领悟到，有了这些想法，还需系统的学习实践才可能变成现实。我很愿意听他讲军事训练和参加核试验的故事，讲他对人生的看法，可他却在1980年1月份复员回北京了，真的好想能和他多相处一些时间。我复员后，多年来一直寻找他的下落，始终不能如愿，直到40年后他利用特殊渠道找到了我们。久别重逢，仍感三观相合，亲如兄弟。

在我担任通讯员期间，一次连长接到上级的紧急命令，部队要在两天之内带上所有装备，返回大同营区，连长命令我立即通知指导员召开紧急会议，我骑上自行车迅速奔向指导员所在驻地，快到营房时，由于光线较黑，我连车带人掉进了路旁的水沟里，浑身是泥的从沟里爬上来，跑到指导员面前报告了连长的指示。指导员看到我这副模样很是吃惊，问我怎么回事，我说没有看清路掉在河沟里了，指导员心疼地让我赶快先穿上他的衣服，然后跑回连部换上自己的衣服，这时我才隐约意识到我的眼睛出问题了。

五、无奈复员　柳暗花明

部队返回大同后，我抽时间去了一次解放军322医院做了眼科检查，经过医生对我的症状询问和仪器检查，确诊为先天视网膜色素性，告诉我已经不适合部队生活了。当我接到这样的结论时，才开始回想从新兵连夜间跑操时掉队撞上路边的预制板、夜幕降临时和战友们沿着田埂返回驻地时常常踩空落入水田里，到和连长夜间查哨时把他撞开，那一幕幕由于眼睛问题造成的不便，意识到自己在部队的时间不多了，心情格外沉重。

回到连部后，我悄悄地把检查结果告诉了好友徐海卫，他在部队就像我的大哥，处处关照我、帮助我，听到这个消息他也很难过，和我商量要不要告诉连长。后来我们考虑到部队工作的特殊性，这件事不能瞒着组织，便向周连长把我的检查结果做了如实的汇报：这是一个家族遗传病，医生的意见是不再适应部队生活，而且40岁后，随着年龄的增长会有致盲的危险。

这时，我又想起了保尔·柯察金，我一定要像他那样为自己国家的富强，永不言败，坚强地、高质量地面对未来。于是，我把方向选在了无线电技术方向，用自己的津贴费，订阅了一本《无线电杂志》，买了大学一年级高等数学、大学英语、普通物理等教材，开始艰苦的自学。这些努力，为我复员后作为旁听生插班1980年级中央电大"电子工程"专业的学习和期末考试的成功，奠定了一定的基础。

1980年12月底，我获批在山西洪洞县的部队农场复员，离开了把我百炼成钢的地方，离开了我朝夕相处的战友，离开了关心爱护我的首长。在我临行前，副营长周忠玉（他已升任高炮营副营长）、连长靳树长、指导员吴福余、排长马清河（已接替赵会军升任4排排长）、司务长赵天明都嘱咐我，回到地方后，要保守军事秘密、发扬部队的优良传统，走好自己的人生，活出精彩的未来，为党和国家多做贡献。

我复员后分配到了我的出发地，位于四川大邑鹤鸣山中的中国计量科学研究院分院，当了一名工人，由于我入伍前的高考成绩符合当年中央电大的录取标准，单位破格允许我到电大班插班旁听，条件是每学期期末考试必须合格（旁听生没有补考资格），否则，不能正常毕业，必须回到工厂上班。

　　我想有在部队的艰苦历练，这个难不倒我。经过3年的刻苦学习，我终于修完全部课程，取得了毕业证书，如愿分配到了长度室，穿上白大褂走进了实验室，开启了我计算机技术应用的新征程。同时，在这个实验室，与同期分配来自于成都科技大学的精密计量仪器专业的陈小华相识相爱，结为伉俪，一同迈进了科学的殿堂。退役后，我的视网膜色素变性症得到有效控制，目前视力基本正常，只是有夜盲和视野变窄的情况，预后尚好。

　　我经历在部队时超强的体能训练、正规化的军事管理和艰苦的军备生产锻炼，在意志品质、甚至是形体上的严格塑形，不但铸就了我不怕困难、敢于挑战自我和极强的环境适应能力，也为我后来的人生道路铺垫了扎实的基础。比如在学习和工作中遇到困难时绝不认输，不断探究适时可用的方法论，以尽量科学的路径，解决我遇到的问题。在接人待物和日常生活中养成了军人的礼仪和身姿，所以常有人会问我：你是不是当过兵啊？从你的坐姿就能感觉到。古人云："不积跬步，无以至千里；不积小流，无以成江海。"在革命军队中的每一个动作的反复训练、每一次班长的悉心指导、每一堂军事理论课的学习考核，无不凝聚了军队这个大熔炉对我历练和习惯的养成。记得在我大二时，就为自己的人生做了20年的规划，按月按年制定阶段性目标，像在部队一样进行自我管理，对学习，乃至后来的科研和社会实践（包括经商）时，都能始终按照思之有规、行之有矩的习惯要求自己，一步一步地完成自己的人生梦想，并于2000年和2014分别在成都电子科技大学和上海大学完成了MBA研究生和艺术金融博士课程的学习；也为我国信息技术的现代化建设，如在国家电网、联想集团、华为和中国海关跨境电商为代表的电子商务平台的构建、上海市中小学的智慧教育平台的研究、上海世博会的信息化中央办事大厅的建设和广东汕头智慧城市系统上线运营，作出了应有的贡献。

　　为了我国在工业制造现代化的进程中，赶超世界先进强国，我还将保持和发扬军人本色，积极探索，不断创新，与广大科学工作者一道，为实现中华民族的伟大复兴继续奋斗！

作者简介：周京平，1961 年出生，四川大邑县人，1978 年 12 月入伍，历任防化连喷火排战士，文化教员，通信员，1981 年 1 月退伍，现任四川智捷天成科技有限公司董事长、重庆工商大学 MBA 兼职教授。

怀念战友
——追记 207 师防化连喷火排战士牟乃羊

徐海卫

我一直庆幸 1981 年元月的一天，能如愿在北京与牟乃羊有几个小时短暂的相聚。那是我与乃羊的最后一面。

记得很清楚，我一办完事就一路疾驰，风尘仆仆地赶到北京军区总医院。乃羊独自一人站在住院部走廊尽头一扇硕大的窗前，左手托着脸凝视着前方。当我从右侧十分清晰地见到乃羊满脸留念、向往未来的神情时，想着刚才军医说"脑部肿瘤、已非常严重，必须动手术"的诊断结果，心都碎了，那种痛苦的滋味难以言表。

我同乃羊的交往是从 1978 年底的一天开始的。那天下午我们新兵乘坐的闷罐列车到达陕西汉中车站暂停，我如厕后急忙从卫生间出来，刚走到门口，一个人闯进来狠狠将我撞倒在地。

"么得事，么得事。"

"什么么得事，搞清楚，是你把我撞倒了。"我非常愤怒地说。

"哦，对不起，对不起。"他赶紧把我扶起来，感觉他的手非常有劲。

我这才注意到，撞我的人是一起从四川大邑入伍的牟乃羊。看见他白净的脸上，此时一脸通红，歉意、不安、自责真切地表露无遗，我不知何因，一肚子的怒气瞬间就全部消失了。这一路上，我们解手方便是个大问题，他肯定是错过了时间，我忙说："么得事，快去解决问题吧。"我手扶着腰慢慢地向列车走去。在成都上火车的时候我就注意到了牟乃羊，他在我们这批入伍的士兵中个子较矮，身体单薄，不爱讲话，但看上去皮肤白白的，浓眉大眼，很清秀、很干净、很有灵气的样子，所以对他的印象较好。乃羊很快从卫生间出来，追上我并扶着我的手臂问："么得事吧？""么得事！"

中国语言文字内涵真丰富，我俩都会心地笑了。就这样，我们开始了难忘的战友情谊。

北京的冬晨，窗外一片宁静，一缕初升的阳光透过窗户洒在了乃羊的脸和身上，这时，一群欢快的鸽子响着鸽哨从天空中飞过。

"牟乃羊"，我忍不住叫了一声。

"你怎么也到北京了？"牟乃羊一下看见了我，十分惊喜。

乃羊的话让我想起一年多前一个星月满天的晚上，他值班站岗，我到军械库巡查。我俩站在部队营房的尽头，乃羊饶有兴致地教我找北斗星。"看见没有，勺尖那颗发亮的就是北斗星。"果然那晚的北斗星好亮，就像充满泪水的眼睛闪闪发光。"我好想去北京看看。"月光下乃羊那种十分期待又觉得遥不可及的表情给我留下了很深的印象。听得出乃羊这次尽管是因病来到了北京，他还是多么的高兴。当乃羊转过身，整个正面展现在我的面前时，我惊呆了，这才多久啊，乃羊一头乌黑的头发没了，眼睛深陷变得更清瘦了，外露的脸和手被疾病折磨得惨白惨白的，加上他穿着一身白色的病号服，与周围白色的墙壁仿佛融为一体，真让人受不了，那种难过、怜惜、不忍的心情交织在一起，让我一时难以平静。

"你是专门来看我的吗？"乃羊又问。

"当然是，我办完事，就专程过来看你的，大家都很想你。"

"我也想大家，连里怎样？"乃羊迫不及待地问。乃羊因头疼难受，万不得已离开连队已经快3个月了，对连里的事非常关心和好奇。

我告诉他，咱们防化连可是露脸了，1980年全连军农生产总产量创造了农场历史最高纪录，全面超额完成了上级下达的各项年度生产任务，二号地平均亩产超过1000斤。当听到他所在的4排也有稻田亩产超过千斤时，乃羊脸上的笑容就更加灿烂了。我特别喜欢看到乃羊欢快高兴的样子，让人很舒服、很暖心。乃羊有个特点，每当心情稍有波动起伏的时候，白白净净的脸上都会自然而然地泛起红晕，很纯、很真、很有感染力。此刻乃羊纯真的笑容依在，而脸上却不见一丝丝感人的红晕，真是让人心酸。

"先别说连里了，你怎么样，也不好好待在病房里，让我找了一大圈。"我问道。

"么得事，一天都是吃了睡，睡了吃，真想回连队。"乃羊一脸满不在乎的样子。

"屁话，既然到了医院就得配合医生把病治好，连长说这是任务，是任务懂不！"

看我有些生气，乃羊说："么得事，么得事，我的病我知道，让大家别担心。只是还有好多事没有做完，留给了班里的战友们，心里好过意不去，想马上回去。"

我赶紧说："么得事，大家会理解的，都盼你早点回连队。那你就抓紧赶快把病治好，回去补起呀。"

听我这么说，乃羊深情地笑了一下，长长地"哎……"一声，目光又望向远方。

其实乃羊心里跟明镜似的什么都知道。近一年来，乃羊经常说头疼，不知何故，疼的频率越来越高、越来越厉害，连里多次让他去医院好好检查一下，他总是推脱"么得事，事情多，忙过再说"，一直带病坚守在生产、军训第一线。随着病情加重，连首长强行安排乃羊先后到临汾、大同住院检查治疗。这次在北京军区总医院确诊脑部肿瘤，已非常严重，需要手术，他对自己的病情这才重视担忧起来。我看得出他是多么想早点治好病，多么想早点回到洪洞县，回到那激情燃烧的地方，多么盼望与战友们重新战斗生活在一起。

两年的部队生涯，乃羊变化大、成长很快。他虽人矮单薄，却在军农生产、军备训练中处处要强，心志很高。新兵连结束后，乃羊被分配到4排也就是喷火排，这可是防化连的重装排。我们都没想到、没搞懂乃羊会分在这个排。好在4排排长就是把我们从四川带到部队的赵会军。赵排长平时管理很严格，总是一副标准军人的样子，做事干净利落，说一不二，对战士严爱相济，我想说不定对乃羊是好事。

接下来艰苦的训练和生产是对乃羊意志、心理和体能的严峻考验。平常的训练是要背上几十公斤重的火焰喷射器急行军几公里，趴下、瞄准、喷射，一套训练科目下来，一般人是吃不消的，我担心乃羊受得了吗？果不其然，有一天全连大强度军事训练结束后，听好多战友说到了乃羊，由于他体重轻，第一枪就被后坐力撞退了近1米，这种情况以前从未发生过。晚上轮到乃羊站岗，在路灯下我看见乃羊在不停地抚摸着自己的右肩，我走过去帮他把衣领翻开，右肩一片红肿。

"怎么了？"

"么得事。"乃羊红着脸兴奋地说，"今天终于实弹演习了，没想到喷火器的后坐力那么大，第一枪没打好，闹笑话了。"

"你行不，要不给赵排长反映反映。"

"么得事、么得事。"乃羊急了，接着又说，"班长都教我了，我心里有数，肯定没问题。"

还真是，后来听到的都是战友们称赞夸奖他的声音。乃羊通过自己的不懈努力和坚持，获得了一系列优良表现，他不但很好地证明着自己能行，同时也感动、激励着战友们，真是令人刮目相看。就像赵排长常常骄傲地说的那样，"我带的兵都是好样的"。乃羊同防化连的战友们一样，以实际行动赢得了大家的肯定和赞誉，真为他高兴。乃羊总跟我说："奇怪得很，来到部队总有一股使不完的劲。"我想这应该是他不怕吃苦、不服输、争强好胜的性格使然吧，加上来到部队这个充满朝气、活力、友谊和积极向上的特殊群体和环境，那种拼命想把各项任务完成好的劲头得到了充分的激发。我也经常问乃羊："你个子矮小又单薄，军训和生产任务都完成得那么好，是怎么做到的？"他总是神秘一笑："我有的是劲啊！"乃羊的劲的确不小，不然在汉中站不会把我撞得那么彻底、那么干净利落，别看我身高和体型优于乃羊许多，可掰手劲从未赢过他。

我感受得到，乃羊在部队的这段时光是非常美好、满足和开心快乐的，这种心境源自他对部队的热爱、对战友的情谊、对军事训练和军农生产的执着，即便是在最为艰苦、最难忍受、身心疲惫、身负伤痛的时候，都能以乐观的心态积极面对。在全连生产任务非常紧张的阶段，有一天快吃晚饭了，我按连首长指示到田里统计生产进度，老远看见乃羊一个人在田坎上弯腰摆弄着什么，看见我一下就站了起来。

"怎么了？"

"么得事。"

"什么么得事，把裤腿提起来。"

"么得事，么得事。"

"提起来。"我瞪着眼说。

"么得事。"乃羊仍站着不动，非常固执。

这几天我就见他走路一拐一拐的，我猜到乃羊的腿一定伤得不轻，于是我只好蹲下来自己动手，眼见乃羊双膝伤口已与军裤紧紧粘在一起，走路不方便，他刚才已把其中一个伤口扯开了，鲜血淋漓。我慢慢地把军裤与另一只脚伤口分开，满是血迹。乃羊两腿膝盖的伤口基本一样，是老伤又破了，已经开始化脓有些感染。我突然想起什么，问乃羊："老实交代，是不是前段时间军训为了抵住喷火器的后坐力，你用双膝紧紧靠地给蹭磨破了？"

"看不出你挺聪明的嘛。"

"你怎么不去看、不包扎，老沾水要感染，是好不了的。"

"看了包了稍好又磨破了，下田咋会不沾水？么得事，等忙完了再说。"

"不行，明天我要去临汾医院，你马上去向排长请假，一起去看一下。"

"么得事，我决不去。"乃羊态度很坚决，"再说明天中午吃包子，盼了好久，我可不愿错过。"

我生气地说："包子重要还是腿重要。"

"都重要，待会儿吃完饭，去找卫生员处理一下，么得事。"

乃羊的心思我明白，这段时间全连各班排为抢进度、拼任务，你追我赶，好些战士都是带病带伤、加班加点，万不得已是不愿离开各自岗位的，连卫生员根本忙不过来，去临汾医院的事基本都是我代劳了。从每天统计的任务指标看，乃羊凭着在家乡务农的底子，一直是班、排的生产能手和骨干，这时候他是绝不会同意离开的。

"千万不能再沾水了，要不明天上午休息一下，中午也不耽误吃包子。"我说。

"要得。"乃羊答应得倒挺爽快。

提起吃包子，一下勾起了我的胃口。下午连里通知各排明天中午派人到厨房帮厨，这是吃包子的信号。我也盼了好久，不知其他战友是否有同感，平时我和乃羊经常想两件事，一个是洗澡，一个就是吃包子，就跟小孩盼过年一样。新兵连刚结束我被分到的 3 排，就是防化连的洗消排，每次全连洗澡（我印象起码间隔 1 个月以上），就视为一次军事训练，那个热闹、痛快的场面别提有多开心了。全连吃包子就像过年一样（感觉好长时间才能吃上一次），一笼一笼的鲜肉大包热气腾腾，个大、皮薄、馅多，为了让战士们充分解馋，连首长规定防化连的包子必须是净肉的（连里自己养的大肥猪），加上炊事班高超的调馅手艺，那个香、那个诱人的劲真是馋死人。你吃 6 个，我吃 8 个，他吃 10 个，真有气吞山河的劲头。我敢肯定防化连的包子在乃羊、在好些战友的心里都留下深刻的记忆。我的家人都知道我喜欢包包子，但直到现在，我也没有包出当年防化连包子的味道。

我陪乃羊到卫生员那里对伤口进行了消毒包扎处理。第二天一早，我先来到 4 排的水田里，看见乃羊弯着腰干得那个起劲，我气不打一处来。他根本没听我的，我脱鞋走过去把乃羊拉到一边说："咋回事，我去给班长、排长说。"

"别去，么得事，你看我用油纸保护了一下，不会沾水的。"乃羊说，"再说，我休息了，人家就要多干，多不好啊！"

"就你能，你也给人家一个表现的机会呀。"我毫不留情地说。

"啊，我没想过。"乃羊的脸一下就红了，但马上又继续使劲在田里干了起来，他就是这样的人。

此刻在北京，我看着乃羊平静憔悴的身影，一直凝望着远方。他在想什么呢，是军训的历练、军农生产中的较劲，还是战友和家人？

"你看，听病友说，正前方没多远就是天安门。"乃羊用手指向窗外。

"我好想去天安门看一看，不然……"

"当然可以，我们现在就去。"没让乃羊说完我赶紧应了一句。

"啊，现在！"乃羊精神一下就来了。

"你行不？"我一下又有些担心。

"么得事。"

乃羊告诉我检查输液已结束，现在主要是吃药休息，早上已查过房了，下午6点前赶回医院应该可以。我们俩商量了两种方案，一是乃羊直接就走，如果医生护士问起，请病友解释一下；二是向主治军医请假，但很有可能不会放行。乃羊坚持马上就走，他是铁了心已迫不及待，我也豁出去了。于是我们说好，我先去楼下住院大厅，乃羊回病房换衣服，顺便给病友说一声。很快乃羊换好军装挎着军用挎包就下来了。

"么得事吧？"

"么得事。"我俩会心地笑着走出了医院。

早上我到达北京站把行李寄放好，算好时间买了去大同的车票后就急忙来到了医院。我对路线比较熟，知道总医院距天安门不远，我去过。我们很快乘上了去天安门的公交车。车上还有座位，乃羊一脸兴奋的样子，我的心情也好了许多。车上的人陆续多了起来，这时乃羊看见一对老人，马上起身让座，我也站了起来，一起往车厢后面走，老人连忙说："谢谢解放军，谢谢!"同时又说，"这小伙子，眉清目秀的真好看。"

"乃羊，人家夸你呐!"

"是夸你。"

"眉清目秀当然是夸你。"

乃羊挺满足的。方便他人，快乐自己，一点都不假，何况我们是军人，尤其对乃羊这种机会何等珍贵，尽管重病在身，乃羊很自然展现的都是最好的一面。

我和乃羊在距天安门不远的一站下了车，乃羊说先去毛主席纪念堂。我们到了一看，等候的队伍排得老长。这时乃羊有些为难了，时间很紧，又真不想让乃羊失望。我很快找到岗亭说明情况，看见不远处乃羊的身影和面容，执勤人员立刻通过合理特殊的办法帮助了我们，整个过程用时不到 20 分钟。

从纪念堂出来，乃羊拉着问我："为什么没让我们排队参观?"

"军人可以直接进去。"

"骗人，刚才我看见等候的队列中有好些部队的人。"

于是我贴近乃羊的耳朵神秘地说："执勤的大哥说你长得乖，特别放行的。"

"去你的，别开玩笑。"乃羊狠狠地撞了我一把，不过力量比起汉中车站那次小多了。

纪念堂西南边有一家北京烤鸭店。我对乃羊说："咱们中午进去整一顿。"

"不行，不行，一定好贵好贵，再说我也吃不下。"的确摸摸自己的口袋，说不定进去就出不来了，还真没这个经济能力。我想如果条件允许，乃羊绝对想尝一下，现在他肯定不会进去，绝不会让我破费。

"你确定不吃大餐了?"

"不吃了。"

"好，那等你病好了我们再一起来，我一定请你。"

良久没听到乃羊的回应。乃羊来到北京，一直都担心接下来这个具有很高危险性的脑部手术，担心上了手术台还能下得来吗？我知道自己说错话刺痛了乃羊。我们走到一个胡同口，在一块石条上小憩了一会儿，我买了两串冰糖葫芦、两瓶酸奶一起分享。

"乃羊中午想吃什么？"

"我们去吃馄饨吧，听病友说北京的馄饨超好吃的。"

"好，咱们去尝尝。"

考虑到广场周边不好找吃的，我和乃羊顺道先乘车到了天坛附近的一家面食店。乃羊在部队就说过，到北京最想看的是纪念堂、天安门，当然还有天坛、北海、故宫、长城、颐和园等。我要了两碗馄饨，一笼小笼包，一个拍黄瓜。乃羊吃得好香。

"真好吃，吃得好饱。"

"怎么医院的伙食不好吗？"

"当然好，比连里要好很多，可是老没胃口，吃不下。今天算是吃饱喝足了，不过还是咱们连的包子吃着过瘾。"

吃完饭不到 12 点我们就来到了北京天坛公园，乃羊边走边说："在学校的时候就知道北京天坛的回音壁很有名，今天终于领略了它的神奇。"

"中华五千年神奇的人和事有很多。"我说。

"你知道香港的李小龙吗？"乃羊突然问我。

"我当然知道。"

"李小龙就很神奇。他个子也不高，面相清瘦，但力大无比，武功盖世。他在咏春拳的基础上，创立的独家拳法，出神入化，奇妙无穷，用武功走出国门，宣扬中华文明，我很喜欢他，崇拜他，小时候就想做他那样的人。"乃羊一下说了许多话，真没看出他有如此高的志向。

"你不是老问我，凭我的体型和体质，训练和生产中的困难是怎样克服的，如何做到的吗?"乃羊告诉我，从小家里就很穷，家中有4个孩子，他排行老二。他很喜欢上学读书。为了减轻家里负担，他很小就去家乡龙窝子的深山里掰竹笋。一是挣学费贴补家用，二是听说邛崃山脉经常有大熊猫出没，总想着哪天能与熊猫来个亲密的邂逅。

"瓜娃子，说不定还没与大熊猫邂逅，你就被大黑熊给吃了。搞清楚大熊猫只吃箭竹，不得吃你掰的那种竹子。"我插话说。

"你才瓜，现在当然知道了。"乃羊继续说，"可能是从小就经常徒步爬山，加上有时学学李小龙，练练拳脚的缘故吧，别看我个小瘦弱，我的双手、脚和腰都特别有劲，车站撞你那下，应该领教了吧。当时把我分到喷火排我根本不怕、不担心，还很喜欢。"原来如此，乃羊心里早有数了。

"乃羊，我们一起来到部队都两年了，你开心吗?"

"当然开心，觉得什么都好，什么都新鲜。"

乃羊告诉我："在部队战友像兄弟，首长像长辈，虽然我从小就务农，但我特别喜欢部队军备训练军农生产中热火朝天你追我赶的场面；相互激励、互不认输的氛围和团结友爱相互关心的感受。每当在首长和战友们的指导帮助下攻克一道难关，战胜一个困难，完成一项任务，那种成就、获得、满足的体验是从来没有的，这种体验是部队给的，我要对得起这身军装。我不是给你说过每天总有使不完的劲，真是那样。"

乃羊说得很动情。他还告诉我，如果是战争年代，关键的那一刻摆在面前，也会像董存瑞、黄继光一样毫不动摇地献出自己的生命。我相信乃羊的话，相信他一定会这么做。来到部队，更相信所有的中国军人都有这种气概和血性。我没敢多说什么，怕又伤到了乃羊的痛处。

我们从天坛乘车又来到天安门广场中心位置。毛主席纪念堂、天安门城楼、人民大会堂、历史博物馆还有长安街都展现在眼前。乃羊说："这场景在脑海和梦中经常出现，最近我天天站在医院的窗前，就想来这里，今天终于实现了，谢谢你啊！"

"么得事，我也好想来。"

乃羊围着人民英雄纪念碑转了一圈，看毛主席的题词，看华表、浮雕，亲手摸一摸汉白玉的柱子，感慨地说："这些在书本里早已熟悉了，只有身临其境，才会感同身受。"

当我们走到金水桥上仰望天安门城楼时，乃羊异常兴奋地说："比我想象的还要雄伟壮观。"

"乃羊你注意到没有，毛主席在看着我们呢！"

"是啊，毛主席好慈祥。"

"你不是崇拜李小龙吗，崇拜毛主席吗？"

"枉你是文书，用词不当。不是崇拜，是崇敬，是敬爱毛主席。像毛主席这样的伟人，一千年也不一定能出一个。"

"你懂得还真多。"

"是从书上学到的。"

"听人说，如果你真心喜欢、热爱毛主席，在天安门任何一处毛主席的眼睛都能看见你。乃羊你要不要检验一下？"

"又想骗我。"乃羊道出了其中的缘由。

"鬼精灵。"

我们从金水桥走到了新华门。乃羊的兴致依然较高，他今天已经走了不少路，我十分担心他的身体是否受得了。

"乃羊累吗？咱们回去吧。"

"么得事，今天的状态难得这么好。"

"你本来就好。"出医院我就想好，乃羊身体一旦有状况，马上向警察求助。

"我还得赶回大同。"我还是很不放心，只能这么说了。

"对，对，你都陪我好久了，我送你去车站吧。"

"那怎么行。"我告诉乃羊，今天带他出来，是冒着很大的风险，是违犯纪律的行为，我必须安全地把他送回病房，才能放心地走。

"么得事，我谁都不会说的。"

"我当然想让你多陪我一会儿。"

我和乃羊上了回总医院的公交车，我俩在最后一排坐下。

"哎，糟了，中午忘记吃药了。"

吓我一跳，"快吃噻，晚不?"

"么得事。"乃羊从挎包中找出药和水杯把药吃了，随手把水杯递给我，"对不起，一天了你一口水也没喝。"

"么得事。"我端起乃羊的水杯喝了一口。

乃羊很高兴，接过水杯把剩下的水喝完了。过一会儿乃羊突然说了一句："好想听你唱歌，特别是《甜蜜的事业》里的那首插曲，你唱得好好听。"

"是词曲好。"

"别谦虚了，以前听说师文工团找过你，你没去。"

"别瞎说，没有的事。"

那首歌叫《我们的生活充满阳光》，我的确很喜欢，尤其是在改革开放刚刚起步的年代非常新鲜。记得当我把这首歌从大同带回洪洞的时候，连首长很开明，鼓励我教给大家唱，那个时候连队都是唱带劲的军旅歌曲，这首歌能行吗？我心里没底。在教大家的时候，我先带着真挚的感情，发自内心认真地唱了一遍，没想到战友们反响很好，非常喜欢，非常愿意学着唱，热情很高，我很受感动。乃羊也学得很专心，唱得很入迷。说来也怪，那段时间全连士气很高，生产进度突飞猛进，我想连首长真有远见，精神的力量是无穷的。

"我唱给你听吧!"我对乃羊说。

"现在?"

"当然。"

我低下头把乃羊的头也按了下来，双手扶着前排的靠背。"幸福的花儿心中开放，爱情的歌儿随风飘荡。"乃羊也小声地唱了起来，"我们的心儿飞向远方，憧憬那美好的革命理想，啊……"我俩情不自禁地唱了一遍又一遍，感觉心里舒服、畅快极了。

我们下午5点多回到了医院，在病房前我问乃羊："还行吧？"

"么得事。"乃羊随即握住我的手说，"耽误你这么久，对不起。"

"么得事，不说这个。"

"我今天很开心，真的，谢谢！"

"你还要赶路，快走吧，路上小心，再见！"说完，乃羊看了我一眼，松开手进了病房，在床前放下挎包，背对着房门直接睡了上去，看得出他已经很累很累了。

我走到床前说："乃羊，要好好治病，多保重，有时间我再来看你。"乃羊没有转身，只是反手向我挥了挥，算是告别了。

我知道乃羊不愿让我看见他此刻的样子，不愿让我担心。我还能见到乃羊吗？想到这儿我鼻子一酸，便伸手找手绢，没想到从裤兜里掏出一叠钱，一张10块里面夹了好些零钱，一定是乃羊在我没注意的时候放进去的。我当兵快两年了，全部家当也不过几十块钱，乃羊的举动让我更受不了。我赶紧把钱悄悄放进乃羊的挎包，匆匆地离开了病房。

我赶到北京站退了已误点的车票，重新买了张站票登上了去大同的列车。站在车厢连接处，望着窗外，心情久久不能平静。乃羊的一席话、乃羊的眼神，还有乃羊在病床上穿着军装、戴着军帽的背影和反手告别的情景，总是在我的眼前晃动。我想到一个细节，我俩在车上小声唱歌的时候，第一遍唱到"我的生活充满阳光"，乃羊一下就不吭声了，不过后来他都勇敢地把这句唱了出来，而且越唱越欢快，比我的声音都大，我注意到前面的乘客不时地回头，肯定纳闷这两个当兵的遇到什么好事了，那么开心。我想到乃羊到部队这一两年在首长的教育和战友们的支持帮助下，通过艰苦努力，闯过了一个又一个难关，克服了一个又一个困难，还未好好体验、享受成功的快乐，无情的病魔就把他送进了病房，面临更大的挑战，多么的残酷。我一直在思考，是什么样的力量和意志，让乃羊在艰难困苦中总是充满活力、壮心不移；是什么样的魅力，在乃羊第一次撞到我后，就产生了一种莫名其妙、无法抗拒的亲切感，总是情不自禁地想关注他、与他交流，同承受、共欢乐。今天我找到了答案，是乃羊身上随时散发出的发自内心的、朴素的、非常自然的那份"纯真"。朴实的纯真让乃羊面对困难无所畏惧，面对疾病乐观坦然。这种纯真在根植于人民的军队中将会得到提炼、升华，会变得更加纯粹，从而形成不可战胜的原始动力。中国人民解放军成立近百年来，正是千千万万个热血青年凭着纯真的报国为民之心，在人民军队里形成了一道坚不可摧的精神长城和无往不胜的强大力量。有了这种精神和力量，人民军队用双脚完成了前无古人、后无来者、举世闻名的万里长征；坚持了8年抗战；用小米加步枪打败了国民党800万军队；用钢强的意志赢得朝鲜战场的伟大胜利，造就了董存瑞、邱少云、黄继光等无数英雄人物。在和平年代，牟乃羊同样以自己那颗纯真的心和实际行动，同无数个中国军人一样，默默无闻、无怨无悔地成为中国军队这座精神长城和强大力量中的一个成员，乃羊应该得到满足了。

我与乃羊分别还不到两个月，1981年3月19日凌晨，乃羊在北京去世。乃羊向往北京，永别于北京，年轻的生命止于风华正茂的20岁。防化连原老连长周忠玉（时任师高炮营副营长）亲自从北京把乃羊接回了部队。1981年3月24日，防化连为喷火排战士牟乃羊举行了庄严肃穆的追悼会。靳树长连长主持追悼会并回顾了牟乃羊入伍两年来顽强拼搏，以坚强的意志出色地完成了各项任务，在军备训练、军农生产中作出了一个战士应有的贡献。与牟乃羊一同入伍的战友赵景革致悼词，代表全连战友追忆了牟乃羊部队战斗生活的点点滴滴，对牟乃羊锐意进取、无私奉献、高标准、严要求，为了部队建设事业长期带病坚守岗位的精神致以了崇高的敬意；对牟乃羊团结友爱、乐观豁达、崇尚完美的美德和音容笑貌表达了无限的怀念。

追悼会后，防化连贾卫平排长和战友牟建川把牟乃羊专程送回了家乡。在部队首长不懈努力下，地方政府肯定了牟乃羊在部队作出的突出贡献，将牟乃羊评定为革命烈士。我们防化连全体战友为乃羊感到由衷的欣慰和骄傲。

尽管已经知道了牟乃羊在北京因病去世的消息，真正见到乃羊的遗像和骨灰，想到与乃羊在一起的美好时光，尤其是和他北京最后一面的情景，悲痛、惋惜、难过的泪水盈满眼眶。乃羊一直都是一个坚强的战士，我绝不能掉泪。强忍着让眼泪流回心里，把对乃羊深深的怀念永远刻在了心上。

作者简介：徐海卫，1960 年 3 月生；1978 年 12 月参军，1981 年 2 月退伍，时任 207 师防化连文书；现任中国测试技术研究院机械研究所所长，研究员。

战天斗地　洪洞屯垦

许绍辉

1978 年 12 月，我们防化连奉师命令，赴山西省洪洞县 207 师农场执行军农生产任务。全连官兵从大同火车站乘专列一路南下，经过一天一夜的颠簸，风尘仆仆到达了洪洞农场驻地（马牧公社屯里村北的农场营房）。农场驻地营房分东、西两处，西处驻连部、1 排和 2 排；东处驻 3 排和 4 排。

连队安营扎寨后，首先开展了全面的政治思想教育和作风纪律整顿工作，然后深入学习生产技术知识，连队干部在农场场部领导的引领下，开始熟悉农场周边环境，调查农场土地状况及灌溉渠道情况，开始谋划新年度农业生产规划。农场共有耕地面积约 650 亩，其中水田 350 亩种植水稻，旱田 300 亩种植玉米、高粱和豆类。防化连按照场部生产部署，于 1979 年春节过后迅速展开了春耕生产准备工作。连队在连长周忠玉、靳树长，指导员鲁炳祥、杨广生、吴福余的领导下，在段宝善场长、陈副场长及生产助理谢海泉等场部领导的业务指导下，开始执行了为期 3 年的农业生产任务。

防化连在农业生产进程中，大致分为几个阶段：一是 3 月份春耕生产准备阶段，主要工作包括开挖灌渠和排水渠，浇水压碱，平地拉荒，打埂平整床面，撒种施肥育苗，班排捻制草绳和准备木棍（用以育秧捆绑固定塑料棚）；二是播种插秧阶段：4 月份旱田开始播种，4 月底前开始插秧，田里还有冰碴就得下水，6 月初（芒种）前必须插完稻秧，时间紧，任务重，标准高，难度大，插秧质量（标准密度：每米 12 墩、每墩 10 棵）直接影响水稻产量，是重中之重，对全连官兵是一个严峻的考验；三是田间管理阶段，包括灌溉施肥、除草挠秧、旱时汾河取水、涝时防洪排水，夏季田间管理任务十分繁重；四是农忙秋收阶段，是一年之中最忙碌时期，从割稻回运，到脱粒扬场，再到晾晒装袋，每个程序都非常紧张，全连干部战士都是超极限体力劳动，任务到班排，有时任务还要分解到个人，快收抢收，确保颗粒归仓；五是冬闲军训阶段，屯垦不忘军事训练，防化侦察、洗消、淋浴、喷火、观测等共同科目和专业基础训练科目必须全部完成，同时还要进行政治思想教育，完成师规定的文化补习任务。

◎农场生产时连队干部合影。前排左起：马清河、靳树长、周忠玉、侯万俊、吴振杰；后排左起：赵天明、刘贵金、李芳林、陈尚平、袁凤高。（由靳树长提供）

防化连远离大同卧虎湾部队营房，单独执行农业生产任务，由防化兵战斗队转变为农业生产队，从军事训练场转换到农场田间地头，日常工作成了挖渠平地、灌溉压碱、平地拉荒、播种除草、育苗插秧、排灌施肥、收打晾晒。从春种夏管到秋收冬储，每个劳动环节都时刻考验着全连每一名官兵钢铁般的坚强意志和无私奉献的革命精神，每一粒粮食都凝聚着全连官兵的汗水与艰辛。"锄禾日当午，汗滴禾下土，谁知盘中餐，粒粒皆辛苦"，是对防化连全体官兵生产劳动的真实写照。

生产劳动一开始，大部分战士都存在着诸多不适应：一是城市入伍的士兵，入伍前没有从事过生产劳动，心有余而力不足，身体不适应。二是北方农村籍入伍的士兵都是旱鸭子，没见过种水稻，整天在水里劳动，特别是五一开始插秧，水里还有一层冰碴就赤脚下水插秧，并且一泡就是一天，长年累月，积劳成疾，很多战士都患上了关节炎和风湿性疾病，士兵体质与劳动生产环境不适应。三是生产条件落后，除耕地是用拖拉机外，其他生产劳动环节全部都是人工开挖、肩挑、人抬、手插，体力消耗非常之大，生产劳动过程十分艰难，很多战士都患上了这样或那样的疾病，个别战士还造成了终身残废。其中战士赵占平（马号饲养员）在用铡草机铡草过程中，不慎被铡掉了五个手指，被鉴定为二等甲级残废；副班长张跃宗因肺炎治疗不及时，造成肺穿孔，被迫做了肺切除手术，被鉴定为二等乙级残废；战士王友积劳成疾，患上了风湿性关节炎和风湿性心脏病，不能继续参加生产劳动，被迫提前退

◎边生产、边训练，广袤田野留下了观测、侦察训练的瞬间。左张小杰、右齐守刚。（由张小杰提供）

伍；战士牟乃羊因患头痛病，后发展成脑瘤，医治无效，不幸因公牺牲；还有很多士兵因积劳成疾，患有这样和那样的疾病，不得已带病复

员回乡。应该说全连官兵在这种极其困难的生产环境中顽强奋战，付出了巨大的代价。四是农场位于汾河岸边，冬季寒冷，夏季炎热潮湿，蚊虫叮咬严重，很多战士水土不服。有句顺口溜这样描述："白天水里泡，晚上睡不着，蚊子随处咬，老鼠满地跑。"连队生产生活环境非常艰苦。五是部分新战士对农场生产劳动没有思想准备，以为入伍就是平时操场练兵，战时前线打仗，可下连后却是农场种地，整天一身汗水一身泥，既没有自豪感，也没有成就感，不少人产生了畏难情绪，失去了自信心。

连队党支部针对以上诸多情况，首先进行了认真细致的分析研究，在全连开展了全面的政治思想教育和作风纪律整顿，有针对性地展开深入细致的思想工作，同时充分发挥连队干部党员骨干的模范带头作用，组建帮扶对子，班组互相配合，努力攻坚克难。

司务长侯万俊带领炊事班的同志们，为有效改善连队物质生活，增强士兵体质，想了不少办法，大力发展养猪、种菜和养鸭，使连队物质生活得到了有效的改善。为了减少稻田病，防止肠道传染病，连队还专门请场部辛医生来连队讲卫生防病常识，对稻田病（蚂蟥叮咬、手足裂、皮炎、腰腿病、鼻子出血、皮外伤）、肠道传染病的防治作了详细讲解，连队卫生员陈忠锋经常深入田间地头巡诊看病，保证了全连干部战士的身体健康。连首长在生产劳动中，号召大家在干中学、学中干，特别是插秧劳动环节，既是体力活儿，又是技术活儿，连队充分发挥南方籍士兵优势，分班组进行传帮带，劳动中既有分工又有合作，从起秧、挑秧、抛秧到插秧，班排结合士兵不同身体条件和特点，合理调整分工，充分发挥全连干部战士特长，有效地克服了生产生活中的重重困难，逐步提高了大家的生产劳动积极性。连队干部、正副班长、共产党员，充分发挥领导骨干和先锋模范作用，青年团员发挥了青年突击队作用，连部、建制班排、炊事班、司机班、喂马的、放鸭的，全连官兵心往一处想，劲往一处使，都为农业生产献计出力。

经过全连官兵的共同努力和艰苦奋斗，农业产量逐年提高。1979年，生产稻谷27万斤，生产玉米、高粱及豆类15万斤，较好地完成了师交给的生产任务，年终总结师里给予了较高评价。1980年生产稻谷30万斤，生产玉米高粱23万斤，大大超额完成了师下达的45万斤任务指标，创农场历史最高纪录，年终总结防化连荣立集体三等功，连长靳树长荣立个人三等功，2排荣立集体三等功。1981年因遭受自然灾害，加之连队人员减编，全年共生产稻谷、玉米及其他杂粮约30万斤，同样也受到了师后勤部表彰。

铁衣远戍辛勤久，论功还欲请长缨。防化连圆满完成了为期三年的农业生产任务，有效缓解了全师基层连队粮食短缺问题，为207师后勤建设作出了突出贡献。1982年3月，防化连按照师党委命令，班师回到大同卧虎湾营区，进行正常军事训练。

作者简介：许绍辉，1979年12月入伍，在防化连任洗消排战士、副班长、班长、代理排长，1986年调任后勤部油库主任，1991年3月任后勤部司训队副队长，1992年5月任后勤部修理所所长，1994年2月任装备部修理营制配连指导员，1995年3月任修理营修理连连长，1996年3月任修理营副营长，1998年2月任修理营营长，2000年9月转业到河北省保定市公安局莲池区分局工作至今。

一场与时间赛跑的战斗

徐海卫

今天 2018 年 5 月 23 日，是我们的好战友、好兄弟、好伙伴赵占平右手不幸受伤严重致残 38 周年的日子。占平说："38 年来，每年的今天，那段从受伤到部队精心全力救治的过程和经历，每个节点、每个细节，都无一例外实实在在地反复出现在我的脑海中，挥之不去，刻骨铭心。"占平还说："我是最不幸的，但又是最幸运的。不幸的是灾难就降临到了我的身上，改变了我的人生轨迹；幸运的是我身处在人民军队，得到了前所未有的关爱和救治，从而激发了我作为一名中国军人不会低头、不会屈服、不会服输，用自己伤残的手去创造美好生活的潜力和决心。"正是赵占平一席发自内心的话语，消除了我担心去揭占平痛处的顾忌。"把部队的关怀和赵占平的精神都写出来吧。"有靳树长连长的鼓励和许多战友的支持，占平却总是谦虚地说："多写写部队，不要写我。"

在征得赵占平认可同意后，我今天勇敢地拿起了笔，希望将那段特殊的凝聚了多少人执着努力和心血的记忆，回顾展现给防化连的战友们。在新的时代，在实现中华民族伟大复兴中国梦的征程中，让人民军队的伟大、部队的作风、战友的情谊和一个中国军人自强不息、顽强拼搏的精神得到颂扬和传承。

时间要回到 1980 年，那是我在 207 师防化连参加执行军农生产任务的第二年，时任连部文书，全程亲历、参与、见证了防化连军马饲养员赵占平从不幸受伤到部队全力精心救治的全过程，那真是一场惊心动魄与时间赛跑的战斗。

赵占平 1978 年 3 月入伍，在山西省大同营房人防工事施工任务中埋头苦干、冲锋在前、腰部受过伤。1978年年底防化连到洪洞县执行军农生产任务时，连首长安排赵占平到连队马号工作。除了负责饲养三匹军马、一头毛驴和一头耕牛，连队军农生产中的拉荒耕地、送肥送料、运粮拉草、后勤物资运输以及全连战友及家属的迎来送往都主要靠他。占平的工作性质独立、常无定时，也许是烈日炎炎的午间，也许是伸手难见五指的夜晚，总是不分昼夜、任劳任怨、十分劳累，加上他工作热情周到、办事牢靠、仔细认真，每天总是乐呵呵一脸阳光的样子，连首长和战友们都很认同他、喜欢他，都乐意与他打交道。占平说："每完成一项工作任务，心里就有一种说不出来的快乐感，这是我劳动的回报，是做好本分工作的体现吧。"谁能想到突发的灾难会降临到他的身上。

1980年5月23日下午4点零5分（这个时间占平记得很清楚，已经刻在他的脑海里），洪洞县天气闷热，气压低得让人透不过气来，这是全连军农生产任务最为紧张的季节（稻田插秧）。已经多日加班加点又连续进行铡草作业多时的赵占平由于疲劳过度，不慎被一个异常的草结突然将占平的右手强行带入了铡草机，一瞬间高速飞转的铡刀将占平右手大拇指铡去一半，其余四指被全部铡掉，占平本能地一下抽回右手，一时间血流如注，鲜血洒在占平的身上，红遍了全身。我和在场的通讯员孙广明眼见占平血肉模糊已经失去所有指头的右

◎洪洞农场生产期间赵占平在临汾留影。（由赵占平提供）

手，就像一个摇晃的木杵，一时不知所措，脑子一片空白。好在此刻占平表现出异常的清醒和坚强，他凭借平时自学的医用知识，独自迅速跑回宿舍，抓起干净的枕巾，用左手和嘴将右手端紧紧地包扎起来，在连卫生员陈忠锋的护送下马上向场部卫生所奔去。连日的劳累又突然失了那么多血，占平一时头昏眼花，万不得已在中途停了下来，蹲了一小会儿又直奔场部而去。场部卫生所辛医生第一时间对伤口进行了消毒包扎处理，一看伤情特别严重，辛医生马上向场部首长报告，建议赶紧送往医院。

　　赵占平跑出马号后，孙广明立刻将铡草机电源切断。这时我也回过神来，突然想起在校学过的知识和平时了解的常识，意识到应该将铡掉的手指头马上找出来，手指很有可能再接上，同时也可为医院救治提供原始情况参考。我和孙广明赶紧在铡过的草堆里来回仔细翻找，尽量避免遗漏。当全部的断指都放在了孙广明的草帽里时，我俩一看都傻眼了，赵占平的四个半手指头已经同饲料草结一样被铡成了一厘米左右的小肉丁，足有13段带着血集中在草帽中，就像一窝刚出生的小老鼠，看起来真是瘆人。我来不及多想，手捧指头很快跑回连部，连文化教员周京平看见我手捧一堆血淋淋的东西，忙问："这是什么？"我说："是赵占平的手指头。""啊！"可把他吓坏了。这时靳树长副连长和京平马上从连部找出保温杯，赶紧洗净后把所有的断指放了进去盖严，等待随赵占平一起送往医院。

　　赵占平突发的严重伤情，一开始就得到了周忠玉、吴福余、靳树长等连首长的极大关怀和高度重视，也引起了全连战友的急切关心。占平去场部卫生所的同时，连首长感到情况紧急严重，在汇总相关信息后，在这场与时间赛跑的战斗中很快制定下达了战斗部署，一是由连长周忠玉总体负责；二是立刻派车送赵占平去就近部队医院；三是马上将赵占平伤情向上级报告。连指导员吴福余说："就一个目标，就是争取时间把赵占平的伤情降到最低限度。"周连长果断地命令司机班长吴振杰立刻出车。当时全连在洪洞县执行军农生产任务时，虽然工作量很大、任务很重，但从战备和节约考虑，连首长严格限制了军车的使用，不到万不得已是不能动用军车的。平时防化连的后勤保障和人员外出办事、看病全都是赶的马车和毛驴车，连长周忠玉外出办事也舍不得用车，经常亲自赶着马车出去。那个时期，连首长们很好地传承了防化连争先创优、作风优良、敢打硬仗的优良传统。指导员吴福余行事稳健自若，连长周忠玉果敢豪爽，从不拖泥带水，防化连李明老连长那种威严、霸气的军人风范，在周连长身上通过抓军农生产和在救治赵占平的过程中得到了充分的体现。连首长们平时对全连的工作要求很高，而对日常每一分钱的支出都控制得很严，但这次在赵占平身上却不惜代价，倾注了无限的关心和爱护。看到我手里捧着装有占平手指的保温杯，靳树长副连长一脸凝重和惋惜，他动情地说："多好的战士，我经常去马号，今天上午还在那里待了一会儿，下午占平的手指怎么就没了呢？"吴福余指导员坚定地说："一定要全力救治。"

　　吴振杰班长驾驶军用卡车，很快来到场部接上赵占平，于下午4点半左右离开场部，一路向医院飞驰而去。卫生员护着占平坐在驾驶室，段宝善场长、周连长、靳副连长还有我们几个战士站在车厢里。这时距赵占平受伤已过去半个小时。为争分夺秒，吴班长从地里跑回来不及换鞋换衣服，在保证行车安全尽量平稳的同时，用他那精湛熟练的驾驶技术，把车开得飞快。在他心里只有一个念头，就是抢时间保住赵占平的手。在最为紧急的时刻，周连长能马上想到吴振杰班长是有道理的，吴班长不但驾驶技术非常过硬，军人的那种拼劲、冲劲在他身上也体现得淋漓尽致，他就是在战争年代的那种能够"顶得上去"的排头兵，而且吴班长性格豪放、为人爽朗，提起他许多战友都有说不完的话、道不完的情，都有一段难忘的经历和故事。这次在开车护送赵占平的过程中，吴班长沉着机敏、应对有方，为赢得时间起到了非常关键的作用。别看他平常大大咧咧，在战友负伤需要他的时候绝不含糊，虽然连里的军用汽车很久没有启动了，但吴班长开车到达指定位置的速度之快，让平时要求非常苛刻的连首长们都刮目相看，可见吴班长带领后勤保障人员在执行连队"一手抓战备、一手抓生产"的任务是十分尽职到位的。一看车辆那么快就到位了，连首长和战友们舒了一口气。

◎右一为不幸早逝的司机班长吴振杰，左起依次为：靳树长、郭秋景、侯万俊、赵锋利。（由靳树长提供）

军车很快开过乡村田间土路，来到了去洪洞县的公路上。通往洪洞的公路路面不宽，高大的白杨树两旁林立，路上行人、马车、自行车较多。吴班长顾不了这些，紧鸣喇叭，来回穿梭，用他高超的技艺躲闪行人与其他车辆，一路向医院狂奔。我们站在军车上被剧烈摇晃，紧紧地抓住车厢围栏，感觉要被摔出车外。路上行人们不知缘由，纷纷举手指责、示意提醒注意行车安全，见此情形，我灵机一动，把保温杯交给旁边的战友并吩咐一定护牢保护好，急忙站到车厢的最前端紧紧靠住车厢，用双手做"十"字交叉动作，又用手指向驾驶室，坚持这样来回不停地做，意思是想告诉行人"有伤员，请让一下"，很快行人们好像明白了这辆军车出了什么紧急情况，都纷纷让道向后避开。

吴班长开着军车终于在下午 5 点左右到达洪洞县城步兵某师医院。医院立刻开启专用急救通道，医生会诊后肯定了断指再接的可能性，并建议尽快送往解放军 115 医院，越早成功率越高，最好不要超过 12 个小时。这就明确了这场与时间赛跑的战斗目标是必须在剩下的 11 个小时以内把赵占平送上手术台。我当时想，时间应该没问题。在某师医院对赵占平的右手又进行了必要包扎处理后，吴班长开着车于 5 点 20 分又向临汾的 115 医院疾驰而去。当天气温较高，在洪洞县的间隙我抓紧买了一些冰块，放满了保温杯的周围。下午 5 点 40 左右，吴班长只用了比平时节省一半的时间把赵占平安全顺利地送到了临汾解放军 115 医院。

115 医院医疗条件要好很多，我比较熟悉，平时防化连战士看病、检查化验都在这里。但我们来到 115 医院，当得知医院目前还没有先进的显微手术设备，不能实施断指再接手术的消息时，犹如晴天霹雳，心里凉了一大截。大家万分着急，心里都很清楚，这样时间就太紧张很可能来不及了。周连长忙说："文书，你对这熟，赶紧找人打听了解一下，立刻报告。"同时，靳树长副连长也在抓紧与医院有关领导沟通想办法。我不敢怠慢，马上跑到医院门诊找一直对我们防化连战士很是关照的那位 115 医院护士，很遗憾想不起她的名字了，是个北京兵，就叫她"京护士"吧。京护士看见我一脸着急的样子，很快把相关情况告诉了我，并及时报告给了周连长。谈话中感觉到她对这次占平的伤情已有所了解，并已在主动地帮忙。

说心里话我很感激京护士，每次我为连队的事求她的时候，都能得到及时完美的帮助。记得有一天下午，我一个人赶着毛驴车去临汾办事，主要的任务是去 115 医院取化验单。在快到临汾的公路上，一向听话的毛驴突然"喔呜、喔呜"地尖叫起来，并拼命地向前奔跑，根本不听指挥了。我一看难怪，前面一个人牵着一头母驴，要命的是那人拉着受到惊吓的驴向公路外边跑去了。咱这位根本不管不顾，一头追了过去，顷刻间连人带车带驴翻下了公路旁的干河坎里，我一时被摔昏了，不知过了多久，听着驴还在"喔呜、喔呜"地叫。我醒了一看，毛驴倒没事，而离我头部不足1米的地方就是非常坚硬的水泥坎，好险啊！我慢慢地爬了起来，摇摇手再动动脚，所有零件都还完好。在确认没事逃过一劫时，精神一下就上来了，赶紧把车扶正又套上驴，看见毛驴还满不在乎的样子，我很生气地用一个小木棍敲着它的脑袋说："你个小坏蛋，知道不，要是我今天光荣在这里，你就回不了家了哦！"毛驴摇着头用脚踢踢土"喔、喔"，我"嗯"一声，它好像听懂了什么似的。说起来也怪，后来，我和毛驴单独出去就再也没有发生类似的事。说实话现在想起来，这头毛驴可是为防化连执行战备生产任务立下了汗马功劳，是防化连的一名战士，确切地说是连上士（给养员）张海林的兵，全连平时很多出行都靠它。这头驴个头不高，但毛发亮丽、干劲十足、小有名气，就连当地周边的好多老百姓都知道它。包括我在内连里许多战友都与它有故事有交情，我心里想，"这次好险，如果它出事了，怎么交代呀，不知多少战友会难过"。我赶着毛驴车在临汾抓紧办完事，赶到115医院时，取化验单的地方已经没人了，心想这下完了。没办法又只好去求京护士帮忙。当她看到我时一开口就问："你怎么了？""啊！"我这才注意到满身脏兮兮的，右手臂关节处衣服也破了留有血迹，这才感觉到阵痛，再提起裤脚，一看双膝也破了，还有好多血。京护士见状让赶紧去处理包扎一下，我说明情况，坚持要先把化验报告单取回，她马上找人很快拿到了报告，不过有两份还没有出来，我一听急了，还得跑一趟，关键是连卫生员还等着所有的报告，以诊断哪些人员需进一步检查治疗，哪些人员需要马上休息。我又请求她最好当天都能拿到，京护士二话没说又跑上跑下，不多时把所有的报告都交给了我。京护士本来就对防化连执行战备生产任务的情况有所了解，知道这帮战士很辛苦、很拼命、很不容易，她在给我包扎伤口和等候报告的时候，又询问了一些连里的情况和趣事，当然我讲的只限生产方面，肯定没有涉密的内容，看得出来她好感动，对我们连的战士们好崇拜、好欣赏、好尊敬。最后她问我："你今天这么晚回去如何说啊？""没事，有办法。"我嘴上这么说着，这么晚没回连队心里还是怕极了。不过我路上就已经想好，今天公路上翻车这件事不能说，不然多没面子。我晚上一回到连队，在马号和卫生员那里交接完后，立马向连首长报告说是因为要等报告所以回连队晚了。我站在周连长的面前，他喝了一口酒，吃着桌上的几颗花生米，冷不丁地问："文书，就没什么还要报告的了吗？"一听连长这话，我马上就崩溃了。周连长老谋深算、明察秋毫，我异常的表情、一瘸一拐的举动都逃不过他的法眼，好像他什么都知道了。我只好一五一十地把路上的遭遇和求京护士帮助的事都交代了，最后眼里含着泪水委屈地说："差一点我就见不到你们了。"说完了、轻松了，眼泪也像断了线的珠子哗哗地掉了下来。"什么话，我们防化连的兵都不会出任何事情。"周连长几乎吼了起来，感受得到他对防化连的兵真是爱到骨子里了。

平常尚且如此，可想而知这次赵占平突然出事对他的打击有多大，他是多么的伤心难过和自责。经过那次驴车事件，周连长知道我对115医院挺熟，京护士对我们防化连的事更是格外关注了。今天在得知防化连战士严重受伤后，她也很着急，在各个环节提供方便又帮了很多的忙。

实际上在我们护送赵占平的时候，115医院已经接到防化连战士严重受伤需紧急抢救的任务，医院领导高度重视，在短时间内做好了充分的准备。一方面，赵占平一送到医院，医院马上进行了一系列的照片、化验检查，早已集中的相关专家在汇总了必要的情况后，会诊的初步情况为赵占平的右手五指完全性截掉，损伤程度非常严重，万幸的是五指根部关节尚有功能。同洪洞某师医院的诊断情况一样，具备断指再接或部分再接的可能性，因占平手指被铡成多段，全部再接的难度相当大。另一方面，医院立刻对占平的右手伤口进行了全面的消毒、清理、止血等术前医治，对截掉的手指做了必要的医学保存处理。某师医院和115医院专家对我们及时收集保护受伤战士手指的意识和方法给予表扬和肯定。再一方面，医院领导已提前安排，确认了两家有条件能进行手术的医院，一个在西安，一个在北京。为了不让我们着急，医院随时将相关情况向在场的首长们通报和沟通。取得一致共识的是，当前最大的问题是如何争取时间，时间不但关系到占平断指再接的成功与否，更关系到五指根部关节的功能恢复和保持。115医院一名老军医说："目前保护病人右手五指根部关节功能是当务之急，是把伤残程度降到最低最为关键的环节，必须依赖于先进的医疗手段、技术和在特定的时间之内。"段场长、周连长和靳副连长听了军医的话心情异常沉重，"我们能不能在这个特定的时间之内让占平走上手术台？"这是场、连首长最担心的。在场防化连的战友们更是特别的着急，不停地请求医院要尽最大努力，不惜一切代价全力救治防化连的战士赵占平。现实情况更让连首长们对争取救治占平的最佳结果，表现出异常的坚定和执着。

　　医院非常理解基层连队领导对战士那份深厚的爱护和关心的心情。同时鉴于伤员病情严重，情况紧急，为了抢时间，院方决定首先抓紧协调动用军备专线，联系军用专机送赵占平去西安或北京军区总医院，万不得已的备用方案是用专车送占平去西安的医院。可是西安反馈的消息因气候原因不能飞行、降落，就只能联系去北京了。从京护士那了解的情况是，要在极短的时间内申请到专机、机组、专用航线，尤其是要在北京降落，是一个多么复杂的程序，有多少个审批的环节，来得及吗？京护士说一般的军用飞机从临汾到北京，根据气候条件要飞3到5个小时，我马上根据目前时间，大概算了一下，还没说出口，周连长已开口坚定地说："占平必须在晚上9点前上飞机。"也就是说距登机时间不到2个小时，我担心这怎么可能。京护士说："赵占平右手端根部的关节虽然还在，但如果没有在有限时间对神经线、血管、肌腱、骨质等进行医学清理疏通医治，那会丧失功能或不能达到最佳状态。"听了京护士的话，这时候，在大家心里着急的不仅仅是接指，更重要的是在有限时间保住占平右手端尚存的关节功能。根据这些情况，周连长同段场长商量过后，继续坚持请求将占平尽快送到北京，这是最佳选择。同时周连长大声地对吴班长说道："振杰，你赶紧检查一下车辆，不能有任何闪失，加满油，吃饱饭。"吴班长明白连长的用意说："连长您放一万个心，绝没问题。"周连长是怕万一要用车送占平去西安，吴班长开车会更稳、更快，他更放心。当然吴班长在知道西安有一家医院能救占平的时候，早已做好了开夜车长途跋涉必要的准备，看得出他为了战友的手，真是豁出去了。

　　其实115医院的领导和专家们当然知道全力救治一线负伤战士的利害关系，比我们更着急。防化连战士赵占平一线负伤的救治过程，通过115医院很快引起师直属队、师部和北京军区领导的重视和关心，上级迅速协调命令相关医院、机场、部队纷纷行动起来，加入这场与时间赛跑、抢救赵占平的战斗，很快就确定了专机、机组、航线、降落机场，不到一个小时，115医院就通知我们做好准备送赵占平去机场。真不敢相信，这么快！大家喜出望外，总算有了希望，也真为能送占平顺利救治感到高兴。直到此时，段场长、周连长、靳副连长和大家的脸上才看到了一丝丝笑容，随后周连长又严肃地说："把占平在有限时间送上手术台才是最后的胜利。"

　　我们同赵占平很快来到临汾军用机场，此时是1980年5月23日晚上8点左右，距占平负伤已过去4个小时。这场与时间赛跑的战斗目前终于看到了胜利的曙光，大家心里感到安慰和高兴，剩下的时间当然是越快越好。登机的时候，我站在军用专机前看见占平的右手里三层外三层包扎成厚厚的棉球，外形就像足球那么大，心里真是酸酸的，不是滋味。我扶着他轻声地问："占平疼吗？"同样的话我在场部送占平上车时也问过，他的回答仍然是"不怎疼，没事"，脸上表情很从容，看不出一丝痛苦、难受的神色。怎么会不疼，十指连心，何况一下铡掉了五根指头，那疼痛应该是撕心裂肺，是常人难以忍受的，可占平忍住了，相反从他脸上表现出来的神情，倒是在安慰我们，生怕大家着急担心，一直都强忍着，尽量少添麻烦。军机前看到的占平这张从容微笑的脸，在我脑海里珍藏了38年，每当回想部队的往事，占平的这张脸都会出现，从这张脸上感受到一个中国军人内心的强大。事实证明赵占平这强大的内心，支撑了他38年非同一般的人生。

一个普通再普通的战士，从遭遇不幸受伤，到连队送往附近兄弟部队师医院，军医院，再辗转千里到北京军区总院，这个事件惊动了多少个部门，多少位首长，我们已无法知道。我们只能想象一定惊动了能够动用军用飞机的首脑机关和首长，能够派出军机执行任务，可见层层的报告，请示得到的批示是多么的迅速。可以肯定地说，从申请飞机到批准使用飞机的过程也就两个小时。这就是效率，也是让占平感动一辈子的原因。

用飞机运送伤员去北京治疗是我们不敢想象的。飞机很快向北京飞去。在军机上共有7人，除了两名机组人员和赵占平，还有115医院派的一名军医、段场长、周连长和我。军医对我说："我们俩轮流帮病员把伤手竖立扶正，以防过多失血。"我忙逞能地说："医生没事，我一个人就行，您别管了，去休息吧。"飞机不断拔高在空中飞翔，不多时飞机遇到气流有些波动，飞机上下起伏摆动飞行，机组人员出来说："是正常的，抓好扶手，一会儿就没事了。"过了一会儿，我浑身慢慢地冒出了冷汗，胃里翻江倒海，非常难受，加上双耳轰鸣阵痛，一时难以忍受。军医急忙过来看我脸发白，满头是汗，便问："怎么样，用不用休息一下？"我强忍着，赶紧说："没关系，没关系。"我开始大话已说出去，现在军医面前怎好食言，我坚持地护着占平不敢松手。由于连日的劳累，今天又受伤流了那么多血，刚上飞机不久占平就睡着了。这时他醒了，看见我狼狈的样子，便说："文书，我自己来，你赶紧去休息一下。"我坚定地说："不行，占平你要按医生的要求少说话，再睡一会儿。"我盯着占平受伤的手，突然注意到伤口包扎处有一点红，好像是在浸血，我赶紧叫军医过来，她检查了一下说："不用担心，为了去北京进一步治疗，病员的手没有进行缝合和过度止血处理，所以包那么厚，流点血不会有事。"原来是这样，我们放心了许多，周连长也让占平少说话，安静休息。快晚上10点了，平时周连长这时候都要喝点酒，我想他今晚在飞机上怎么熬过去。防化连全连战士都知道周连长喜欢喝酒，也特别能喝酒，而只有我们少部分几个身边的人最清楚，他患有多种疾病，而且挺严重，早就应该住院检查治疗，我都求了他好多次，他都没有去。为了圆满完成军农生产任务，不在全连战士面前倒下，他最好的办法就是喝酒撑着，所以几乎每天晚上都要喝一点，而喝的多数都是每斤不足5毛钱的散装白酒，因为好多次都是他把钱给我，让我顺道在城里买的。曾经京护士问过我："你们连就没有汽车吗?"我说："有好几辆，只是连长老抠了。"周连长在全连一直倡导严格厉行节约要求，对自己更是抠到家了。不只是周连长，在全连生产任务紧张的时期，吴福余、靳树长、侯万俊、刘贵金、贾卫平、赵锋利、马清河等连首长、排长都一头扎在军农生产任务之中全力以赴，都有带病坚守岗位的经历。靳树长副连长工作细致周到，管理的事情多，就像打仗一样。有段时间因为胃不好，他每天早上起床都非常艰难、非常难受，都要干呕好些时候，他总是坚持到生产任务完成后才去医院检查，特别不容易。每年的4至8月，全连军农生产进入了劳动强度最大、最艰苦的插秧、挠秧季节。洪洞县初夏的5月，阳光明媚、绿叶青青、一片生机盎然。连队种植的350亩稻田的插秧工作到了非常紧张的阶段，加上连里还有300亩旱田也要耕种，全连上下充满着紧张繁忙的气氛。全连干部战士们每天要从早到晚在田里顶着烈日，连续弯腰作业10多个小时，劳动强度大，条件异常艰苦，但为赶季节、抢进度、拼任务，你追我赶，一片热火朝天的景象。许多战友都是一直坚守在生产任务最重的第一线，有的战友长期带病、带伤不肯离开战斗岗位一步，轻伤不下火线，真是让人感动万分。赵占平就是在这样紧张的工作氛围中，主动承担了平时需要多人完成的多项任务，劳累过度不幸受伤。

◎农场生产时连队干部合影。前排左起：李华军、马清河、杨广生、侯万俊；后排左起：郭秋景、周忠玉、靳树长、吴福余、赵锋利。（由靳树长提供）

赵占平的伤情牵动着全连干部战士的心，大家唯有完成好军农生产任务，以实际行动支持占平战胜伤痛，盼望他早日归队。在1980年赵占平受伤的当年，全连水稻总产量达到历史最高水平，二号地平均亩产实现了超千斤的任务，超额完成了上级下达的全年战斗生产任务。我参军两年，当了近两年的文书，对全连几百亩稻田和旱田各个地块的基本情况、长势、收成，还有各排、班任务的进度情况了如指掌，通过每亩稻田的窝数、棵数、粒数和每粒的饱满程度预测当年水稻亩产、总产。当我提前把二号地平均亩产可能超千斤的情况报告给周连长时，他非常高兴地说："真的吗，文书？"我说："没得跑，连长。"每当看见周连长黝黑的脸上嘴尖翘翘的、眼睛开心地笑成了弯月亮，一天的疲劳悠然飞去，真是一种好享受。其实这一切都在周连长和连首长们的掌控之中。这个季节，他们几乎每天都泡在田里，能不清楚吗，每块田的丰产情况在他们心中早有数了。

我们的飞机持续遭遇逆向气流的影响，我心里的难受程度一直有增无减，更不妙的是嘴里直冒酸水好想吐。看见赵占平、首长们和军医好像没有什么反应，我想这是怎么了，不会是身体虚的原因吧？这会儿才想起我从昨天晚上到现在，因为肠胃不好，基本上没吃什么东西，能不虚不冒冷汗吗？不过幸好是这样，没有什么可吐的，不然好丢脸。军医看见我实在难受说："没事，吐出来就好了。"然后拿了一瓶葡萄糖液让我慢慢喝下，还真管用，一会儿就舒服了很多。虽然天气情况不太好，为了病员，机组尽最大努力把飞机开得平稳些。而此时，占平伤口包扎处已经被血浸透，白色的医用棉被也印红了一大片。怎么还不到？段场长、连长和我都很着急。医生不时地测着占平的血压、体温、脉搏，并询问他的反应。

离开115医院时，京护士说："赵占平因为要进行下一步手术，所以没有做任何止痛处理，在飞机上这段时间肯定会很痛，很难受。"叮嘱我们一定要注意照顾好。然而在飞机上，占平的表现一直很坚强、很平静，他强忍巨大的疼痛，没有哼一声，没有添加任何麻烦，可见精神力量是多么的强大，反倒我成了被照顾的对象。

飞机在空中飞行了近3个半小时，于晚上11点30分安全着陆于北京通州军用机场。北京军区总医院的救护车和相关医护人员早已等候在那里，赵占平被很快送到医院，经过各种检查、会诊，于1980年5月24日1点50分被送上手术台，这时距赵占平受伤过去了9小时45分钟。

在军机从临汾起飞后，北京军区总医院根据115医院报告的诊断情况，就抓紧时间进行救治赵占平伤员的各种准备。鉴于赵占平伤情紧急、严重、典型，被铡手指保存得当，病员能在最佳时间送到医院等情况，医院领导高度重视，要求尽全力成功实施断指再接手术，先后汇集了相关科室的27位专家会诊，力争达到和平年代救治部队伤员的经典案例。一系列的检查、会诊和手术，赵占平右手抢救的结果是喜忧参半，喜的是通过各方积极执着的努力，赢得了极其宝贵的救治时间，赵占平右手根部关节功能完全保住了；忧的是经仔细检查会诊，由于占平右手指被铡成了很多节，所有接口处、手指顶关节、中关节都已铡坏，没有任何成功接活的可能，倒是基于争取了时间，右手根部的基础条件非常好，神经线、血管、肌腱具备再接的可能，因此医生建议赵占平作自身脚趾移植，也就是把占平的右脚趾移植到右手上，恢复右手的功能，但不能保证完全成功。占平想如果手术不能成功，手、脚都要残废，考虑再三还是放弃了。

北京军区总医院为救治防化连战士赵占平尽了最大努力，虽然没有成功接指，但右手根部关节医治手术十分成功完美。占平通过反复锻炼和练习，现在右手不但可以自行夹筷吃饭，还发挥了意想不到的作用，非常难得。

在上级领导的关心支持和医院等各方的全力帮助下，靠赵占平的坚强与勇敢、连首长的果断与执着、加上战友们的努力，比预定时间提前了两个多小时将占平送进手术室，我们防化连终于赢得了这场与时间赛跑的战斗！

赵占平乐观向上良好的军人素质和坚强的军人意志，给防化连的干部战士和三地医院留下了深刻的印象。从严重受伤到整个救治过程，占平没有叫一声苦，喊一声痛，反倒总是说："连里那么忙，你们回去吧，回去吧！"几次上车、下车，上飞机、下飞机，占平都是强忍着剧痛自己独自行走，115医院担心病员失血过多而准备的担架他坚持没有躺，北京军区总医院为他准备的专用救护通道没有用上，以致后来在总医院大院里，一个医院内勤人员碰到赵占平问他："你就是那个专机送来的伤兵吧，那天晚上整个医院都在为你忙碌着，我在专用通道门口候了多时，后来听说你自己坚持直接走进去了，你真行！"在手术台上护士问医生："这个专机送来的伤员流了那么多血，要不要输血呀？"医生说："看他的精神状态不需要输血，应该没问题。"护士说："这个兵真了不起！"

我按照连首长的指示，把救治赵占平的全过程写成了书面报告，连首长汇总相关情况后向上级作了系统汇报，得到了防化科、直属队领导的肯定。防化连老连长李明科长指示："一定要把受伤的战士照顾好，要坚决杜绝类似伤害的发生。"

对于赵占平自己来说，严峻的考验和艰苦的日子才刚刚开始。在北京军区总医院住院18天以后，占平回到了河北满城老家。在回家的路上，占平回想这么多天的经历，感慨万千。虽然在部队受了伤，非常遗憾，未能接指成功，但连首长、战友们和军、师领导以及医院等各个方面对自己的关怀、关心、不惜一切代价的救治过程，历历在目。占平想好了，绝不能向部队提任何要求，增加任何麻烦，作为一个军人一切要自己扛。事实上这38年来赵占平就是这么做的。

赵占平回到家，第一眼看到村里的那口水井，活生生的现实生活就摆在了面前。占平13岁失去父亲，总不能让母亲照顾自己一辈子吧。当天晚上，占平彻夜未眠，看着自己受伤致残的手，心想，"自己扛、怎么扛、容易吗、能行吗？"一时间今后的日子该怎么过的那种不确定、无望无助、恐慌和迷茫一下涌上心头，忍不住泪如泉涌。说实话我见证，赵占平从受到巨大伤害那一刻起没有掉过一滴泪水。男儿有泪不轻弹。回到家里真正面对现实生活、面对前途未来、面对含辛茹苦养育自己20多年的母亲，尤其想到一个军人失去了右手的主要功能，再也不能握枪的时候，那种泪水无法阻拦。尽管思绪万千想了一夜，人生仍要前行，生活仍要继续。为了不让母亲担心，也急着想证明一下自己，第二天一大早，占平挑着水桶来到井边，尽管很难很难，占平终于还是想尽办法艰难地把水从井底打了上来，挑了回去。占平觉得自己还行，于是又找到了自己扛下去的信心和勇气，又看到了奔向未来的希望。

在家里只待了5天，赵占平就回到了部队，一方面他对连里分配的力所能及的工作更加尽心、尽职、尽责，受到连首长和战友们的一致好评；另一方面他用休息时间，更加刻苦地学习有关中医医疗方面的知识，占平说："能帮他人解决疾病痛苦，是一件多么有成就的事。"

1982年，赵占平退伍回到家乡。他坚持到专业学校系统学习了医学知识，并取得相关资格证和行医证，同时又自学电器维修方面的专业知识和维修技术技能，为当地周边的同乡们解决了水井自动抽水系统等许多电器维修问题，既赢得了大家赞誉，又通过自己伤残的手获得一份收入，在当地小有名气。1992年，赵占平被招入满城民政局，更是如鱼得水，凭借自己军人的作风，干得有声有色，得到了领导和同事们的充分肯定和一致好评。在忙碌的工作中，占平还抽空学习钻研了草白玉雕刻技术，占平骄傲地说："最开始雕11个字要11个小时，到后来雕11个字要不了1小时。"占平用自己的双手创造了新的生活，开创了崭新的未来，更赢得了人们的肯定和尊重。赵占平用实际行动践行了一个军人的承诺。

目前赵占平已经退休，育有一儿一女，享受着人间的天伦之乐。我在今年5月23日跟他通话的时候，占平兴奋地说："我现在医院，正等待我第二个孙子的降临。"哇！我们防化连的战友赵占平真是好样的。

说到这里，我们防化连这场与时间赛跑的战斗才真正画上了一个圆满的句号。遗憾的是周忠玉连长、吴振杰班长已经因病离开了我们，好惋惜，好怀念。

在部队两年的锤炼和亲身经历，我从世界观、人生观和思想、行动、作风上完成了向中国军人的转变，收获了思想的进步、觉悟的提高、健康的体魄和军人的意志、战友的情谊。直到现在，赵会军排长全程接我们来到部队的情景、新兵连陈贞铭班长严肃与温暖交融的脸庞、老连长李明那种中国军人风采、周忠玉连长的威严可亲、赵占平受伤的瞬间和从容的微笑、吴振杰班长炯炯有神的目光、吴福余指导员的尽职沉稳、靳树长连长忍着胃痛坚持指挥的身影、全连干部战士脚踏稻田弯腰战斗的壮丽画面，还有洪洞某师医院的用心指导、115 医院的尽心努力、北京军区总医院的精心手术、京护士的帮助、空中经历和机组、军医的尽职尽责以及调皮可爱的小毛驴等等，经常在我的脑海中一一闪过，永生难忘。

◎赵占平幸福一家人在狼牙山留影。（由赵占平提供）

40 载光阴飞逝，远去的是不可追回无法重现的美好时光，而留下的是那段在 207 师防化连度过的让我终身受益、永远也不会忘记的峥嵘岁月。我的军旅生涯虽然只有短短的两年时间，但过往的那些人和事、经历的那些情和义、感受的那些爱与恩，每每回想起来都心潮澎湃、热血沸腾、催人奋进。"军旅生涯、无悔年华"，同赵占平和所有防化连的战友们一样，身上赋予了中国军人的军魂，脑海里烙下了中国军人的刚强意志，骨子里注入了中国军人的铮铮骨气，血管里流淌着中国军人保家卫国、敢为中国人民牺牲一切的血性。一个中国军人的忠诚与奉献、无畏与坚强、拼搏与担当，早已铭刻于心。

愿这篇由脑海拾起、心里流出的记忆能激起您的共鸣。

作者简介：徐海卫，见《怀念战友》。

我的通讯报道和学术研究经历

靳树长

在我近 25 年的军旅生涯中，从一名普通的防化战士，到一个师级指挥机关的防化机构的科长，经历了防化事业的诸多方面，也在防化通讯报道和学术研究中做了些工作，现将我该项工作的经历和体会写出来与大家分享。

通讯报道，是防化兵最高领导机关，为了加强工作所开展的一项专业理论宣传工作，旨在通报情况，交流工作经验，探讨未来发展。具体由《防化杂志》社（通讯报道工作的专门机构，1992 年总参防化部撤销后，改由总参兵种部《现代兵种》杂志社）负责。《防化杂志》是总参防化部主办的全军性防化专业军事刊物，设有高层重要活动、部队训练、学术研究、专业技术、装备技术保障、未来与发展、核化事故救援、外军研究动态、图片报道等栏目，为月刊。其工作人员，除杂志社编有固定专业工作人员外，大都是聘请的各部队防化机关和分队、有一定写作水平的非专业报道人员（"防化通讯员"），为其撰写、提供稿件。各军区

◎防化兵刊物。（由靳树长提供）

防化机关设立通讯站，集团军设通讯分站，师旅设通讯组。各级均把通讯报道工作作为年度工作任务层层下达，提出要求，对表现好的可评为"优秀通讯员"或评奖给以鼓励。

防化学术研究工作，是指在防化专业领域内，开展对某一方面或某一课题，进行有关其性质、规律的研究探讨活动。此项工作，20世纪70年代末80年代初由总参防化部分管，编制有学术处，主管全军防化学术工作，后来学术处取消，有关的学术工作由作训、装备、科技等处和《防化杂志》社分管，一般由部队防化机关和基层干部人员为主进行，研究探讨目前及未来防化各领域的主要问题，每年提出撰写的范围、题目供参考，各级再安排落实。撰写的防化学术文章，总部和军区均有专门的人员组织召开研讨会，进行评比，一般设一、二、三等奖，或在《防化杂志》上刊载，或出版《论文集》《论文汇编》。

我开始接触防化通讯报道和学术研究工作，是在到了防化科之后。之前在连队任排长、连长时，整天忙于训练、生产、管理等工作，虽然有时见到《防化杂志》，也没时间学进去，对通讯报道和学术研究几乎没有认知，更不会参与。1983年5月，我由连长调师司令部防化科任参谋之后，开始对通讯报道和学术研究工作产生兴趣，逐渐认识到这是一个机关工作人员的责任和义务。

1984年的一天，科长李明让我写一篇文章，现记不得什么题目了，我费了好大的劲儿写完，既没获奖，也没被《防化杂志》刊载。

我们师移防张家口转隶65集团军后，防化处（处长李永钦、参谋宋天明、刘学文）每年都通报各师通讯报道和学术研究工作完成情况，并布置下一年工作。记得最好的是A师，一位1965年入伍的防化科长丁丙午，每年都有4—5篇文章被《防化杂志》刊登，是这方面的典型，对我感触很大，促使我开始走上通讯报道和学术研究之路。

1985年，在李明科长的带领下，我参与撰写的《防化分队现行装备有待改进》文章，提交北京军区防化装备总体论证会，进行会议交流，并获得"全区防化装备总体论证文章三等奖"，首战告捷的成功，坚定了我写作的决心，之后，还共同撰写了《谈谈封闭核突破口时部队的防护》文章。1986年，又与科长合写了《关于担负坚守防御阵地任务的分队在核条件下行动特点的探讨》文章，也获得了军区优秀论文奖。这年，《防化杂志》社聘请我为《防化杂志》的通讯员。通讯员的职责明确：积极为本刊撰写和组织稿件；关心杂志建设，经常提出建议和提供报道线索；向本刊及时反映读者意见。科长的传帮带，参与学术文章的撰写，锻炼了我的写作能力，增强了对这项工作的认识。

1987年科长李明转业后，我负责科工作8年时间。随着在科工作时间的不断增长，对防化事业的各项工作熟悉程度不断增加，对通讯报道和学术研究工作的认识和撰写自觉性也在不断增强，逐渐有了一种责任意识，不但自己写，还组织科连干部写，活跃了该项工作，取得了较好的成绩，做到了每年都有一篇以上的文章被刊载或获奖。

1987年，我与参谋宣浩合写的《浅谈核威胁下步兵师坚固阵地防御战斗如何建立核观测配系》文章，获全区防化学术优秀论文三等奖。

1988年，与宣浩合写的《谈建立"星网式"核观测配系》文章，在该年《防化杂志》上刊载，并编入北京军区《防化学术论文集》；撰写了《对核威胁下常规作战转入核条件下作战特点和行动规律的探讨》文章。1989年，与师参谋长席先桐合作撰写的《利用机关演习机会组织首长机关防护训练》文章，被《防化杂志》刊载；与宣浩合写的《搞好科带连演习，提高防化保障水平》文章，由65集团军组织在我师实施的"防化科带防化连演习观摩会"上转发；独立撰写的《局部战争防化保障探讨》文章，获"全区防化学术讨论会优秀论文"。

1990年，本人撰写的《谈高技术条件下局部战争防化保障》文章，被编入全军《局部战争防化保障论文集》。

1991 年，与师参谋长赵刚合写的《积极制作简便器材，保证单兵综合演练》文章，与作训参谋李征远合写的《抓好防化分队战术训练"四个环节"》一文、本人拍摄的"巡修""重视科学，学习知识" 2 组照片，均被当年《防化杂志》刊载；撰写的《以条令条例为依据，抓好防化装备"三化"管理工作》文章，在集团军"防化装备'三化'管理现场会"上转发；撰写了《核化学条件下局部战争防化保障浅谈》文章。这年由于工作突出，我们科（51396 部队防化通讯组）被北京军区防化通讯站评为"1991 年度《防化杂志》通讯报道先进单位"，我个人被评为"优秀通讯员二等奖"，并通报表彰。

1992 年，本人撰写的《抓好保管员素质的提高》一文，在《防化杂志》第 8 期上刊载；撰写的《分队干部要增强战备意识》、与参谋李现敏合写的《如何抓好防化装备经常化管理》、"苦练得第一"照片一组、与连长陈红鑫合写的《组织单兵综合演练需解决的几个问题》文章，在《防化杂志》特刊刊载（特刊，为《防化杂志》最后一期，以后改为《兵种杂志》）。本人撰写的《浅议抓好防化装备经常化管理》文章，获"全区兵种学术优秀论文三等奖"，拍摄的"全神贯注"照片一组，刊入《中国人民解放军防化兵画册》。12 月，军区司令部兵种部为我颁发"通讯报道一等奖"荣誉证书。

1993 年，与李现敏合写的《着眼提高夜间专业保障能力，努力搞好防化分队夜训改革》文章，分别在集团军"夜间训练现场会"、军区"防化夜训改革成果论证会"上转发；《适应现代战争防化保障需要，努力搞好夜间防化训练改革》文章，分别在北京军区和全军"防化训练改革研讨会"上转发；本人撰写的《浅谈防化兵夜间训练改革》文章，获"全区兵种学术优秀论文二等奖""全军防化军事学术论文三等奖"。由于工作突出，8 月被《防化杂志》社评为"《防化杂志》优秀通讯员"，并通报表彰。

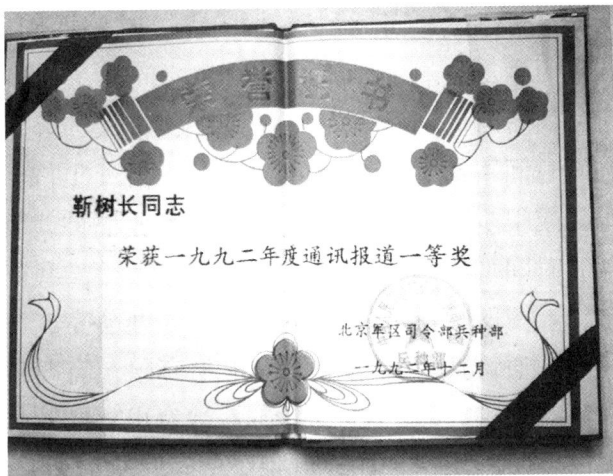

◎靳树长的获奖证书。（由靳树长提供）

1994年，本人与李现敏参谋合写的《着眼现代夜战核化特点，努力深化防化夜训改革》经验做法文章，在6月份全军夜间训练改革现场会上转发，并列入总参主办的《军事》杂志（为总参谋部主办的全军综合性军事刊物）《全军夜间训练改革现场会专辑》；《着眼夜战核化环境，探讨防化保障方法》文章，获"全军防化军事学术论文优秀奖"，并被《现代兵种》第10期刊载。

以上撰写的文章，大多是上级明确的范围题目，也有一部分是自己感兴趣的内容。大致可分为三类，一是防化科连军事活动的实事类文章，包括图片；二是与当前防化工作紧密联系的经验做法类文章；三是对防化工作前瞻性、探讨性文章。从撰写文章的情况，也反映出在数量上是从少到多，质量上从一般到优秀的趋势，尽到了一名防化机关工作人员的责任和义务。

总结参加通讯报道和学术研究工作，我有以下体会：一是首先列入工作计划，把通讯报道和学术研究当作防化科或个人的一项例行工作，去重视，去完成。二是处理好与其他工作的关系。年度防化工作很多，军事训练（改革）、装备管理、教学计划准备、比武考核、机关学习、拉练演习、迎接上级检查验收等，感觉哪项工作都比通讯报道工作重要，就急事先办，重要事下功夫办，空闲时间写报道文章，也要早动手，争取主动。有的学术文章也有时间要求（某日前上报），有时也得当回事抓紧时间完成。三是做好工作记录、经验总结和资料积累。四是上班时间不够，课余时间补。有时白天工作特别忙，根本就没有时间写，或很少有时间写。为了按时完成稿件，就用晚上、星期天这些休息的时间加班写。整个司政后办公大楼，我们科是加班比较多的科室之一。一般情况下，吃完晚饭就去办公室，一直写到十一二点，有时甚至是通宵达旦。由于本人水平有限，有时一篇稿子要反复推敲修改，精益求精，直到自己感到满意为止。撰写稿件，基本就是用牺牲个人休息时间做保证的，既保证数量，更看重质量。

　　我的通讯报道和学术研究经历，使我更加确信，任何事情要办好，是靠主客观条件决定的，但有时更是靠主观因素。主观因素发挥好了，它能使客观条件的不利因素变积极因素，使劣势变为优势，并发扬优长，弥补不足。我1961年（10周岁）开始上小学，69年初中毕业，初中仅上两年，整天停课闹革命，没学什么文化，又因家庭因素未上高中。但是我在地方参加工作（参军前在县打井队制管厂上班）和参军后，没有忘记学习，养成了喜欢做学习笔记的习惯，对文字工作不厌烦，无论是学习、开会，还是工作计划、总结、日志，都愿意动笔，还善于保存以往资料，这对我提高写作水平，做好工作积累了大量的素材和资料，并大有帮助。部队期间，也进行了文化补习、自学大专课程。就这样，我从一个文化水平不高、见识少、能力差的农村青年，经过努力学习，认真工作，坚定执着，积极向上，用勤奋弥补不足，逐渐成长为一名坚定的革命战士，一名半职业军人，一名地方党政工作人员，为军队、党和国家贡献了自己的力量，感到十分荣幸。

　　在此，我通过文集这个平台，衷心感谢为我成长进步给予教育、培养、关心的班、排、连、科长等各级领导！衷心感谢对我履行职责、完成各项工作任务给予帮助、支持、理解、包容的各位同事和战友们！

作者简介：靳树长，见《回忆1989年"科带连演习"》。

鲜血凝成战友情

——防化连官兵献血抢救兄弟连队重伤战友的故事

陈红鑫

1992年6月13日（星期六）下午5点多，我正在连队车场组织司机保养车辆，准备晚上的夜训，通信员急冲冲地跑过来说道："连长，作战值班室让你接电话。"我来不及擦掉手上的油渍，急忙赶回连部，迅速拿起电话："喂，我是防化连连长陈红鑫。""我是作战值班室夏参谋，迅速集合你连人员，立即赶到师医院。"说罢，电话就挂断了。

我想肯定是发生了紧急情况，便立即吹响紧急集合哨，迅速集合人员，不到十分钟全连就赶到了师医院，我们是师直部队第一个赶到医院的。到医院后，医院的副院长立即安排我们连全体官兵抽血化验。这时我才知道，我师某步兵团在准备夜训装备器材时，发生意外，炸伤3名战士和1名干部，其中1名战士生命垂危，急需大量输血。

我是第一次见到这种场景，这名战士侧躺在手术台上，背上插着一块炸弹皮，尖头在外面，血哗哗地向外流，真是血流如注啊。经过师医院抽血化验，我连有20人符合血型条件，其他几个兄弟单位有40人符合条件。这样，师参谋长赵刚命令我负责组织这60人采血输血，其他同志先撤回营房，如不够用，再抽调其他单位前来抽血。这样我带领这60名同志，一个一个地抽血，并一滴滴地输送到了这名不知名的伤员身体里。

血，一直不停地向外流！血，一直不停地往里输！这名重伤员的生命正靠战友们的鲜血艰难地维持着。

为了抢救这名战士，解放军 251 医院和其他医院的专家赶到了，进行会诊，确定手术方案。等待献血的战士们焦急而又耐心地等待着，随时等候呼唤到自己的名字，为这位重伤的战友献出鲜血。

伤员的腹腔打开后，只见里面是一塌糊涂，血、大便、小便等混合在一起，找不到止血点，想尽很多办法仍未制止出血点，医生叹息地直摇头，显得无可奈何，征得军首长的同意，只能先缝合起来，医生用了 7 包绷带塞进了伤员的腹腔，并做了缝合手术。

血，仍在向外流！血，仍在向里输……

就在人们渐渐失去信心的时候，奇迹出现了，伤员的血居然止住了，血压在慢慢回升，伤员又有了生命复苏的迹象。

最后我们得知，这名重伤员通过进一步的抢救措施，终于保住了生命。

60 余名官兵的热血，挽救了这位战友的生命，并在这名战友的身体里永远流淌着，充分说明在人民军队中，战友战友亲如兄弟的真挚感情。

20 多年过去，我由衷祝愿这位不知道姓名的战友能够幸福生活、健康长寿！

作者简介：陈红鑫，见《降魔神兵展雄威　应急救援扬美名》。

战友才艺欣赏

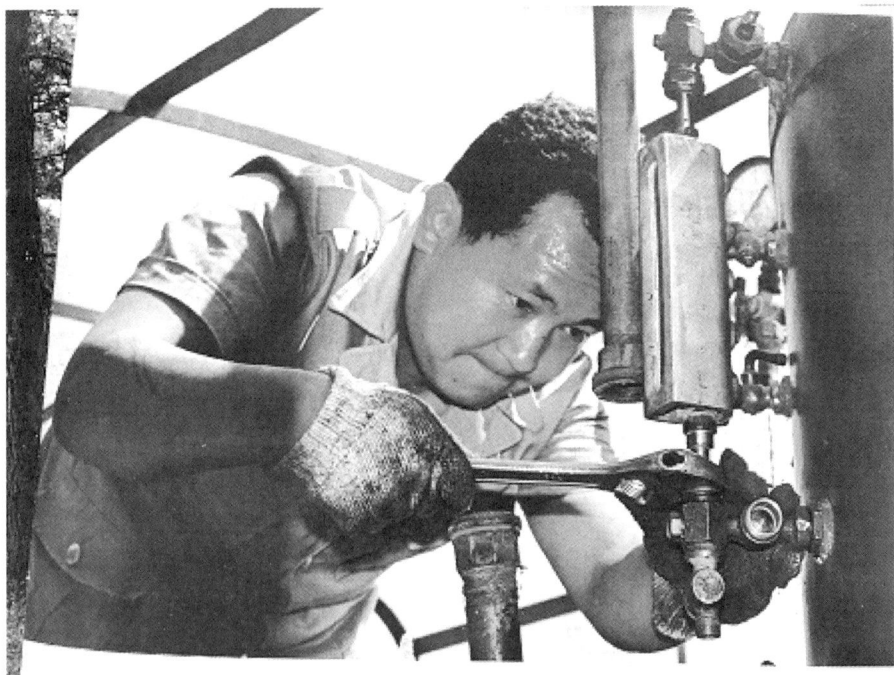

◎《聚精会神》。刊登在 1992 年 9 月出版的《中国人民解放军防化兵画册》上。（靳树长摄影）

作者简介：靳树长，见《回忆 1989 年"科带连演习"》。

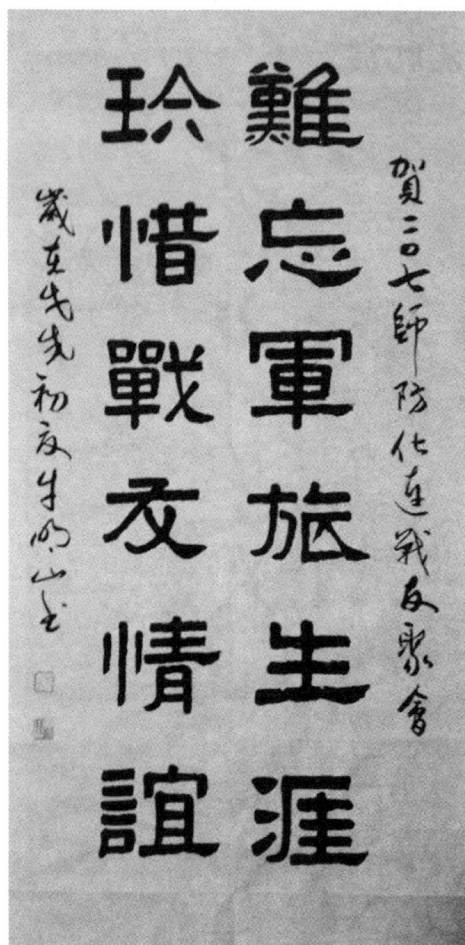

难忘军旅生涯
玲惜战友情谊

贺二〇七师防化连战友聚会

岁在辛丑初夏 牛明山书

铁流西去出阳关 征程艰险风雪
寒孔雀河畔摆战场 背倚天山扎
营盘 铠盾疆国安 社稷舍生忘
破楼兰喜看大滇 红云起终生田
首忘亦难

平湖南书 横试 验集 风 起 云 初
东湖先生 初夏 牛明山书

◎牛明山书法。

作者简介：牛明山，男，1954 年 7 月出生，山西省长治县人，1972 年 12 月入伍。曾任防化连排长，1985 年 1 月转业到山东省潍坊市人社部门工作，2014 年退休。

◎《在清晨等待着上课的钟声》——摄于美国哈佛大学。（周京平摄影）

◎《万物互联的力量》——摄于日本横滨。（周京平摄影）

◎《信息技术之塔》——摄于美国斯坦福大学。(周京平摄影)

作者简介：周京平，见《钢铁是这样炼成的》。

◎《锚地——纪念武汉长江大桥通车60周年》，国家级比赛优秀奖。(席福建摄影)

◎《希望的田野》。(席福建摄影)

◎《梦幻都市》,获镇江市摄影家学会三等奖。(席福建摄影)

作者简介: 席福建,江苏省镇江新区人,1958 年 7 月出生,1976年 12 月入伍,防化连 1 排 1 班战士,1981 年 3 月退伍,在镇江新区拆迁办工作。镇江市摄影家协会会员,江苏省摄影家协会会员。

夏荷

仲夏清塘竞碧蔥，
情归何物问西东。
恨不饮干池中水，
属睹芳心一缕红。

◎《夏荷》。(席福建摄影)

开钢为席福建战友所摄"夏荷"图配诗一首：

仲夏清塘竞碧蔥，情归何物问西东。

恨不饮干池中水，为睹芳心一缕红。

题红棉树

七巧良宵秋月来，
银河两岸共徘徊。
郎兄身远妹不悔，
一树红棉为君开。

◎《题红棉树》。(开钢摄于攀枝花市并配诗)

　　七巧良宵秋月来，银河两岸共徘徊。

　　郎兄身远妹不悔，一树红棉为君开。

作者简介：开钢，见《晒晒我的军事训练成绩单》。

第三编　岁月如歌

诗二首

王　勤

庆相逢

昔日拼杀卧虎营，北疆御敌守大同。
解甲半生在故里，思念战友白发生。
花甲石市再相会，汇文酒店叙友情。
今日高歌须纵酒，聚首狂欢庆重逢。

军魂永驻

我们曾经当过兵，在二零七师的军营。
保卫祖国守大同，把青春献军中。
在复员转业离队时，我们含泪别军营。
刚回故里那几年，做梦都在喊杀声。
日夜思战友，不忘军旅情。
军人气质陪伴我，印在脑海中。
我们现在不是兵，可是个个都像个兵。
举止端庄干工作，雷厉又风行。
我们退伍不褪色，干劲永不停。

坚决跟着党走，改革开放立新功！

八一军旗在心中，盼望我军更强盛。

国防实现了现代化，我们心里真高兴。

美日越印常挑衅，气的解甲老兵要发疯。

如今年龄过半百，我们还想去当兵。

退伍虽然不是兵，可是军魂永驻在心中。

敌人胆敢来侵犯，我们立即披甲再出征！

作者简介：王勤，见《序言》。

庆战友聚会

李　明

战友欢聚石家庄，夙愿成真乐满堂。
共忆军营多少事，推杯换盏诉衷肠。
红色追寻赶考路，不忘初心奔远方。
桑榆非晚雄魂在，一生得意旌旗扬！

作者简介： 李明，见《在207师防化连战友"红色追寻，不忘初心"学习座谈会致词》。

诗二首

王树奎

榆次种稻

五七指示放光芒，战士农垦斗志昂。
赤脚下田破冰凌，汗水血水育稻秧。

稻田注水耙平整，人拉荒板泥衣裳。
插秧弯腰头不抬，以退为进背朝阳。

秋来稻熟穗低头，挥镰割稻抢收忙。
辛劳换得收成好，金黄稻谷堆满仓。

政治学习提觉悟，军事训练打胜仗。
从未有人叫苦累，革命军人志刚强。
长征精神鼓舞我，赤胆忠心跟着党。
脸黑心红骨头硬，受益终生永难忘。

◎插秧种稻。（由蒋腊明提供）

石家庄防化连联谊会有感

五月战友聚石门，多年梦境变成真。
几年军旅百年好，一朝战友三辈亲。

战友相拥手拉手，举杯敬酒心蹦心。
千言万语出肺腑，笑声歌声伴诗吟。

回首当年峥嵘日，卧虎湾里铸军魂。
纪律严明作风硬，政治军事立功勋。

不计苦累流血汗，一片赤诚报党恩。
青春无悔伟男子，血染战旗真军人。

岁月无情催人老，人老更知铭初心。
砥砺前行跟党走，中国梦圆抖精神。

年近古稀志不衰，民族复兴担责任。
昂首挺胸迈阔步，笑傲夕阳天地新。

作者简介：王树奎，山东临沂人，1969 年 2 月入伍，任防化连战士，副班长，1973 年 2 月退伍，任山东省沂水县国土资源局局长。

我当兵的地方

王国成

207 师防化连，
我当兵的地方，
一个不谙世事的小青年，
在那儿生活、锻炼、成长。
难忘那大同情怀，
意气风发，
追逐梦想。

四十多年过去，
总也抹不掉对你的怀想。
防化连，
你的战士想念你，
那里有割舍不断情谊的兄弟兄长。
想起那张张熟悉的面庞，
和那排排青砖的营房，
就像昨天一样。
你看，连队正在出操，
高唱《防化兵之歌》：
"太平洋上笼罩着乌云，
新的战争威胁着我们，
我们是人民的防化兵，
我们的队伍向太阳……"
你看，连队正军事训练，

样样达优，
侦、测、消、防。
你看，连队正组织篮球比赛，
刘树杰、韩忠生，还有一班长、七班长。
在连队我最神气时，
是手握钢枪执勤站岗。
我最高兴时，
是晚点名又受到表扬。
我最喜欢连队早操，
马路上，
迎着卧虎湾的启明星，
跑步声唰唰响，
一二三四口号
数咱防化连嘹亮。
我印象最深，
是那年在煤矿，
挥汗如雨的工作面上，
往下迈三百一十六个台阶，
再走几百米，
才到那块战场，
艰苦锻炼了我们，
使我们更加坚强。

我最不情愿的是：
摘下三点红，
脱下绿军装；
从此
再也见不到我的战友、兄长。

几十年过去了，
我大声地问一声：
亲爱的战友，
你们过得咋样？
儿女是否孝顺，
身体是否健康？

岁月抹去了很多往事，
但总也抹不掉脑海中，
你那熟悉的脸庞，
就像昨天一样。
如今的老爷子，
我一眼就看出是当年帅气的七班长。
这不，
连队又吹响集合号，
相邀五月石家庄，
我扎好武装带，
系好风纪扣，
按时归队，
敬礼战友首长！

回到老连队，
会会老战友，
看看老首长。
李孔旭、姚立成、段宗学、金根章，
杨广生、吴福余、周安明，
还有李明、靳树长。
再吃一次二米饭，
问问王爱忠司务长，

四毛八的饭菜为什么那么香？
更想问问谁替我站过几班岗，
是吴福余，是马正平，还是刘乃江？
都像，都不像。
齐和宝、程国清战友，
倒完防毒面具里的汗水，
别忘了擦干镜框，
训练湿透的军装，
清水漂走汗卤穿着才爽。

老战友新战友，
都是我的好战友，
老首长新首长，
都是我的好首长。
敬礼！握手，握手，敬礼！
战友，首长。

我想再听李孔旭指导员讲：
听毛主席的话，
做毛主席的好战士，
提高警惕，保卫祖国。
再听新首长讲：
听从习统帅号令，
英勇顽强，作风优良，
不忘初心，敢打胜仗。

我永远是防化连的一个战士，
还像当年一个样，
不管让我干什么，

依然是，
强壮的臂膀，
火热的胸膛，
满满正能量！

作者简介： 王国威，见《回忆煤矿生产的经历》。

词四首

刘树杰

浪淘沙　忆马兰

扎营戈壁滩，
月冷风寒，
将士深情望马兰。
蘑菇烟云地冲天，
华夏同欢。

晚夕忆当年，
忠心赤胆，
军人使命重如山。
国防重器今胜昔，
谁敢来犯？

◎参加 2146 核试验的 69 军各防化分队负责人合影，左起：刘召前、李明亮、李清朝、陈新传、刘树杰。（由李清朝提供　张海摄影）

天净沙 塞北风光

蓝天雄鹰彩霞，
绿草白羊骏马，
远山曲水人家。
长调悠悠，
塞北风光如画。

战友重逢

卸甲离别两茫茫，
牵挂在心上。
今朝有幸重相聚，
畅饮美酒诉衷肠，
任凭泪两行。

军旅生涯最难忘，
青春写华章。
生死与共多少事，
一声珍重情意长，
依依望夕阳。

庆贺战友联谊会成立

战友惜别在军营，
人海苍茫断身影。
暮年相见不相识，
同提往事始辨清。
喜逢盛典再聚首，
酒杯满满意盈盈。
借问老翁欲何泪，
只缘我们都是兵。

◎2017 年 12 月，刘树杰（右）开钢这对参加核试验的生死之交战友，终于久别重逢。摄于涉县 129 师司令部旧址。（由刘树杰提供）

作者简介：刘树杰，河北邯郸人，任防化连战士，班长，排长，正连职技术室主任，1985 年 12 月转业，中国农业银行邯郸分行处长。

战友情

郭秋景

一张通知书，
相聚军营中，
从此我们是战友，
称呼伴终生。
一块去训练，
一起看电影，
一同忙劳动，
一路谈人生。

漫漫风雨从军路，
日月可见战友情，
战友情是一份真挚的情，
战友情是一份难忘的情，
战友是无话不说的好兄弟，
战友是情同手足的好弟兄。

复员退伍奔西东，
战友情谊心中记，
一边忙工作，
一边顾家庭，
一路去打拼，
一心要成功。

悠悠岁月催人老，

久别的战友盼重逢，
终于聚在石家庄，
多年的心愿得以偿。
举杯祝贺再相聚，
围坐一起诉衷肠。
战友没有贵和贱，
战友不分富和穷，
微信电话多联系，
来年还要再相聚。

◎周末进城小憩。（由安清亮提供）

作者简介：郭秋景，河北威县人，1973 年 12 月入伍，历任防化连战士，化验员，1980 年调地方武装部现役，1985 年 11 月转业。

忆战友

——5.19 聚会有感

李华军

当年戍边在塞北，热血沸腾进军营。
怀揣理想守边防，保家卫国献青春。
摸爬滚打搞军训，严格要求不放松。
军工军农又营建，各项工作争先锋。
同吃同住同劳动，互帮互助劲倍增。
战友情谊难忘怀，点点滴滴记心中。

铁打营盘流水兵，解甲归田返故乡。
岗位转换不松劲，崭新征程建奇功。
近日石门来相会，久别重逢忆往昔。
五湖四海聚一起，推杯换盏叙友情。
相聚短暂又别离，紧握双手泪纷纷。
世上情谊千万种，战友之情最至真。

满腔热血铸军魂，战友关怀记心中。
各位战友多珍重，喷火全连勇前行。
心胸开阔福寿高，百岁愿望有可能。
愿与诸君齐共勉，昂首阔步奔前程。
军旅生涯永难忘，优良作风要传承。
老骥伏枥做贡献，你我共圆中国梦。

作者简介：李华军，男，山西长治人，1973 年 1 月至 1973 年 12 月任喷火连战士，1974 年 1 月至 1976 年 2 月任喷火连文书，1976 年 3 月至 1979 年 12 月任防化连班长，1980 年 1 月至 1981 年 12 月为师炮兵指挥连志愿兵，1982 年 1 月至 1987 年 12 月为师高炮营营部书记，1987 年 12 月退伍到长治县经坊煤矿。

诉衷情　从军风光

张海林

青春年少争抖擞，
报国戍边畴。
如今华夏昌盛，
江山似锦绣。
鬓虽秋，
身不倦，
雄赳赳。
我等之辈，
从军数载，
一世风流！

作者简介：张海林，江苏镇江人，1977 年入伍，任防化连战士、副班长、给养员、班长，立三等功一次，1980 年 12 月退伍。

浪淘沙　战友情浓

魏毓鹏

回首望大同，
多少英雄，
侦测洗消喷火龙。
热血青春献军旅，
毕生光荣。

四十载倥偬，
风雨西东，
老兵无悔芳华红。
微信群中忆旧事，
战友情浓！

作者简介：魏毓鹏，江苏镇江人，1977 年入伍，任战士、13 班副班长，14 班班长，1980 年 12 月退伍，荣立三等功 1 次，退伍后在村办企业上班。

词二首

田春宁

如梦令　防化连战友重聚

保定大同张垣，
农垦军工训练。
苦战锻劲旅，
青春热血奉献。
思念思念，
聚来英豪一片。

如梦令　洪洞牧鸭

草帽胶靴长褂，
稻田河谷沟汊。
独自舞长杆，
恰似挥兵天涯。
可叹部下，
皆是叽叽喳喳。

◎农作闲暇之余，战友们拍一张照片留作纪念。自左至右依次为：赵京慧、苏斌、开钢、田春宁。(田春宁提供)

作者简介：田春宁，北京昌平人，1976 年 12 月入伍，防化连战士，1980 年 12 月退伍，任职北京盛元泰投资有限公司。

披肝沥胆写忠诚

——献给参加石家庄聚会的老战友

黄廷柱

回忆青春岁月，
书写军旅时光，
老兵们拿起放下的笔，
让当年的，
工作、生活和训练跃然纸上，
也记下战友情谊的地久天长。
老班长王国威的一首诗，
把我带回熟悉的营房。
读着是诗，
听着却是催征的战鼓，
冲锋号响。

猛然间，
听到老连长叱咤练兵场。
退伍的老兵，
口号还是那么的嘹亮。
我不敢怠慢，
急匆匆背好器材，
扎上武装带，
跑到队列里整理服装。
抬眼望，
老兵们失去了青春的靓丽，

◎聚精会神的观测兵张小杰。（由张小杰提供）

脸上布满沧桑，
但依然英姿飒爽。
身上背着器材和钢枪，
只待连首长一声令下，
立刻开进，
蘑菇云笼罩的方向。

观测兵以最快速度，
报出组组数据，
计算出核爆炸的当量；
防化侦察兵，
明知防护服并不能将射线阻挡，
毫不犹豫到沾染区侦察、取样，
不怕死神的威胁，
爆心也敢闯，
把完成任务，
视为最大的愿望。
蘑菇云下的尖兵，
侦毒场上的能手
这一个个肉体之躯，
铸成防化兵钢铁脊梁。

洗消排的战友们斗志昂扬，
喷洒车消除了染毒的道路，
又冲洗净沾染的装备和车辆，
淋浴班备足热水
帐篷早早搭上，
只等为身染尘埃和染毒的战友，
冲刷干净肩膀胸膛。

山间敌人的坑道地堡，
子弹像火舌一样，
拦住了，
攻坚部队前进的方向，
前指首长一声令下：
喷火兵，上！
刹那间，
矫健的身影扑向前方，
一条火龙窜进地堡，
敌人的机枪不再嚣张，
冲锋的战友们高呼：
随行保障，
喷火兵最棒。

功劳少不了技术室的战友，
生化检验，
装备器材维修、检测，
室主任就是装备部长。

站到队列中，
冲向训练场，
使不完的劲，
浑身有力量，
总也忘不掉，
是因为，
炊事班的老班长，
把饭菜做得太香、太香。

列队的老兵，

口号震天响：

"当兵不悔，有召必回"。

当兵无悔因无私，

听祖国的号令，

忠诚于党。

面对危险与牺牲，

从未想过，

用经济理论问一声"值不值当?"

即使脱下军装，

入伍初心也不会忘，

那是因为，

每个老战士的心中，

铭记一个理想：

做毛主席的好战士，

无上荣光!

作者简介：黄廷柱，河北滦县人，中共党员，1983 年 11 月入伍，防化连 3 排战士、文书，技术室技工，1987 年 11 月退伍后在乡镇从事基层武装部工作。

浪淘沙　诗酒忆芳华

周京平

燃竹送残冬，
几人从容？
当年核弹舞东风，
犹记爆坑侦测处，
生死与共。

四十载芳华，
步履匆匆。
自信尚有夕阳红，
怕问落霞青山后，
诗酒谁同？

作者简介： 周京平，见《钢铁是这样炼成的——追忆我的从军岁月》。

卜算子 防化连赞

黄廷柱

雄居卧虎湾，
威名不虚传。
二零七师多劲旅，
当数防化连。
核爆测辐射，
精兵战楼兰。
舍生忘死灭毒火，
美誉满万全。

作者简介： 黄廷柱，见《披肝沥胆写忠诚》。

献给喷火连老战友

翟洪海

喷火连真英雄，
兵马壮赛蛟龙。
战场上杀敌狠，
喷怒火显神风。

在晋南军改农，
种水稻养畜牲。
精管细夺高产，
美名扬誉洪洞。

狼儿庄农转工，
下煤矿亦英雄。
干劲足向前冲，
采煤多添光荣。

喷火连好传统，
战友情记心中。
复兴路不松劲，
强国梦定成功。

作者简介：翟洪海，河北威县人，1973 年 12 月入伍，历任防化连战士，班长，1978 年 4 月退伍，河北省威县架钊乡雪塔村。

赞参加核试四战友

陶庆华

二零七师戍塞外，
防化连中有英才。
西去阳关四好汉，
壮志凌霄九重台。
大漠红云冲天起，
奋不顾身闯核霾。
勇士丹心存日月，
神兵光灿照后来。

作者简介：陶庆华，河北威县人，1973 年 12 月入伍，任防化连战士，班长，1980 年 1 月退伍，河北安利通公司工作。

四十年后再集合

王国威

久别重逢的喜悦，

无法形容，

一声声问候，

回荡在大厅。

这群老汉，

个个都有点激动，

握在一起的双手，

久久不愿放松。

我看到了老班长，

鼻子发酸眼发红，

"我的老班长，你还好吗？"

短暂无语，

四臂交叉，

紧紧地相拥。

此情此景，

怎叫我不泪如泉涌！

阔别再聚四十载，

喜笑声声传耳来。

四十年变化可真大。

当年的千里眼如今眼已花；

号称听到十里外蛐蛐叫的顺风耳，

现在也是爱打岔；

煤矿台阶三百多，
上上下下如履平，
如今走路不带风，
偶尔还要喊腰腿疼；
想当年，
指导员讲话象播音员，
如今慢慢腾腾还跑风；
当年生龙活虎的我们，
失去了当年的雄风。
岁月无情催人老，
大家不提当年勇，
可连里的事儿都还记得清。
我和副班长是一帮一的一对红，
训练、工作样样行，
大会小会受表扬，
年底评比还立功。
连队农场搞生产，
师里表彰都有名，
煤矿挖煤没经验，
战友们边学边干肯钻研，
安全完成生产任务，
吴福余，陈清普，安亮辰立了功。
防化学资源调查是为实战打基础，
带队干部杨广生。
全训半训每次大比武，
战士们各个赛老虎，
每次咱防化连榜上都有名。

树杰、开钢、张承祥，

深入爆心去取样，

范志军驾车真是棒，

沙漠奔驰赛羚羊；

赤胆忠心为强国，

舍生忘死谱篇章。

那一边，

有一群人在寒暄，

敬礼，

报告，

这是一群接力手，

防化连的精神他们来传承。

训练，管理总夺旗，

赛出的成绩数第一。

大厅热闹嗡嗡响，

走来当年的老连长。

值班员一声口令：

"全体都有，立正！"。

齐刷刷，老兵们还是像当年连队一样。

"报告连长，

全连应到 2018 名，

实到 105 名，

请您指示！"

老连长目光炯炯依然，

俊朗精明，

不同的是，

昔日的威严多了几份慈祥。

面对新老战友，

高兴、激动，还是……

憋了半晌说不出话，

哽咽中，

把准备已久的祝词稿扔一旁，

"为了战友相聚，干杯！"

作者简介：王国威，见《回忆煤矿生产的经历》。

战友聚会有感

刘建国

千里急奔石家庄，深情厚谊心中藏。
行人欲问为啥事？战友相见心飞扬！

望穿双眼寻班长，紧紧拥抱泪满框。
说不尽的离别苦，叙不完的思念情。

告别军营四十载，军旅往事刻心上。
思军念友梦难圆，石门一聚心好爽。

回忆连队光荣史，胸中倍添自豪感。
更有英雄战马兰，为连争光功圆满。

相见时难别亦难，惜别相送终难断。
依依不舍泪相送，相约来日再相逢。

赞建国兄战友聚会诗

开　钢

相逢一碗酒，话别长泪流。
战友三五载，真情感千秋！

作者简介： 刘建国，见《军旅往事》。
开　钢，见《晒晒我的军事训练成绩单》。

我的战友你在哪里

王国威

我的好战友，
如今你在哪里？
戈壁上的蘑菇云早已散尽，
马兰花盛开在绿色的大地。
当年的战友想念你。

我跟着你的足迹，
找到你农村的故居。
麦田说：
你的战友在这里，
正帮助困难户收麦，
晨露打湿了他的薄衣。
助人为乐，
荫及乡里。
你的乡亲都夸你。

我找到了工地，
高高的脚手架说：
你的战友在这里。
烈日下正挥汗如雨，
身先士卒，
一如过去。
他是我们好班长，
跟着他干我们都愿意。

你的工友都夸你。

我找到开发区的大车间，
轰鸣的机器说：
你的战友在这里，
他是我们技术能手，
完成任务年年第一。
看看厂里的荣誉室，
过半奖状都有他的功绩。
你的同事都夸你。

我找到大都市，
高耸的银座大厦说：
你的战友在这里。
商海运筹，
决胜千里，
他让"中国制造"的大旗，
高高飘扬在世界各地。
你的团队都夸你。

我找到政府大机关，
传达室的同志说：
你的战友在这里。
他是我们好领导，
一心为民谋复兴，
敢作敢为，
浩然正气。
你的班子都夸你。

我坐下喝口自带的白开水，

环顾茫茫人海，
我的好战友，
你到底在哪里？

我没有找到你，
但人民知道你！
身揣 51084 部队的退伍证，
那是毛泽东思想大学校的毕业证，
中华民族的伟大精神，
就浓缩在这小小的红本里。

当年，
战斗在蘑茹云下，
你是最优秀的战士。
观测洗消喷火，
你的战友们也都个个英勇，
冲锋陷阵，
所向无敌。
如今，
战斗在各行各业，
老骥伏枥，
志行万里，
你们依然都是好样的。

我四处寻找你，
我的好兄弟，
只是为劝你几句知心话语：
再也别像当年那样拼命，
革命事业已有人承继。

年过花甲，
日头偏西，
你要格外爱惜你自己！

我不爱听你又立了什么功，
也不高兴你又夺了啥第一。
即便这是光荣的业绩，
我也不愿祝贺你。
只盼着你平安过好每一天，
身体锻炼得棒棒的。
只盼着二十年后的519，
我们还能欢聚在一起！

作者简介：王国威，见《回忆煤矿生产的经历》。

赞老战友安平相聚

靳树长

石家庄519聚会之后，刘成德老连长及刘建国老班长等山东沂水的战友们，特地前往河北安平，探望因故未能参加聚会的防化连喷火连战友，情长意重，感人至深。

> 防化喷火本一家，
> 战友离分最牵挂。
> 石门首聚情未尽，
> 探访安平续佳话。
> 同为神兵降魔怪，
> 蛟龙吐焰绽血花。
> 沧海桑田谁不老？
> 总有丹心耀芳华！

作者简介： 靳树长，见《回忆1989年"科带连演习"》。

重逢——我的老战友（歌词）

刘树杰

（一）

敬一杯老酒啊！
情感在里头。
久别的老战友，
今日又聚首。
你看我，
我瞧你，
根根银丝爬满了头。
紧握着战友的手，
热泪往下流。

（二）

敬一杯老酒啊！
往事涌心头。
军旅的生涯，
让我们成战友。
同吃住，
同训练，
危险的时刻手牵着手。
这份情意这份爱，
千金也难求。

（三）

敬上一杯老酒啊！
我的老战友。
　重逢的话儿，
　咋就说不够。
　军营中的那些事儿，
　桩桩件件往外抖。
　军人的好传统，
　永远也不丢。

（四）

敬上一杯老酒啊！
我的老战友。
我们的友谊，
战火中铸就。
无论你做官，
或辛劳在田头。
相见时，
致问候，
还是老战友。

（五）

敬上这杯老酒啊！
祝福在里头。
敬上这杯酒，
平安又长寿。
敬上这杯老酒，
这是战友敬的酒，
千言万语杯中留啊，
我的老战友！！！

作者简介：刘树杰，见《浪淘沙　忆马兰等词四首》。

光荣榜

军队篇

1956 年

排长王善生等 14 人荣立三等功。

1958 年

杨万祥荣立二等功。

席炳辉、李政明、王凤明荣立三等功。

1959 年

史春贤、胡国庆、王云贵荣立三等功。

1960 年

杨万祥、史春贤、李新法荣立三等功。

1963 年

战士济荣华在抗洪抢险中舍己救人，荣立二等功。

1965 年

王太和出席全军装备技术革新授奖大会，其革新创制的某项目获国防部状。

1967 年

周忠玉被军区评为"学习毛主席著作积极分子"。

1971 年

马德利、刘国京拉练途中舍身救火，荣立三等功。

1972—1973 年

吴福余、阚开基、安亮臣、陈清普荣立三等功。

1976 年

刘树杰荣立三等功。

1977 年

　　刘贵金荣立三等功。

　　靳树长、杨军等 4 人被师政治部评为学雷锋积极分子。

　　防化科被军区司令部、政治部授予"精通业务，又红又专"锦旗。

1978 年

　　卜贵存被北京军区授予"防化参谋业务训练标兵"荣誉称号，第 69 军为其记三等功一次。

　　防化科被师评为"学硬骨头六连"先进集体。

　　牛明山、杨军、米拴道、纪长顺荣立三等功。

1979 年

　　杨广生、李华军、魏毓鹏荣立三等功。

　　牛明山在年终军事考核中，受到北京军区嘉奖。

1980 年

　　连队荣立集体三等功。

　　2 排荣立集体三等功。

　　靳树长、张海林、李荣生荣立三等功。

1981 年

　　李明在师司令部荣立三等功。

　　牟乃强荣立三等功。

1982 年

　　田建国荣立三等功。

1983 年

　　连队荣立集体三等功。

　　袁风高、李万富、耿福民、王德海、许绍辉荣立三等功。

1984 年

　　李明、靳树长、刘树杰与地方协作研制的喷洒车项目，获军区科学技术进步三等奖。

　　陈尚平、刘树杰、梁振明荣立三等功。

1985 年

侯万俊荣立三等功。

王太和被炮兵学院评为先进教员。

1986 年

防化连被军区评为"车辆管理先进单位"。

志愿兵陈尚平、范志军被评为"红旗车驾驶员"。

炊事班荣立集体三等功。

李银榜荣立三等功。

1987 年

2 排 5 班立三等功。

马清河荣立三等功。

1988 年

1 排 3 班立三等功。

孙广明荣立三等功。

王太和被炮兵指挥学院评为授课一等奖、教材编写一等奖。

赵京慧荣获空军指挥学院优质教学奖二等奖。

1989 年

连队技术室荣立集体三等功。

陈红鑫、周志忠荣立三等功。

1990 年

周青、施维宝荣立二等功。

李银榜荣立三等功。

炊事班立集体三等功。

1991 年

技术室荣立集体三等功。

杨石连、陈红鑫荣立三等功。

孙广明在后勤部营房科荣立三等功。

第 207 师防化装备"三化"管理工作，被北京军区评为达标先进单位。

王太和在炮兵指挥学院荣立三等功。

1992 年

1 排 3 班荣立集体三等功。

吴通、靳年宝荣立三等功。

靳树长获军区兵种部颁发"通讯报道一等奖"。

技术室获军区"科学技术进步四等奖奖"。

1993 年

连队荣立集体三等功。

唐文俊、张满田荣立三等功。

1994 年

靳树长、李银榜、刘学远研制的两项夜训器材，分别获军区科学技术进步三、四等奖。

靳树长、李银榜、李现敏、陈红鑫、刘学远 5 人分别被 65 集团军授予"防化夜训器材技术革新先进个人"。

防化科、连分别被集团军评为"防化夜训器材革新先进单位"。

防化连被集团军评为"夜训改革先进单位"；防化连被北京军区评为"防化分队正规化训练达标单位"。

洗消排荣立集体三等功。

靳树长被集团军记三等功一次，被北京军区司令部记三等功一次。

孙光辉荣立三等功。

1995 年

孙光辉获集团军器材革新一等奖。

一排荣立集体三等功。

孙光辉被集团军评为"优秀教练员"。

1997 年

刘志明荣立三等功。

1998 年

二排荣立集体三等功。

李现敏荣立二等功。

1999 年

一排荣立集体三等功。

韩强、孙光辉荣立三等功。

王太和被炮兵指挥学院评为优秀教员。

2000 年

孙光辉获北京军区科技进步四等奖。

李智刚荣立三等功。

2002 年

连队荣立集体三等功。

曾键荣立三等功。

2003 年

连队荣立集体三等功。

郭庆军荣立三等功。

地方篇

段宗学

1994 年：被地矿部直属机关党委评为优秀纪委书记。

1995 年：被地矿部直属机关党委授予年度工作奖。

李明

1990 年：被菏泽地委、菏泽地区行署授予先进个人荣誉称号。

1992 年：被山东省公安厅记功一次。

1995 年：被全国打击走私领导小组授予全国反走私先进个人称号；被国家经贸委、国家工商总局、国家技术监督局联合表彰嘉奖。

2001 年：被青岛海关党组授予优秀党务工作者荣誉称号。

2009 年：被青岛海关直属机关党委授予 2008—2009 年度海关优秀党务工作者荣誉称号。

靳树长

1998 年：被张家口市桥西区委、区政府评为 1998 年度"优秀纪检监察干部"。

1999 年：被张家口桥西区委评为"优秀党务工作者"；被张家口市桥西区委评为"纪检监察工作先进个人"。

2000 年：被河北省地方税务局评为"纪检监察先进个人"；被张家口市桥西区委评为"优秀纪检监察干部"。

2001 年：被张家口市桥西区纪委、监察局评为"优秀纪检监察干部"。

2005 年：被张家口市桥西区委评为"优秀党务工作者"。

张盼宗

1983 年：被石家庄铁路分局建筑段评为 1983 年度优秀共产党员荣誉称号。

王国威

1984 年：被安平县政府授予先进工作者荣誉称号，被衡水地区科学技术学会授予科协工作先进工作者，被衡水地区行署授予农业局系统先进工作者。

崔庆水

1990 年：被衡水军分区政治部授予 1989 年度先进民兵干部荣誉称号。

牛明山

1987 年：被潍坊市人事局给予记大功奖励。

1989 年：被潍坊市直机关工委授予优秀共产党员荣誉称号。

1991 年：被潍坊市委、市政府，授予全市军队转业干部安置工作先进个人。

1993 年：被潍坊市人事局评为市直机关先进工作者。

赵锋利

2005 年：被邯郸市总工会授予先进工作者荣誉称号。

2010 年：被邯郸市总工会授予优秀工会工作者荣誉称号。

2011 年：被邯郸市总工会授予先进工作者荣誉称号；被中国五矿集团工会评为优秀工会干部。

2012 年：被邯郸市总工会授予工会工作先进个人荣誉称号。

程国清

1988 年：被山西省文化厅评为先进工作者。

1994 年：连续三年被长治县委授予优秀党员荣誉称号。

1995 年：被长治市委、长治市政府授予长治市劳动模范荣誉称号。

1996 年：被长治县委、长治县政府授予劳动模范。

1997 年：被长治县委、长治县政府授予先进工作者荣誉称号。

郭秋景

1984 年：在威县人武部荣立三等功一次。

1990 年：被邢台地区行署授予先进工作者。

1994 年：被邢台市委办公室、邢台市政府办公室授予先进信访工作者；被威县县委记大功。

1996 年：荣获河北省信访工作优秀工作者称号。

1998 年：被邢台市委、邢台市政府授予先进信访工作者荣誉称号。

侯万俊

1997 年：被临漳县政府授予流通企业标兵。

1998 年：被邯郸石油系统评为先进工作者。

2001 年：被中石化邯郸石油分公司评为优秀党务工作者。

刘学平

1999 年：连续三年被临漳县委授予年度优秀共产党员荣誉称号；被临漳县委、临漳县政府授予劳动模范荣誉称号；被邯郸市委授予优秀共产党员荣誉称号。

2003 年：被邯郸市农业服务协会总会评为全市农协系统先进个人。

2009 年：被邯郸市政府授予邯郸市劳动模范荣誉称号。

刘贵金

2002 年：被河北省地税局授予第二届优秀职业道德标兵。

2003 年：被邯郸市地税局授予廉洁勤政先进个人。

2005 年：获邯郸市地税局三等功奖励。

2008 年：被邯郸市地税局授予廉洁勤政标兵。

2012 年：被邯郸市地税局授予嘉奖奖励。

米拴道

2010 年：被定州市委授予 2009 年度优秀共产党员荣誉称号。

2011 年：被定州市委授予优秀村（社区）党支部书记。

2015 年：被定州市政府授予先进个人荣誉称号；被定州市委授予优秀共产党员荣誉称号。

2017 年：被定州市委办公室、定州市政府办公室评为"全市关心下一代工作先进工作者"。

张月平

2002 年：被保定天威保变电气股份有限公司党委授予优秀共产党员荣誉称号。

2015 年：被保定天威保变电气股份有限公司党委授予优秀共产党员荣誉称号。

赵京慧

2006 年：被评为北京市"十五"期间教育外事工作先进个人荣誉称号。

2011 年：荣获北京体育大学优秀教育工作者荣誉称号。

开钢

1996 年：国家安全部荣立三等功一次。

2000 年：三次获得国家安全部政治部嘉奖。

2004 年：国家安全部荣立二等功一次。

2010 年：中共澳门特区工委授予"优秀党务工作者"称号。

2011 年：国家安全部颁授《国家安全工作荣誉证章》。

杨军

2017 年：中国兵器工业集团第 210 研究所授予优秀员工荣誉称号。

2018 年：中国兵器工业集团第 210 研究所授予优秀员工荣誉称号。

李银榜

2011 年：保定市中级人民法院嘉奖。

2012 年：保定市中级人民法院嘉奖。

2013 年：保定市中级人民法院记三等功一次。

赵占平

1987 年：被河北省民政厅授予模范敬老院院长。

1998 年：被满城县委、满城县政府授予劳动模范荣誉称号。

1999 年：被保定市委、保定市政府授予劳动模范荣誉称号。

2004 年：被河北省民政厅授予河北省优秀婚姻登记员称号。

2014 年：三次荣获满城县委、满城县政府嘉奖。

徐海卫

1998 年：被四川省经贸委授予优秀共产党员荣誉称号。

2005 年：荣获中国测试技术研究院"十佳"先进工作者称号。

2007 年：被评为中国测试技术研究院经营管理"十佳人物"称号；获
国际认证注册协会"国际注册高级工商管理师"。

2017 年：被中国测试技术研究院党委授予优秀共产党员荣誉称号。

2018 年：负责的某科研项目，获四川省政府科技进步一等奖；另一科
研项目，获四川省政府科技进步二等奖；被四川省直机关工
委授予优秀党支部书记荣誉称号。

安清亮

1994 年：三次受到北京市房山区公安分局嘉奖。

2002 年：四次受到北京市公安局大兴县分局嘉奖。

2005 年：被北京市公安局授予巡逻抓捕标兵。

2006 年：在北京市公安局大兴分局荣立三等功一次。

2010 年：在北京市公安局大兴分局荣立三等功一次。

柳春海

2003 年：被共青团石家庄市委、石家庄市科技局、石家庄市农业局联
合授予石家庄市农村青年创业致富带头人光荣称号。

黄廷柱

1996 年：荣获滦县县政府嘉奖。

1997 年：被滦县县委授予优秀共产党员荣誉称号。

2005 年：被滦县县委授予优秀共产党员荣誉称号。

刘玉清

1996 年：获滦县县政府嘉奖。

曾键

2006 年：被招商银行上海分行授予优秀共产党员荣誉称号。

2008 年：被招商银行上海分行评为先进个人。

2012 年：被招商银行评为先进个人。

2014 年：连续 7 年被上海人行表彰为反洗钱业务先进工作者。

2017 年：被招商银行上海分行评为先进个人。

说明：由于多方面的原因，无论是军队篇，还是地方篇，本光荣榜难免有许多遗漏。许多战友在不同领域建功立业，为国家和民族作出重要贡献，虽然没有上榜，但他们同样是英雄，同样是 207 师防化连的光荣和骄傲！

步兵第 207 师防化兵领导名录

防化科长序列

第一任	化学兵主任	任福合	1953—1957 年
第二任	化学兵主任	郭天锡	1957—1961 年
第三任	副　科　长	勾洪贵	1961—1962 年
第四任	科　　　长	白吉庆	1962—1968 年
第五任	科　　　长	张树林	1968—1974 年
第六任	工 化 科 长	常玉林	1974—1975 年
第七任	副　科　长	曾钦录	1975—1976 年
第八任	科　　　长	卜贵存	1976—1683 年
第九任	科　　　长	李　明	1983—1987 年
第十任	科　　　长	靳树长	1987—1995 年
第十一任	科　　　长	张庆林	1995—1998 年
第十二任	科　　　长	李银榜	1998—1998 年
第十三任	工 化 科 长	李现敏	1998—2001 年
第十四任	工 化 科 长	张学太	2001—2003 年

连长序列

第一任　　连长　　霍春海　　1952—1959 年

第二任　　连长　　晋瑞锋　　1959—1965 年

第三任　　连长　　赵子录　　1965—1966 年

第四任　　连长　　景火水　　1966—1967 年

第五任　　连长　　姚立成　　1967—1975 年

第六任　　连长　　李　明　　1975—1978 年

第七任　　连长　　周忠玉　　1978—1980 年

第八任　　连长　　靳树长　　1980—1983 年

第九任　　连长　　贾卫平　　1983—1987 年

第十任　　连长　　李银榜　　1987—1990 年

第十一任　连长　　李现敏　　1990—1991 年

第十二任　连长　　陈红鑫　　1991—1995 年

第十三任　连长　　吴　通　　1995—1997 年

第十四任　连长　　刘志明　　1997—1998 年

第十五任　连长　　韩　强　　1998—2002 年

第十六任　连长　　曾　键　　2002—2003 年

指导员序列

第一任　　指导员　　乔提凤　　1952—1959 年
第二任　　指导员　　梁玉铭　　1959—1965 年
第三任　　指导员　　王善生　　1965—1966 年
第四任　　指导员　　李孔旭　　1966—1973 年
第五任　　指导员　　段宗学　　1973—1975 年
第六任　　指导员　　鲁炳祥　　1975—1979 年
第七任　　指导员　　杨广生　　1979—1979 年
第八任　　指导员　　吴福余　　1979—1983 年
第九任　　指导员　　韩卫东　　1983—1984 年
第十任　　指导员　　侯万俊　　1984—1985 年
第十一任　指导员　　马清河　　1985—1990 年
第十二任　指导员　　杨石连　　1990—1992 年
第十三任　指导员　　唐文俊　　1992—1995 年
第十四任　指导员　　崔春明　　1995—1997 年
第十五任　指导员　　孙光辉　　1997—1998 年
第十六任　指导员　　李智刚　　1998—2002 年
第十七任　指导员　　郭庆军　　2002—2003 年

后　记

原中国人民解放军步兵第 207 师防化连战友回忆文章汇编出版，让我们这些老防化兵感到十分高兴。《神兵钩沉》收集的文稿，出自不同时期入伍的防化连战友，他们以强烈的时代精神和责任感，用心写出自己的亲身经历，抒发了对党、对国家、对军队、对人民、对战友的真挚感情。文章中所描述的部队场景，虽然仅仅展示了一个连队、一些个人的情况，但也从一个个侧面，真实记载和反映了人民军队的辉煌历史，让人们从中见证一代代共和国军人尤其是防化兵群体，在特定的历史条件下是如何战斗和生活的。

今年年初，在一些热心战友的积极努力下，防化连的战友们陆续建立起了联系，虽然大家离开部队几十年，且多已退休，但回顾军中往事，依然热血沸腾，壮心不已，编写一本战友回忆文集的想法应运而生，得到许多战友的积极响应，并将其作为今年上半年的一件重要工作来完成。

作为年过花甲乃至古稀的老人，我们写作的目的，并不是为自己树碑立传，而是要将其作为自己军旅生涯的一种纪念，一方面回眸往昔，为世人留下一些历史资料，另一方面弘扬军魂，为实现党的新时期强军目标摇旗呐喊。从这个意义上说，这是一本弘扬我党我军光荣传统、激励人们奋发进取的好书。

我自 1970 年 12 月参军起就在 207 师防化连和防化科，先后担任战士、文书、班长、排长、副连长、连长、参谋，直到 1995 年 8 月从师防化科科长职务上退役，从军 24 年多，干的都是防化兵，对于这个连队有着非同寻常的感情。本书文章所记载的内容，无论是事件人物，还是时间地点，大多数都是我亲身经历或知晓的，我可以负责任地说，这些故事都曾真实发生过，没有丝毫杜撰。我们当年的战友，文化水平普遍不高，撰写回忆文章，能够做到的唯有真实。

我要代表防化连全体战友，衷心感谢所有帮助《神兵钩沉》面世的作者和各界朋友，特别要向原步兵第 207 师首长、人民出版社领导和编辑部的同志们致谢！向参与本书策划、征稿、编辑工作的任超、开钢、沙寿臣、徐和平、李清朝、孟庆敏、赵天明、席福建、周京平、陈红鑫、黄廷柱等战友致谢！

华夏电竞（北京）科技有限公司为本书的出版提供了慷慨资助，谨向华夏电竞公司和任浩然、任思远、张勤等一并致谢！

近日，我连战友微信群里传阅着一首纪念建军节的诗，引起强烈共鸣，我谨摘录部分表达大家对军旅生涯的自豪之情：

> 我把微信头像悄悄换上了军装，
> 因为"八一"节又要到了。
> 那身军装上有我
> 曾经追求过的梦想；
> 那身军装上有我
> 亲手创造过的辉煌；
> 那身军装里有我
> 收获到的爱情，
> 那身军装里有我
> 常思念的营房。
> 那里可以听到
> 我熟悉的军号；
> 那里还保留着
> 我年轻时的模样。
> 这是一部让我
> 魂牵梦绕的纪录影片，
> 这是一曲依旧

余音绕梁的浪漫交响。

那是我永驻心底的一段记忆，

那是我风华正茂的灿烂时光……

军装，你是我永远的骄傲；

军装，你是我人生的乐章！

　　老兵不死，军魂永存。步兵第 207 师防化连的战旗永远高扬在我们的心中！

靳树长

2018 年建军节

责任编辑:宫　共
封面设计:徐　晖

图书在版编目(CIP)数据

神兵钩沉/开钢主编. —北京:人民出版社,2018.10
ISBN 978-7-01-019794-4

Ⅰ.①神…　Ⅱ.①开…　Ⅲ.①回忆录—作品集—中国—当代②诗集—中国—
　当代③摄影集—中国—现代　Ⅳ.①I217.1②J421

中国版本图书馆 CIP 数据核字(2018)第 213118 号

神兵钩沉
SHENBING GOUCHEN

开钢　主编

人民出版社出版发行
(100706 北京市东城区隆福寺街 99 号)

北京墨阁印刷有限公司印刷　新华书店经销

2018 年 10 月第 1 版　2018 年 10 月北京第 1 次印刷
开本:710 毫米×1000 毫米 1/16　印张:21.5　字数:295 千字　插页:4

ISBN 978-7-01-019794-4　定价:56.00 元

邮购地址:100706　北京市东城区隆福寺街 99 号
人民东方图书销售中心　电话(010)65250042　65289539